百年好合

民国素人志

蒋晓云——著

文汇出版社

新经典文化股份有限公司
www.readinglife.com
出　品

目录
Contents

归去来

王安忆

蒋晓云这十二篇小说，分开来各自成立，集起来又相互关联，比如：《百年好合》里的女主角是母亲金兰熹；《女儿心》是女儿陆贞霓。第三篇《北国有佳人》另起一路，商淑英出场了，但那个恩客黄智成看来怎么有些面熟？不就是陆贞霓的先生！与商淑英舞场邂逅，轰轰烈烈过后，回到父母身边，然后与世家陆氏联姻；商淑英离乱中的知交翟古丽则在《凤求凰》中正面亮相，演绎生平事迹；与黄智成的非婚生女杜爱芬的罗曼史又独立一章，名为《珍珠衫》；那个不起眼的小丫头，商淑英的表妹应雪燕，原是替表姐顶缺，进舞场挂牌，到了《昨宵绮帐》，早已经大红大紫，富商陆永棠做她的恩客，陆永棠这人曾记否？正是金兰熹少她五岁的老公——顺便说一句，众星捧月登台的应雪燕悲情，却让妒妇金舜美后来居上，于是，一幕伤感剧转变成严肃的成长小说。《凤求凰》中，翟古丽的女儿琪曼将尾上的那个梢继续下去，成为旖旎的《红柳娃》，《红柳娃》尾上的梢，宝宝，不知道将延到哪里去，总之，事情远远没有个完！接下去的《朝圣之路》里的安太太，显然是金家“舜”字辈的姐妹中的一个，《百年好合》的金兰熹本名金舜华，居长，《昨宵绮帐》的金舜美最幼，居中的金舜蓉，之子于归，金、陆两大世家外，又多出一个安姓。安家有一双女儿，安静和安心，再有一个前房大妻的儿子亦嗣，三人各有一段，属安静的是《朝圣之路》，安心是《人生若只如初见》，亦嗣呢，略往后推一推，他的母亲辛贞燕，“五四”眼睛里封建婚姻的遗物，其实不过是人世间的苦命，即便是弃之如敝屣的遭际，也还是有值得念想的珍爱，就会有一段《独梦》，然后才轮得到亦嗣呢。长在时代的畸裂中的亦嗣，演出的是校园情事，本来是青春剧，类似“那些年，我们共同追求的女孩”，可是拖尾久了，进入到庸碌的中年，于是成《落花时节》，这也是蒋晓云的小说观，总是从长计议，有时会发生嬗变，也有时，传奇回复人生本来面目。《蝶恋花》又为安心的故事添上一笔旁枝，主角是郭宝珠，郭宝珠的女儿郭小美应是与《红柳娃》中宝宝同时代人，故事也是在母亲的收梢上开头，隐逸于茫茫。

犹如套曲，一曲套一曲，曲牌如海。这是外形，内容来看，这里的人且出自一个族群，盘根错节，也就是渊源的意思了。开牛肉面铺的翟古丽是草根，可皇帝也有三门草鞋亲，那近代资本主义，不是胼手胝足苦做，谁又上得财富榜，跻身上流？何况又有一个更强大的命运，笼罩社会各阶层，那就是离乱。

这些故事，无一不是从原乡起头，拖曳他乡，有时在地收手，又有时归去来，就更令人感佩了。《女儿心》开篇时，陆永棠越洋电话买进卖出，离土几十年，依然搭得着脉动，草莽中起家的第一代生意人，嗅觉最灵敏，闻风而动。越过计划经济时期，再度复兴市场的上海，多少有些回到源起的日子，带着蛮荒的气象，正对陆永棠们的路子，适逢其时。电话那头的中介商，就算是人称“老克勒”的人物，怀旧领新，也要勤力勤为，才跟得上趟。《北国有佳人》中的商淑英，是在七十大寿之际，随旅行团重回故地上海，凭窗而坐，举着高脚香槟杯，同团的年轻人觉着眼前的老太太比实地的上海更为“上海”——“雍容华贵”，事实上，她的一生倒是和窗下九十年代满城的土木工地相似，粗粝和坚硬，不惜摧毁，最终又建设起新的价值。《朝圣之路》的安静，离开美国踏上回乡路，那一个瞬间，可说归纳总和两代人飘零的心路，时间忽然倒流，汹涌奔来。自从与父母走出内陆的家门，几聚几散，几走几停，几回下马，又几回拍鞍。一个小孩子，哪里识得了惶悚与颠沛里的历史变迁，只有依着本能，将自己收缩起来，以为最安全。即便是个大人，所谓和命运奋争，有多少出于自觉的选择？那些盲目的主动性，只怕伤自己伤得更惨。

《昨宵绮帐》里的金舜美，比安静长十岁，已过二十岁生日，就比单纯的孩童多一重烦恼。待字阁中，一无所措，眼看青春荒废。这一篇倒更合乎“女儿心”的题名，倘是以舜美作主演，然而，方才说了，舞台追光里的人是应雪燕。应雪燕本是陆永棠的藏娇，然后一箭双雕，射中两颗青年的心，一个是空军飞官，另一个还是空军飞官，一个钟情于她，另一个被她所钟情，一个为她守志，另一个则是她为他守志，占尽人间情爱，却又极无辜。最多数女子的感情经历却是匮乏以至贫瘠的，体面地将自己嫁出去，几乎是古今中外的普适价值。简·奥斯汀笔下的那群没有嫁妆的女儿，张爱玲笔下一大群，蒋晓云这里又是一伙——金兰熹，就是金舜美她同父异母的大姐大，因是继母不好管，生性又强势，有一些些像张爱玲《金锁记》里的曹七巧，曹七巧好歹有哥哥替她作嫁出去，奋斗是从婚姻中开始，金兰熹的争取要推得远一步——这也是蒋晓云有叙述的耐心，追根溯源，源头找到了，说不定接下来的事就不是预定的那一个，而是旁出去，成为另一支，就像《昨宵绮帐》，我怀疑初衷是作应雪燕哀史，结果推出的是金舜美——金兰熹自筹婚事已经算得上悲壮，且不论减去五岁年龄的窘急，只说走出深闺，担当钢笔公司广告小姐那一着，当然不是受启蒙，挑战封建家规，革命的性质却是一样，风险则更上一筹，不定收获新式婚姻，但肯定回不去旧式了。不过，社会到底空间大，机会就多，不是有照相馆开票的女职员被电影公司发现，最后成明星的？小家小户的女儿比较不容易被耽误，也是这缘故。金兰熹这一着还有一些些像张爱玲《倾城之恋》，白流苏跟范柳原去香港的险棋，都是豁出去的，也都成了，是她们有运气，还因为世道还未大乱，事物的理数尚存，所以有志者事竟成。轮到舜美，情形就不同了。

可怜她跟了哥嫂和大姐夫的“小三”，这一队组合本身就不伦不类，阻在旅途，稍纵即逝的豆蔻年华无限期地耽搁下来。生在富家，而且是暴富，没什么根基，不及立规矩。舜美又是排末，“奶末头”常常不大靠谱，一是宠溺，二是父母上了年岁，监管不力，难免失教，再加上兵荒马乱，改朝换代，更顾不上，由她自生自灭。这舜美绰约有一些儿曹七巧女儿长安的影子，不通常情，看不懂形势，最终错失大局。长安的命运是放任自流，舜美略有不同，也是蒋晓云和张爱玲不同。她的人物族谱与张爱玲的某一阶段上相合，就像方才说的，要追踪得远一程，然后呢，拖尾再长一截，好比是张爱玲人物的前生今世。张爱玲攫取其中一段，正是走下坡路且回不去的一段，凄凉苍茫，蒋晓云却是不甘心，要博一博，看能不能博出一个新天地。是生成血气旺，更是生辰不同，越过时代的隙罅，视野逐渐开阔，有了生机。因此，金舜美就走出长安的窠臼，砸锅卖铁，到底挣了个铁价钱！一人拉大一对儿女，又自养自老——“从前让人背后叫‘十三点’的上海闻人金八爷的千金小姐最后变成了一个健康独立、对一切有规划的老人。”蒋晓云就能将事情坚持到最后，决不中途退场，倒不定有大团圆等着，而是水落石出。读她的小说，就过瘾在这一点，她不会让期待落空，要说，这期待也是她给出的，给出的期待越高，兑现的任务越艰巨。情节的陡峭，非一般能量对付得了，要洞察世故，要叙述策略，要想象力，不得已处，就凭蛮力上了。这几项，蒋晓云都具备。

《北国有佳人》里，商淑英的一生，哪一段都可以打一个结。恩客黄智成离开上海去香港，太平洋战争爆发，天时地利都可以不回来，作为小说也可以成立，一百年前就有《蝴蝶夫人》，可黄智成偏偏回来，再续前缘。恩爱难抵父母之命，几番周折只得协议分手，给出的条件有金圆券，美金，金条，还有去台湾的船票，这就有意味了：漂泊，聚离，不归，歌里不是唱“这一张旧船票，能否登上你的客船”？就此打住亦有余音缭绕。可还是不然，过了海峡，故事所向披靡。想也是，商淑英还年轻，还得继续往下走。可是，小说并不为真实的人生负责，而是攫取要义，加以虚构，成作者自己的果实。蒋晓云的手臂却是阔绰，称得上豪奢，攫取的内涵大，虚拟的体积就要增量。其实，海峡这边的情节，在那边就安下了楔子，所以并非单纯的加法，而是因果相衔。那楔子的名字叫做老张，老张的进行式里，又楔进老贾——事情悬了，不留神就落入类型小说，言情加特工，叙述的体量里往往潜伏着陷阱，要守严肃文学的节操必拒绝诡黠的诱惑。此时此刻，商淑英都摸到老贾床上的枪了，剑已出鞘，何以回头？然而，蒋晓云气定神闲，刀刃行走如履平地，老贾其人渐去奇情，显现严酷现实，那就是外攘方平，内战又起，海峡相持，南北分离……“北国有佳人”的“北国”二字有多少家国情仇，老贾的北方乡音仿佛是无限的隐喻，其中当然也有枪的机锋。蒋晓云至此并不放过商淑英，逼她再上一程，“淑英感觉自己像故事里遇鬼的书生，次日清晨醒来看见昨夜的庭台楼阁变成了土丘荒冢”，这就有点儿张爱玲的遗韵了，可新一代的作者只稍稍沉溺一小会儿，紧接着便咬牙奋起。时势逼迫，末世的悲凉，在具体境遇不免是奢谈，相比较之下，曹七巧白流苏们的苦衷几可称为闲愁。这里的女人可都是存亡之际，前者还是“下坡路”，后者可是临悬崖之危。张爱玲为苏青画像，世故的眼睛仿佛在说：“简直不知道你在说些什么！大概是艺术吧？”这也可以用在蒋晓云身上。蒋晓云有几分苏青的结实直率，除去个人性格，也有时代的缘故。

《百年好合》居小说集排位之首，大约有提纲挈领的用心，更可能是，作为全书大结局的预告。百岁寿筵上好命的老太太，众星捧月簇拥着的亲朋好友，一个接一个登场亮相，演绎各自故事，不论尊卑贵贱，全有始有终，功德圆满。又好像循着盛极而衰的自然物理，生命达至辉煌之后，就有下降的趋势，一代逊于一代。金兰熹，商淑英，应雪燕，翟古丽，自是不消说了，堪称巾帼中的英烈。甚而至于屈居“冷宫”的废妻贞燕，一旦到关键时刻，也出其不意，安置了独生子亦嗣。舜美略晚生，吃亏就大一些，最终成长起来，却付出惨痛的成本。到下一代，声色逐渐平淡，商淑英的女儿爱芬，有些像金舜蓉家的安静，小小年纪流离失所，改了性子，所幸有强悍精明的母亲，为她们做规划，只是顺从应变，结果柳暗花明有了新境界；亦嗣的处境复杂一些，除去流离之苦，还有身份的不确定，这样的孩子保持平淡性格许是最安全，但青春总是焕发的，无奈转瞬即逝，复又偃旗息鼓，归入庸常中年；最让人戚然的是安心——《人生若只如初见》，这一则故事可借用《红楼梦》某一回的题目，就是“尴尬人难免尴尬事”。安心的脾气有些像她的小姨舜美，都是排行老小，娇惯成性，婚姻家庭一团糟。但舜美糟得响亮，爽脆，轰轰烈烈；安心则是滞涩的。

舜美的男人同是异乡飘零人，几近亡命之徒，不是鱼死就是网破；安心的男人是在地的本省人，就有投诚与收编的意思，安心像是半蝶半蛹，一头在空虚茫然中游离，一头已着土生根。迁徙中的悲壮激烈平息下来，日常生活静好是静好，却也是沉闷的。安心的“小三”欣玲，何其乏味；安心的男人银俊何其乏味；安心自已呢，在爱和恨里，照理应是戏剧性的，依然是乏味，乏味！

说到银俊，就又有一段枝蔓，名字叫作“蝶恋花”。银俊婚前罗曼史与郭宝珠，是本书中唯一一对本省男女。银俊家是从台北近郊菜农发迹起来的企业主，郭宝珠则是他家台湾中部的远亲，进企业做员工。这一对小男女的恋情是纯肉体，也是纯情，如同小猫小狗一般，两相投合，如胶如漆，一刀下去，各归各所，是草根的清新和利落，另有一番生机，是不是作者别有用意？他们的私生女郭小美，还有韩琪曼与志贤的私生女宝宝，小说中最新的一代，同是私生的身份，又在暗示着什么？她们还有一个共同之处，就是对往昔不存丝毫眷顾，一味向前。那宝宝为养父的仕途着想，到竞选现场亮相，代母亲忏悔，做“剃光头”仪式，出演这一场台湾民主政治的“中国秀”可是有条件的，就是父亲送她出国留学。宝宝回家后对外祖母翟古丽说的一句话，也是有意味的，她说：“姥，以后我出国发财了，带你去麦加！”“姥”的称呼是北方话，麦加的朝圣者是穆斯林，这一路多么远啊！是漂泊人生的继往开来，又是改弦易辙，另起篇章。凭蒋晓云展现出的叙述的膂力，我们有理由相信她能够兑现承诺。

二〇一三年三月十一日 北京

序

少年时对感觉不可能发生的事，会跟朋友赌气一样地说：“那你就等个一百年吧！”

我的父亲是一九一三年的春天出生的，比中华民国只小一岁。可是他的身份证年龄却在由香港到台湾时被代填入境资料的友人误填成民国前一年，那又比中华民国大了一岁。因为需要填写表格时记的父亲生日跟他实际在家庆生时的生年月日不符，所以很大了我都搞不清楚他的年纪。我三十岁以后，他常常跟我说一句俗谚：“人人有个三十六，喜的喜来忧的忧。”我一直以为他是勉励我在而立之后要时时戒慎恐惧，努力不懈。一直到他过世之后，我常常因为思念，把记得的父女互动在心中一遍遍回忆分析，才觉悟到一九四九年共产党夺取中国大陆政权的时候，他的实际年龄正好是三十六岁。那一年发生的事情让他，和许多像他一样的中国人，人生产生了不可逆转的改变。

父亲在湖南老家是一个地方型的政治人物，用他自己的话说，那是他“在台上的时候”。国共内战，他被迫离开家乡，失去了政治舞台。因为不能忘情，在我出生后，他还曾逼迫对政治完全没有兴趣的我母亲去竞选“台湾省议员”。因为他评估有妇女保障名额，要求票数有限，在当时算高学历又风度极佳的母亲会有机会当选。没有想到为此加入国民党，却因为拉不下脸到处求人赐票的母亲，差一票饮恨，那也断了父亲想在台湾继续家族“政治生命”的梦想。

可是这个挫败却没有影响父亲对“管理众人之事”热衷的脾性，我小时候家里一直人来人往地很热闹，事后回想，简直是常常有人在我家“全民开讲”。我喜欢自己看书，对大人讲话从不旁听，这个良好的品行总是被客人盛赞，这就更让我远离客厅里的清谈。现在想起来，我大概错过了旁听一整部民国的稗官野史。然而即使这样自外于客厅里的“座谈会”，不小心飘进耳朵的一些事情和人名却在我此后的一生于完全想不到的时空和书页之中重逢或证实。事后追忆，这个奇妙的童年环境是让我变成在台湾戒严氛围中长大，却对威权或权威一无所觉的一个主因。

一九七九年我以文艺界青年代表的身份应邀去台湾“总统府”，十个样板人物轮流跟蒋经国握手，个个沉默不语，行礼如仪，我身旁的大明星林凤娇（成龙的妻子，房祖名的妈妈）还紧握我的手，微微发抖，我想一个女明星什么场面没有见过，跟两个老头（另一位是“副总统”谢东闵）握握手，何以激动至此？轮到我的时候，我特意示好，说：“总统你好，我也姓蒋。”蒋经国听说不过一愣，旁边的侍卫大概觉得于体制不符，就有点粗鲁地用手臂把我隔开了。回家后我不大高兴，父母就安慰我说：“你愿意跟他握手还搭讲，真是看得起他，小蒋怎么这么不懂礼貌！”

和眷村里“效忠领袖”与“官大一级”的鲜明阶级意识不同，我成长过程中遇见的从大陆流亡到台湾的难民好像对台湾当局都是牢骚满腹，谈到当时的“民族救星”更是意见比敬意多。既是难民，可能应该也有生计之忧，可是他们碰在一起却很少聊油钱米价，反而喜欢读他们不大相信的报纸，交换小道消息，和分析时势；仿佛身在乡野，却觉得庙堂之事也是生活的一部分，自己可以置喙。等我长大后反当才想通，原来这群人是经济社会中的“士大夫”或“中产阶级”。同是难民，虽然不是富贵的“上流社会”，他们却或有文凭，或有技能，即使在难中，基本的饱暖问题还是可以得到解决，就有余力继续“生活”。

他们在自己的小世界里，追求事业、爱情、婚姻，喜欢和朋友分享对人生的期望和想法；他们也关心大世界里的经济、政治，和时局，很长的时间他们都在担忧“老美”随时会放弃弹丸之地的台湾，好像他们相信第七舰队还胜于保卫“复兴基地”的国军。他们讲起领袖并不比今天在电视上骂马英九像骂儿子一样的名嘴更仁慈，对军人和他们的眷属也都没有什么崇敬之意，反而会指名道姓地怨怪哪位将军不会带兵要为打败仗负责任。生活中娱乐显然对这些“难民”很重要，他们上馆子、听戏和看电影；友谊也很重要，他们老是聚在一起怨天尤人或者八卦配对。除了时空不一样，他们的所作、所为、所思、所想，都和如今的中产阶级没什么不同。这些人遭逢乱世，其中有些际遇比我写的小说还离奇。

从中产阶级社交圈衍生出去的，有依附他们为生的服务业，和他们为之提供知识和技术的达官贵人阶层。

服务业阶层的难民可能受教育程度比较低，求职的通路受限；聪明或有技能的就卖手艺或做小生意，老实或没有文凭却有力气的可能当仆役或卖苦力。他们的时间更多花在为衣食谋，没有时间和书本知识搞些风花雪月，人和人之间的感情就也更火辣直接。我还记得我到了快三十岁才发现文盲跟非文盲的世界有多么不同。我开始回想生命中曾经擦身而过的几位不识字的长辈，遐想他们跟着一九四九年的难民潮来到台湾的无奈和际遇。他们也曾在我童年的某时某处短暂出现，他们不是我父母亲侈谈天下事的座上客，我应该对他们的了解很有限，可是我的记忆和想象却忍不住要去捕捉他们的身影。

等我到了海外求学并且定居，发现原来很多和我父母一样的"民国素人"在天下大乱时没有去台湾，他们直接去到了世界各地，他们在民国的社会阶级更往上层，很多昔日王谢流落异乡，后代也就成了你我身边的寻常百姓。我的思想也跟随他们的足迹四处流浪与寻访。然而我直接认识的其实有限，我瞎编胡写，如有雷同，纯属巧合。

很难说清"民国素人志"里的人物究竟有多真实，讲的是"素人"的事，写的时候实非"素描"。故事虽属拼凑和虚构，我创作时，人物的一生却历历在目，他们的英灵也与我同游天地。我清楚地知道他们从哪里来，会到哪里去，在这个世界上留下了什么样的痕迹。

我不能具体地指出我的父母，和他们的朋友，或者在我童年时曾经闪过的身影，都出现在哪一个故事里。可是那一双无邪小女孩的眼睛却跟着我的上一辈走了一遍他们的民国。然后，我花了大半生反刍、追寻，和思考，等到浮生百年才开始诉说。

百年好合

许多客人都找不到酒店的入口，几队人马从大厦这个门口转进去，从那个门口转出来，电梯换乘了几部就是到不了请柬上标明坐落于酒店大堂的自助餐厅。几张生面孔都反复遇见看熟了眼，大家却只当对方是空气，一次次冷漠地从身边穿过去。等到终于找对了电梯又发现同揿三十八楼，心里知道彼此之间就算不沾亲可能也带故。最起码确定了挤在这部大电梯里的哪怕不讲本地话也不会是没有来历的外地人以后，众人这才卸下了本市称冠全中国的严重心防。一位自觉的客人怕让其他宾客误解自己这几个是阿乡，就抢先对同伴自嘲地调笑道："陆家里今朝吃老酒派头大来兮！欸，侬天天轧南京路，否晓得一只电梯藏在个搭啊？"

电梯带上来一批批客人也带来嘈杂，就有坐在正对电梯咖啡座上的三个洋人商务客要求换到远离电梯的僻静位子。来客中也有几个态度从容的，好整以暇地打量一下富丽的大堂，以及坐落在城市天际线上大窗户望出去的繁华夜景；绕场参观的时候走过刚换到远座的洋客身旁还歉意地微微一笑，预告自己这几个人懂文明不会发出噪音，果然就低声赞叹那窗外如黑丝绒的天空衬托着七彩宝石般的闪烁霓虹。一个青少年模样的来客用英语跟身旁像妹妹的女孩子说“看起来就像香港”，父母模样的中年人闻言，就相互用广东话表赞成，道：“嗨呀，詹姆士讲的安，真跟那间同名酒店没莫不同嗟。”

几位客人观察入微，虽然半空中的景观窗看出去美景如画，却全仰仗这城市本身的丽质，这个全球连锁的大酒店其实有点偷吃步[①]，它只是跟随着做房东的香港建商就近把本家建筑物搬了过来的机会在市中心占了个好位置，连装潢的风格都因为和香港的酒店类似而有偷懒的嫌疑呢。幸而大堂够大，天际线的夜景也确实美得夺人心神，分散了所有来客的注意力。其他吵吵嚷嚷的客人让酒店咨客带领前往电梯后方数十步之遥的自助餐厅时，行经半途走到大三角钢琴旁已经主动地降低了音量，楼层这半边琤琤的琴声便渐渐取代了入口处的一味喧哗。

“哪能还赖个搭白相[②]啊？快点进去叫人！”两位年长如祖父母模样的客人走近为城市光影美景流连未去的双语家庭，催儿孙们先进去和主人打招呼，却说的是宁波腔沪语。

五湖四海各种口音都先到主桌去“叫人”。操宁波腔的都是金家这边的客人，年纪大的叫金兰熹“笃[③]娘娘”，叫陆永棠“笃爹爹”或“笃姑爷”。长得高高壮壮讲葡文或英语的几堆人有白有黄有棕更有肤色含糊的都是陆家这边的，老少都叫寿星和寿星公洋

①闽南语，意为蒙混、耍赖。

②沪语，意为玩儿。

③沪语，意为大。

名，过来亲吻面颊行礼。

“兰熹，你今天真漂亮！那张照片完全像个电影明星！”一个说英语的老太太亲热地搂着兰熹，指向餐厅门口的大照片。女主人兰熹随着客人的指尖瞄了一眼，优雅地微笑着用英语称谢：“你是太仁慈了。”怎么说也一百岁的人了，哪怕戴着高倍数加光眼镜，也是远的近的都看不真切了。不过她拿放大镜在强光下自己挑的照片，看不清楚也知道拍得好。影中人最多上看七十，穿着浅粉红色的香奈儿套装，被金黄色的百合簇拥着，大照片上方横幅写着“金兰熹女士九十五岁华诞生日会”。

客人急道：“真的，我就是讲真话！”

兰熹的微笑加深了一点，懒洋洋仿佛不太在意地说：“谢谢了。”活到她这个年纪，世界上还有什么需要较真的呢？人人羡慕她命好，不知道诀窍就是心淡。心淡说起来容易，可是人生要不经过些事先把心练狠，哪儿就能淡得了？

“什么像？”坐在一旁的男主人陆永棠忽然对算自己侄女的老太怒喝一声。又瞬间换了张嬉皮笑脸，大声而夸张地说：“她就是明星嘛！”一桌人都为高龄九十六的老牌花花公子的做作和幽默而哄笑了。只有兰熹不为丈夫的老把戏所动，依旧只懒懒地微笑着。

远点一桌的客人没听见主桌这边的洋笑话，可是一样笑声连连。

“什么？不会吧！”一个客人诧笑道，“一百岁还瞒年龄？”

“嘘！嘘！”讲的人噘嘴蹙眉又带笑地要大家噤声，“这是大秘密！”又忍不住要多说两句：“她本来比她老公大四岁，结婚的时候少报五岁，变成比男方小一岁。哈哈！”

有人衷心赞叹道：“那真看不出来一百岁！老是老，漂亮还是邪气漂亮！”

“做过，做过的呀！”知情的客人两只手把眉眼吊上去比画着。旁边一淘[1]的竖起一根食指在嘴上示警：“嘘！嘘！秘密！都是秘密！”可是听见有人笑骂胡说八道，就郑重地透露消息来源：“否瞎讲！这种事体哪能瞎讲？金家笃娘娘自家妹妹讲出来的。”

兰熹的妹妹多，认真计较也找不出是哪家走漏的消息，反正陆家是老华侨，三四代真假洋鬼子，知道了也没人在乎女大男小拉不拉皮这种琐碎。兰熹在家中居长，她父亲金八爷前后里外三个老婆，统共养活了七女二男，兰熹是早逝元配的独女，原来起的学名叫舜华，在宁波老家跟着祖母长大，到了十五岁祖母去世才被父亲领到上海，托给“城里太太”。城里二妈妈是读过书的，懂得忧谗畏讥，怕人说后母亏待前房没娘的孤女，替兰熹放大了脚跟几个妹妹一起送去上学。学校填写报名表，兰熹在生年一栏写上“宣统三年”，管报名的先生微微一笑，涂改成“民国一年”。过了几年她考初中的时候，自己又拿墨水笔把原先的学籍数据点了几点，“一”就成了“六”，兰熹也就从原来全班年龄最大的变成适龄就读。舜华那个名字也是从那个时候起就不用了。后来她自己想起来也相信是命，那时候可没料到将来会钓着个金龟婿硬比她的真实年龄小几岁。反正兰熹的生年就此成为悬案，不过金

①沪语，意为一起。

家很多亲戚都确实听说过八房乡下上来的大阿姐是“跑反”那年生的。

马路边上两排梧桐树春天抽嫩芽，夏天成绿荫，秋天黄叶落满地，冬天就剩下一排灰黑的枯树桩顶起几只朝天的乌鸡爪伸向当时本市还不罕见的蓝天。留声机上平剧、越剧、时代歌曲轮流转着，哼哼唧唧地唱不停，伴随着小洋楼里昼伏夜出哗啦啦的洗牌声。在租界里避难的大清臣民们日复一日家长里短，尽着生物延续物种的天职，并不理会外面的世界没有为他们的消极而驻足；欧美帝国经历了经济大萧条又渐渐复苏，中国的天灾人祸就像他们唱衰的那样因为赶跑了皇帝遭到报应而从没消停。兰熹没再回过老家，她彻底成了个城里小姐了。

兰熹初一的时候得了感冒转肺炎，等病好了自觉功课落下多了，就不想回去学校，再说二十岁的大姑娘实在也受不了学校里同侪的幼稚了。二妈荣升八奶奶的继母那时候已经有了三个女儿，心思完全在下回怎么生个男孩，才能和八爷有儿子的外室打成平手，别说前娘的女儿，亲生女儿也都丢给老妈子教养。就任兰熹休学在家，跟一个南洋土生不太白的洋人女家庭教师学礼仪和英语，八奶奶自己也前前后后多个帮手。兰熹闲的时候，还读八爷订的几份中外报纸，也算是进修外文、白话文。何况只要搭子对，人在牌桌上一样长知识，并不会落伍。兰熹实时掌握金子行情和米面粮油的价格，有时觉得消息来源可信，她也拿出私房跟几个常打牌的女太太一起搭伙炒一炒。

受祖母影响，兰熹一直有记账的习惯，她每天睡前都要把当日银钱进出理一理，一面记一面口中像祖母那样念念有词：吃不穷，穿不穷，勿会算计一世穷。八奶奶一天看见她那本账账，借来一翻，全是几分几厘麻将输赢的赌账，就笑道：“这也好记？那你来替我们家里记记吧！”就这样八奶奶架空了原来被认为是八爷亲信的账房先生。有兰熹替她看家，八奶奶可以专心金家的百年大计，就果然在生了四女之后索得一男。

兰熹对金府总管这份“工作”很胜任，她对数字的精明和对人的统御才能更得到八爷夫妇的赏识与授权，不多久就把家里的财务、庶务和人事权一起拿下，还没许人家的大小姐正式成了宅子里的大当家，也就等同今天一个小企业的总经理了。兰熹的能力受到肯定，自己也做得开心。

夹在新旧土洋之间的金公馆里边乱七八糟的人事倾轧只比现代的办公室政治有过之无不及，更别提八爷还有大小两个公馆。“那边”哪怕规模小点，一样有主人、仆人等着领每月规费、三餐吃饭、四季裁衣、隔几年养小孩。兰熹记账、管家、三节、过年、请客、社交、打麻将、看戏、恩威下人、应酬富亲戚应付穷亲戚，金八爷家里她一呼百诺，过得忙碌充实。和同时辈流行的女结婚员不同，兰熹的心态更接近现在叫败犬女王的事业型女性。可是金公馆大小姐却毕竟不是前朝的内务府，不算是个出身，兰熹却一直为这个家忙到有人来向小她五六岁的大妹提亲时才终于警觉自己可能上了八奶奶的当，耽误了婚姻的大事。

“多少年阿拉就讲有后娘就有后爹呀！”跟着她从老家来的周妈一面侍候兰熹晨起梳妆，一面为主子愤愤不平。表示自己有先见之明以外，更重要的是传播小道消息：“她们讲得勿要太高兴，讲张家那个儿子多少好！捧舞女怕人不知道？什么‘小北京’还是‘小南京’！”

兰熹不悦道：“你包打听啊？”兰熹当家以后越见有威严，周妈不敢多说，咕哝着端洗脸水出去。兰熹对镜修眉，心想那两个是什么时候好上的？兰熹弯弯的柳叶眉全靠天天拿小镊子除杂草一样地拔，才把遗传自父亲家族的天生浓眉维持在她要的眉形。眉毛一根根钳掉哪有不痛的呢？可是兰熹扯得狠心又仔细，简直是除恶务尽的架势。她并看不上那个张家二儿子，可是想到男方跳过姐姐去跟妹妹提亲，兰熹把脸贴近镜面用力地拔下一根几次从镊子下逃了开去的顽固分子，口中骂道：“触气！”

兰熹挺直身子，对镜端详：半长不短的一头鬈发轻拢在脑后方便梳妆，清水鹅蛋脸上是修眉杏目，瑶鼻樱唇；樱唇在兰熹脸上主要是取颜色的比喻，绝对不会让人联想到樱桃。照中国审美标准，兰熹的嘴是大了点，不过唇形端正，算是欧风美唇，涂上艳红的唇膏嫣然一笑，并不输给那时几个走红的好莱坞明星。何况人都知道她颇有私房充妆奁，怎么会满二十四岁了连上门提亲的都没有呢？兰熹侧过脸，伸长脖子耷拉着眼皮继续顾影自怜，她想张家老二一定知道自己看不上他才连提都不敢来提。兰熹倒真没想过做几年金府当家人能在亲友之间把名声搞得有多臭，张家太太恐怕宁愿让小北京先进门也不敢去招惹兰熹这样一个待嫁王熙凤。

兰熹摘下发网把头发摇蓬松，正要拿梳子刷顺却瞥见下面压着她几天前留下的那张《字林西报》。她拿着发刷的手停在半空，对镜高高挑起一边眉毛，做了个怪相。哼！父母、媒妁都不可靠，她决定自走一步险棋。

金八爷府上大阿姐受聘成了美国名牌“钢笔小姐”，巧笑倩兮的照片登上了西文报纸，再又被中文报纸转载。这样的大新闻比阳历正月国民党开大会决议国共合作还要让在祖宗割给外国殖民地上避难的前朝臣民议论。

“啧啧啧——”那个时候被小报称为名媛差不多就是交际花的意思了。“金老八塌招式！”有一向眼红她们家的亲友幸灾乐祸，认为女儿抛头露面削了父亲的面子。

间中也有持平之论，却还是不无忧心：“女儿大了留在家里要出事情的！”

“都说大了留在家里要出事情的——”八奶奶转述给八爷听。形势逼得她不能不正视大龄继女的终身大事了，而且这几年让兰熹替她当着家，现在自己儿子有了，奶妈又接上了手，是时候收回那一大串钥匙了。“几个女太太鞋底都跑穿了——”八奶奶确实托了好几个人，可是愿意谈老姑娘的无非鳏夫或者破落户，还真拿不出手。“就这个南京曾家的看来可以点，也出来十几年了。”她没说也大了女方十来岁，老家可能有发妻，做媒的都说不清楚不敢保。八奶奶自己是城里太太出身，觉得城乡两头大的情况并不是问题，没听说过哪个上海太太要回乡下磕头的。“让他们见见面？”

金八爷伸出两根指头夹起放在他面前毛笔小楷写得漂漂亮亮

的拜帖，横瞄一眼，哼了一声；手指配合鼻孔喷气向旁一松，纸片飞过桌面，纸飞机一样地降落到地上。

“嘿！”八奶奶不高兴了，“算我多事！以后不要说我没管你的女儿——”她拾起唯一候选人古色古香的简易履历表嘟囔着走了。听见八爷在她身后叽叽咕咕甩洋文，她听不懂也猜得到，就嘀咕地回呛道：“哪能嘛，嫌弃乡下人，嫁个外国人那么英文就灵了……”

还真有外国人写求爱信到西报馆和钢笔公司给兰熹。兰熹这份工作相当于现代的品牌形象大使，一星期中有几天还要去门市驻店坐堂，帮人签签名什么的，不怪别人看金家笑话，那确实是像那些刻薄太太叫的“生招牌”工作，真名媛不宜。可是这牌子的产品金贵，够身家穿越店堂走到跟前的贵客倒都是正牌华洋富豪。在那个年代待嫁老小姐能够这样豁开来拓展社交圈，增进自己的机会，兰熹也是胆识不一般了。

这天兰熹来到公司时拉长了一张脸显得特别不高兴，原来拖了一阵子，八奶奶等不及了，竟以兰熹要专心工作发展事业为借口，把象征当家人权威的钥匙给收了回去。兰熹没想到继母能做得这么不漂亮，被杀了个措手不及，周妈却不懂体恤主人心情，不安慰人，反而节骨眼上讲些废话刺激她，搞得主仆内讧，周妈闹着要告老还乡，过几天儿子就来接娘了。虽然只是个老佣人，毕竟周妈是从小带她大的，又还是家中唯一的心腹，兰熹一时只觉得众叛亲离，心中感伤。她想：周妈总说继母偏心是隔层肚皮，自己还不是什么都只想到在乡下的儿子。可叹她金兰熹人才再出众还是一个没有亲娘替她打算的孤女。

洋行有着装规定，坐堂要穿西服，兰熹借机裁制各式新衣，把原本就和她洋气长相不搭架的旗袍全部束之高阁。这天兰熹穿了一件欧美最时兴的白底黑点圆领低腰洋装，上面套了银灰真丝松身长背心，长头发盘进一顶铁灰色淑女呢帽里，露出的长而洁白脖颈上戴一条浑圆珍珠项链，衬上她五官鲜明的轮廓，坐在敞亮豪华店堂深处胡桃木造景的书房里，手拿一支贵气金笔，眼睛却悠悠远望，不知道她正在为媒自伤的人，只看见一位西化的知性美人坐在大书桌前仿佛思考未来世界和平。

“你从不回信！”一个男人用英语在她桌前低声说，“我赌你连我的信都没打开过！”

兰熹回神一望，只见是一个黄黑皮肤，长相平凡，幸而身板还算挺拔，一身西装也剪裁合度的华人青年。口中说着仿佛赌气的话，却又眯着一双眼睛笑看着她。兰熹客气而冷淡地道：“先生，回信不是我的工作！”一面望向店外，纳闷红头阿三怎么就这样把人放进来了，却意外见到屁颠颠从外面赶回来的洋人经理一壁用手帕擦着汗，一壁老远打起招呼道：“陆先生！陆先生，你到早了！”

“我的祖先是渔民、冒险家和苦力。”陆永棠从初相识就喜欢拿两人的血统说事，“骨子里就阶级不同，不像兰熹，天生的贵族。”最后还要挑挑眉毛，夸张地压低声音，用我赚到了的语气说：“She married the wrong class!”

几句老话从一九三六年讲到了两人儿孙满堂，永棠都没讲腻。

在两人漫长的缘分之中，哪怕永棠早对老婆和婚姻都腻烦过好几遍了，祖先的成分显然一定程度地庇佑了这段姻缘，起码未负当年在异邦发家的陆老先生送独子返回祖国娶个名门淑女的初衷。

“看到报上的照片和文章介绍我就爱上了她，送信、送花她都不理会，只好说要投资她工作的公司——”喜欢开玩笑的永棠常常半真半假地告诉亲友，却没说这是他一向“花差差”使惯了的招数。“最后？最后不知道是谁上了谁的当——哈哈！我后来比较怀疑是兰熹着急要嫁给我！”

其实两个人都着急，除了郎有情妹有意，中外局势都不好，世界乱成一锅粥，租界里人越来越多，外面的消息越来越坏，舞厅里流行跳起快狐步，跑马场的马都老传跑破纪录，人心不安定，好像连地球也越转越快。兰熹铁了心要赶快离开娘家，一定要比有了人家的妹妹先出嫁；永棠在外面混了几年，社交圈里尽是些花花草草,也只有兰熹一个年纪相当的真淑女“派司”他的老太爷，可以为传承香火兼提高出身阶级的家族大任交差。两人初识于夏末，才到中秋就决定了婚礼在同年的十二月十二日。

“嗐，以为选了个好日子，”在庆祝结婚七十周年白金婚纪念酒会上，永棠比画着两根指头调侃自己，“一两一两，一变成两，单变成双，好不好？哈哈哈，我也以为蛮好，结果现在上海满马路纪念西安事变。”

西安事变不久，中日正式开打，然后抗战未已内战又起，老百姓也就跟着家国的动乱遭劫。随着千万中国家族被时代无情地打碎飘零，成了陆太太的兰熹与永棠也迅速结束了王子公主婚后的日子，加入中国难民的大军走向世界。

那个时候的青年夫妇半世纪后再回到本市，竟然不觉得改变太大不习惯。十年前他们在原来住的街上买了外销楼，道旁梧桐青青郁郁，不是从前还胜似从前。那栋比照纽约豪华公寓盖的大厦没挂什么“一品”“帝苑”的招牌，黄铜门牌上就“某某路某号”。全楼住的不是他们这样衣锦返乡的老华侨就是洋人高层租客，前台沿袭百年租界作风用外语跟住户打招呼。街市上倒是乡音依旧，只多出几个他们耳朵听起来粗糙的“外来”形容词。除非国外儿孙来访，老年夫妇一般很少出门，平日跟邻居打打麻将，再就是几个在地亲戚偶尔走动，司机佣人簇拥着去下馆子。虽然高楼单位没有当年的独立庭院，坐在客厅里却可以看到近处的几个外国领事馆围墙内花团锦簇，草木扶疏，一恍神会以为里面还住着从前那些人。那天警察为世博加强治安来查户口，他们拿出市政府鼓励侨民买房时发的蓝印户口本，两人生年分别是一九一六和一九一七，警察大惊小怪地赞叹二老高寿健朗，兰熹淡淡地微笑着，心里想：小狗头，否晓得吾已经一百岁了呀！

女儿心

陆家二老庆祝结婚七十周年白金婚的时候很低调，没像之前的十年庆那样大搞包吃、包住、包机票的三包庆典，把地球上找得到的亲戚都齐聚一堂大团圆。这次是低调地在祖籍捐了个小学，带着国外专程回来祝贺的直系亲属包了几辆加长礼车渡过新落成的跨海大桥去参加校舍动土仪式。

十年前他们在地中海豪华邮轮上盛大举行结婚六十周年钻石婚的派对时，正式对散居世界各地应邀而来的亲友宣布了叶落归根的决定。下了邮轮回到旧金山北边郊区的大宅后就开始对他们一生累积的财富全面获利了结。当时已经八十岁的陆家爸爸陆永棠耳不聋眼不花，一件件处理夫妻名下资产。

“Yes，all！统统卖脱——”永棠在电话上对与自己背景相仿，年龄层级却属儿孙辈的“上海港人”经纪用英、沪、粤夹普通话聊天兼下指令，“惊咩？勿惊共产党！我重要返上海买楼呢——乜老屋返还？变成公园都几十年啦！赔五百美金你要不要——有，现在上海有楼炒，香港人去盖的外销房。李丽华刚订了一间，我讲我要去跟大明星做邻居，哈哈——乜话？李丽华是边个你都勿知？嗟——小狗，不能回去赚铜钿，吴光正、董建华又不是戆头，抢着做啥港督？”上海话“傻瓜”骂“戆头”，和普通话“港督”谐音。

两个年纪差了几十岁的“老上海”和“小上海”隔半个地球开名流小同乡的玩笑，哈哈地道了再会。永棠满意地看着自己手上资产报表的获利百分比，对着屋内妻子大声说笑道：“妈咪！兰熹！晓得世界上顶赚铜钿的是啥物事——坟地，坟地呀。”

“坟地好呀！做人齐要死的呀！”陆家姆妈金兰熹今天心情不错，听见老头跟她说话，恶声恶气地回了一句算是闲聊家常。

做了一甲子的夫妻，兰熹早就不对老头子柔声细语讲话了。其实细想想，兰熹这一辈子在家里很少温言细语，她一般不大爱讲话，以致跟人怄气冷战都不突显。可碰巧她最让丈夫倾倒的大家闺秀风度就在静默的时候体现，歪打正着，她那冷淡的脾气竟间接促进了家庭和谐，让她的婚姻长长久久。说到底，兰熹祖籍是宁波不是苏州，她说家乡话的腔调一脉相承带她大的老妈子，反而讲“国语”和外国话的语气很温和有教养，那是因为一开始学来的口气就定了调。不过也幸好那样，才不致让听见她开口的人对她官宦人家的出身起疑。

语言这玩意儿只要是教室里学的就说得再流利也远不如方言母语来得泼刺动听。不是“泼辣”，是鲜鱼跃水“泼刺刺”地响，像香港人喜欢海鲜生猛的那种泼刺。上世纪五十年代，国共内战让香港这个与内陆脐带相连、英国赖皮不还的殖民地接收了大量内地涌入的人力和资源；其后二三十年之间又跟着中国关起大门后开始的一波波政治运动，成了一个对外透光的小窗口，昔日渔港渐渐取代了远东第一大城上海的繁荣成为东方之珠。香港的市道也像一尾刚上岸的大生鱼，生猛泼剌地叭叭跳。

香港是陆家除了上海以外住得最久的地方了。陆家男主人是早年的华侨海归，女主人娘家祖上是参赞过洋务的遗老，虽然拖着六个孩子，涉外家庭的机动性还是远远高过普罗大众。精通洋文的二人还懂“不把所有的蛋放在同一个篮子里”的谚语，国民政府战后搞金融改革的时候，他们就在英国人管的香港藏了一点动产和不动产。商人夫妇对时机感觉敏锐，并不轻信站在台上大声疾呼跟他走才算爱国爱民的任何一边，在关键时刻望风而行，比难民大流早走一步。虽然远比不上在老家损失的资产，手上几个早两年收下的岛上旧铺面却随着都市的发展变成下金蛋的母鸡。那时候香港的生活指数较之上海不是低一眼眼，陆家也就在表面上维持着一贯的排场，并没显出落难的样子。可是跟丈夫和孩子们此后不论到哪，都把香港当成家乡来爱不同，兰熹却一直不怎么喜欢香港。可能是因为老公在那里始终有花头，也可能是因为她从没学好过广东话，无论住多久都是个融不进本地社会的上海婆。

兰熹说不好当地方言是个稀罕事，因为她其实很有语言天分，除了母语，她的“国语”、英语都不是普通流利，后来侨居过阿根廷和巴西，当地简单的会话也很快上手，就只有个广东话，住了多少年也识听不识讲。

一开始的几年，兰熹在香港根本用不到粤语，来往的朋友、麻将搭子、女佣、司机都说上海话，至不济像家里厨子讲的也是苏北腔，围绕着她这主妇的服务系统中只有本地叫花王的园丁说广东话，可能是因为北佬不懂打理南国花草的缘故，家政中介在这个职务上实在做不到雇主对语言方面的要求。偏偏兰熹特别爱花，从花园里种什么到室内摆什么都依循四季节庆有讲究，对花王常有吩咐，语言交流有问题的家里小孩子就时时被派了去传令。

“太太话一早要准备好腊梅同水仙花。”兰熹的大女儿陆贞霓跟花匠说。她满十七岁了，跟家人迁居香港六年，早已经是母亲的左右手。贞霓五官长得像妈妈，皮肤却没有上海小姐常见的白皙，反而是带着南国太阳光似的泛着金，更像一个青春洋溢的本地少女。交代完女主人的指示后，贞霓没有立即离开，反而问：“发仔寒假会不会过来呢？”

“发仔放大假即刻返乡下啰——”一提到拿奖学金读医科的儿子，周花王就乐。亚发是他全家甚至全村的骄傲，要不是儿子这么会读书，他也不会为伴读进城做帮佣了。周花王是在地菜农，老家就在往新界方向的围村，自耕自足，生活很过得去。不比现在交通方便，几十年前他们那儿确实是偏僻，亚发中学以后就没法再住在乡下了。老周把老婆留在村里种菜，自己找靠近校区可携眷上任的工作，工资就不太计较。帮陆家打理庭院有花园里一个原先暖房改的花匠宿舍让他带着儿子同住，虽然夏暖冬凉，可是再简陋也自己有个小门户，对他父子十分理想，就把这份工一做六年。现在上大学的儿子住校去了，他也打算过年之前辞工回家了。

“找发仔替你补习吗？”周花王看小东家没马上走开，就问。见贞霓摇头，又问：“替你细佬补习？我等过年前就走喏，我等不返来了。”

“没紧要——”贞霓有点失望，想了想还是说，“就同他讲声，过完年我要去美国了。”她本想自己告诉亚发要去纽约的事，可是既然没碰上，也就算了，迟早会知道的。亚发算起来是贞霓在香港的第一个同龄朋友。陆家在战后就跟本地商人有生意来往，就算国家改朝换代，见机得早的资本家并不表现得像丧家之犬，尤其在孩子眼中竟不过是从上海的洋房搬到香港的洋房，一样墙高宅大，庭院深深。小孩不能出去呼朋引伴，只能在墙内就近取材。亚发长得高壮体面，比贞霓大半岁，学校里高一班，学习成绩优异，虽是花匠之子，可是在地人有同宗围村人做精神靠山，比那些人离乡贱的外省下人活得底气足，自尊自重，不太见主仆之分。不过两小即使确实有过无猜的友谊，可是高墙之内毕竟里外有别，谈不上青梅竹马。

就这样淡淡的，开年虚岁十八的贞霓带着一点遗憾离开了那个花园，离开了父母弟妹，离开了已经感觉是家的香港。

“现在住哪里——哦，我的意思是哪里是home？”亚发问。少年玩伴重逢在九龙弥敦道的一间私人诊所，时间也过去了四十年。双双年近花甲，再见虽然形容陌生，感觉却是又远又近，像当年。

贞霓夫家在香港、伦敦、纽约、温哥华、台北、洛杉矶都有房产，到处可以住，先生去世以后这几年，因为儿子们在旧金山一带定居，反而在那附近住酒店或父母家的时候多。不过陆家二老去年搬回上海了，贞霓自己才回到香港未久，还没长远打算，听见问家在哪，竟一下没答上，要想想。

“你真的好似陆太——”亚发却没等她回答，顾自说着还笑了，“太似你妈咪了！也是懒得睬你个样，问都不讲。”

贞霓做了多年阔太太，保养得宜，又不大喜欢出门，总是避着太阳，比年轻的时候看着还白了些，快六十了猛看起来只有四十岁，正是亚发记忆中当年大宅女主人的年纪。

“我妈妈七十八岁了——”贞霓轻轻扬了一下嘴角，想到面前是小时候无话不谈的好朋友，就接了句在她难得的俏皮话，“也许八十三岁了。大秘密，没人知。”家里的孩子一直听亲戚传陆太太少报了好多岁才嫁到比自己实际年龄小的金龟婿。

“不会喔，几十年都冇人知?！”亚发诧笑道，显见家族秘闻也曾是小朋友之间的笑谈。“她的医生也不知？”亚发说着收起听诊器，换了比较严肃而专业的口气用英语说，“都看起来很好，报告上的指数也在范围内。你——”他沉吟了一下，还是说了，“其实我同意你美国医生的看法。”

美国的家庭医生老要她运动和吃维他命，还让她看心理医生，心理医生倒是开了处方。她拿了药没吃，却订了机票去台北、上海到处自己找偏方，看中医。持续了一阵的汤药和针灸推拿没让她情绪振作，可是对失眠和全身酸痛却有改善。孩子大了，老公死了，有钱有闲，生活里的大事只剩下照顾自己，她想治本，反正一个人，又到处有房子住，就又来到香港听人推荐找知名西医检查。

“Dr. 周——亚——伦？听人讲过，但不知道就是你。记得你的英文名不是 Allen 喔！”贞霓拿着名片看了又看，人都长变了，老了相貌反而没小时候正气，名字也改了。长相陌生，聊起小时候却还是倍感亲切。

老朋友重逢后约着吃饭叙旧。古铜色调小包厢里望出去是美丽的维多利亚港湾，近乎黑色的桌布上摆着新鲜的大红玫瑰花和散发栀子香的白色蜡烛。英国人走了，可香港还是充满着殖民地的情调。对面坐着当年未及互道珍重的“老友记”，贞霓客中又有点家的感觉了。

“都是你，成日叫我阿肥，所以一早改着了。”亚发开玩笑。“发”的香港拼音字母同英语“肥”，演电影的就算了，常要参加专业研讨会派名片或发表国际论文的大医生叫 A Fat Chow 确实须要多解释两句。亚发看见贞霓脸上常布的阴霾渐霁，就再加把劲，调侃自己道：“可惜姓不好改，所以一世人都是‘松毛狗医生’，Dr. Chow 。”毛茸茸的大雄狮犬 Chow-chow，简称 Chow。

“都叫发仔！ 乜阿肥？”可是几个弟妹喜欢乱给人取绰号，好像是叫过壮实的园丁孩子阿 Fat。想到小时候，贞霓竟然微笑了。

她不记得上次有这样轻松的心情是什么时候了。无忧无虑的日子是从离开门前植满梧桐的上海老家后就不见了吗？那时她还是个孩子呢！那么是从离开摆满了腊梅和水仙庆贺新年的香港父母家以后吗？那时她倒已经是个少女了。

可是做少女的时间太短了，才满十八岁就成了“黄陆贞霓”，听着哪像个少女的名字？可笑她离开家的时候还天真地以为自己是去美国读大学。比她大不多岁的小阿姨过年来走亲戚，听说贞霓年后去纽约住在黄家，就酸姐姐是想送女儿去“和亲”。兰熹毫不客气地皱眉就骂妹妹：“十三点！”贞霓还以为她们姐妹说笑话闹着玩。后来听说小阿姨刚到香港的时候也谈过黄家。

贞霓常常想：要是那时候没有被大她二十岁的丈夫黄智成看上，也许就上大学去了。贞霓只念到中五，虽然学历并没影响她一生的荣华富贵，可是心想事不成，总是一点遗憾。几十年看起来完满无缺的生活，这里一点遗憾，那里一点遗憾，贞霓把自己人生所有的遗憾留在丈夫去世后连同更年期一起爆发，明明自己觉得是绝症的前兆，医生竟然诊断是得了叫抑郁症或忧郁症的时髦病。这病看不见，摸不着，还来来去去，有时好点，有时，贞霓真的不想活了。

美国的心理医生开抗沮丧的药给她。这有什么用呢？她的遗憾都是过去的事，她的一生不能重来。陆家的人都长寿，可是她的丈夫死了，孩子大了，运气不好的话，黄陆贞霓可能要像现在这样再活四十年。医生要她“做自己”，“培养嗜好”，“不要把遗憾憋在心里，说出来”。除了那瓶她不想吃的药丸，其他的处方都太抽象了，贞霓十八岁以来做过黄家少奶奶、黄家太太，和黄家姆妈，不懂什么是“做自己”。她衣食无缺，要什么没有？可是房、车、珠宝名牌、小白球一杆进洞、打麻将绝张自摸好像都填不满心里那份空落落。把遗憾说出来就更不靠谱，她一生顺遂，不痛快的只是些生活中的琐事罢了，哪里说得出能憋出病来的委屈？

可是有了亚发这样一个信得过的医生朋友以后，贞霓开始正视自己的抑郁，不再排斥服用抗沮丧的药。不去细究西药的副作用自己吓自己，心理医生开的处方竟有神效，很快她的情绪就开朗了一些，生理不适也得到改善。慢慢地，她也有余力考虑厘清心头纠结。她想：至少要确定人生到底是在哪个点上跟那个自己失散的？贞霓就真的在某一天向母亲兰熹问起和亲的旧事。

“为啥不让我上大学，要我嫁进黄家？是勿是阿拉屋里厢跑到香港无莫铜钿？”一直到跟亚发谈起小时候种种，贞霓才思考过陆家在逃难之中维持排场是件不容易的事，“心理医生讲我的毛病可能是老早就有了的呀。”

“十三点！”兰熹还是那句话。这次是骂洋医生，也是骂不知好歹的女儿。

都说穷人的孩子早当家，不知道富人家孩子的家庭责任更大。就拿贞霓的娘家来说吧，陆太太金兰熹，十八九岁就帮着继母管家，连终身大事都差点耽误；陆先生陆永棠也是十八九岁就被在侨居地发了财的父亲送回家乡，要他娶贵胄淑女，负责为三代平民家庭“洗底”。贞霓是老大，替在国共内战中损失惨重的家族做点事，攀一门当门对户，在生意上可以支持周转的姻亲是责无旁贷的美事，有必要弄到四十年后看心理医生那么严重吗？

“搞不清爽我自家的心理，我要一辈子吃药咯！”六十岁的老女儿不如昔日好打发了，贞霓半撒娇半威胁地向母亲讨说法。

“铜钿啥人不喜欢？我陆家就算有钞票也没你黄家尬多——”门铃响了，兰熹说，“今朝你同阿姨一桌。”一面动身走向麻将间。

人外有人，小富之外有大富，大富之外还有巨富。民国变天，陆家在香港虽然远胜于多数见机迟以致坐困“吊颈岭”的难民，毕竟家产也丢了十之七八，比上早就布局海外一点没在国民政府金圆券上吃亏的黄家，已从几年前上海滩上的财势相当降等到了自叹弗如。和黄家结亲，撇开生意上多个给力盟友的长远好处，兰熹当然更相信自己是为了女儿的终身幸福，才把十八岁的贞霓远送到纽约黄家去“做客”，制造近水楼台。

花名在外的黄智成也曾经是个纯情少年，不过他年轻时轰轰烈烈的爱情故事拿到今日来看只是一节老哏：就是儿子自己找的娱乐界对象，得不到有经济实权父母的同意，一双恋人不顾家庭反对共筑爱巢，智成使出拖字诀，想有了孙子父母就会软化，结果纨绔子弟还没把自己拖成能当家的主，未婚得女的情人浓情已经转淡，舞国名花更在上海撤守的最后关头接受黄家的金条和船票带着女儿不告而别。被抛弃的儿子回到父母身边以后看破爱情，除了有时出去搞七捻三，大致专心家族生意。相熟的社交圈里自有一套道德标准，咸认为纨绔子弟跟一个舞女正经谈恋爱、同居是败家堕落，可是有钱公子四处白相相算是浪子回头，风评渐佳，竟不乏媒人上门，后来更和父母看中意的名门处子陆氏结婚，生下二男一女，尽了他做富家子弟的人子之责。

没钱的人以为富人不为钱发愁。不晓得“敛财”，现代叫“理财”，其实也是逆水行舟，不进则退，压力大得很。求学问喊停，不过落伍一点，除非失忆，识字的不会退回到文盲。有财富在手不去管它试试？不注意随时可能归零破蛋，债留子孙。所以富人往往对钱财比没有的人看得重，不但在外面怕生意上亏钱，回了家还怕比自己穷的亲友告帮，对新交的朋友或者新结的亲戚就更加防备，怕人结交是别有企图。

然而黄陆两家同声共气都源出海派，陆家虽然逃难在外今非昔比，却与高攀的亲家语言风俗没有隔阂，懂得不让初为人妇的女儿为难，何况陆家只须借借亲家太平洋彼岸的势头，自能在亚洲小岛上顺风扯帆，远不像现代一些想女儿嫁入豪门父母的难看相。与黄家结亲后，除非必要礼数，姻亲不常往还。贞霓在异乡听从父母之命中辍求学之志，成为黄家少奶奶，却感觉迅速被娘家孤立，只有年节公婆授意才打电话回去把父母弟妹一一问到，还要强忍思乡想家的泪水，免得招人误会。年轻的贞霓就在比她香港家里大数倍不止的长岛花园别墅里开始了人生的另一个篇章。

长岛这一区很僻静，路上没有行人，久久才看到一辆车几近无声地驶过。户户都有高大的铁栅门隐在茂密的树丛之后，过路的车子要等开近了才能看到栏栅后面一条悠长的车道通往看不到却在想象中应如欧洲古堡的大宅。一溜黑色车队安静地行驶过来，两扇铁门缓缓地向内自动开启，车辆鱼贯入内。车道很长，两旁却不是路人想象中如王宫后院一般的花园，反而只是原始灌木丛中开出的一条寻常柏油窄道。车行又数百米到了蓝瓦白墙占地近万英尺却外观朴素的新英格兰庄院式二层楼房前面，豁然开朗，周边也从车道旁的草莽景象变成了精心修剪的花树和厚地毯一样的青草地。一辆辆劳斯莱斯、宾利、凯迪拉克加长礼车就在屋前圆形停车坪旁依序停下，好像在开名车展，几个司机先跑下车来开门。乘客们陆续下车。男男女女都戴着墨镜，穿着深色衣服，贞霓更是一身黑，连颈上都戴的是大溪地黑珍珠。她被自己的两个媳妇搀扶着进屋，更准确的说法是，她们轻扶着她的手肘，做出搀扶的样子，一直到安置她进二楼睡房休息才轻声告退，出去招呼亲友。

贞霓躺在床上看着状若大棋盘做工考究的原木天花板，还是她新婚之夜心中忐忑瞪了大半夜的老样子，可是一下子三十年过去了！她也曾经在其间，年轻时候的某一天，穿着黑色旗袍，轻扶着黄老太太的手肘，做出搀扶的样子。居然转眼就轮到别人扶自己了！从十八岁傻傻地离开了香港的家到黄家大宅做客，到今天成为大家长。“老太太”“老太太”，今天媳妇“黄太太”的朋友都这样尊称她。几十年来一直提着做个好客人的一颗心终于可以放下来了吧。心呢？她把手放在左胸前感觉着自己的心跳。当年她来的时候，大屋原先的三个主人：公、婆和丈夫都成了挂在墙上的照片，她这个客人倒还在。可她不是陆家大小姐在世交家暂住等大学入学通知了，她现在等什么呢？等儿子明年帮自己做六十大寿吗？贞霓想起婆婆生前年节生日收到儿孙送的贵重礼物就开玩笑，说：“暂时问侬借借，替侬保管好，等我走了齐是侬的！”

贞霓想：帮黄家保管财富这一棒是交在自己手里了。两个儿子在生意上早就培养接了班，表面上不要她操任何心，贞霓却深知肩挑黄氏财富看守职责的未亡人不能一天松懈，富不过三代不是随便说说的，贞霓自己就亲眼看到几个家族因为分家产内斗受伤。上代累积的财富付诸东流事小，贞霓绝不愿意看到自己儿子将来兄弟阋墙。嗯，还有妹妹，贞霓最爱的小女儿，可是妹妹是人家家的了，贞霓想，将来自己的珠宝首饰和私房都会留给妹妹做念想。贞霓的第三个小孩是女儿，像贞霓不姓陆了一样，女儿现在姓陈，陈家比黄家还富。领了妈妈兰熹的身教，贞霓刻意低调，虽然时常想念而且两家住得不远，亲家不来请，她连麻将也不过去打的。

母女祖孙三代都是贵妇阔太。当阔太太有什么难的？生了小孩丢给保姆养，自己天天不就逛街、买东西、做美容、打球、打麻将、请客，管几个佣人？如果不是这个工作好，贵妇们为什么都要女儿世袭？现在的女明星又为什么看见一个富二代，顾不得吃相难看上前就抢？

“妈，”小儿子敲门进来，“我们这几天留在这里。”参加父亲告别式的亲友都送走了，两兄弟轮流在大宅陪母亲。哥哥一家先去城里公园旁边自己名下的公寓里住几天，顺便招呼远道而来不在地的亲友。现在又不流行住郊区了，城里方便又热闹，不像这里每户圈起自己的十英亩，和邻居鸡犬不闻，老死不相往来。

她告诉儿子不想被打扰，饭也别送上来。后来和心理医生谈起，真的好像是从那天起她就对食物失去了兴趣，而此前是为了保持体态整天都要忍着不能多吃的。食欲不振在她这样长期节食的人来说只是少了个烦恼，她不担心。可是身边的人都断定丈夫的死带给她打击太大，吃这么少会营养不良，须要赶快矫治。她才不相信。做寡妇当然伤心，却不至于伤心到绝食。都说久病床前无孝子，智成过世前十年才被确诊患了帕金森病，可是此前十几年可能就出现了症头，只是没跟生病对上号，所以她三十年的婚姻之中倒有一大半是跟个病人过的。丈夫确诊以后婆婆替儿子强作解人，说智成多年脾气坏都是因为生病，这之前婆婆可是把账算在贞霓头上，认为是媳妇不够乖巧，不懂得讨丈夫的欢心。

贞霓那个时候嘴上没说，可是心里对婆婆不服气。她想：刚结婚的时候，智成绝对是疼爱她的，就算没谈过恋爱，贞霓觉得身为女人，自己男人喜不喜欢自己是不会搞错的。

智成从前疼爱她，也很爱两个儿子。女儿也爱吧？不都说女儿是爸爸前世的情人？不过黄家总体对女儿是冷淡点，开玩笑也常说："以后是人家家的！"虽然一家人香港、纽约、伦敦剁处住，女儿倒多半时间在美国长大，听到这种玩笑当场就驳，还不依不饶，倒在祖母身上撒娇耍赖。女儿个性本来跟她一样沉静害羞，可是美国教育特别能治害羞，上学以后就变得活泼了。贞霓想：妹妹活泼归活泼，还是乖，大学一毕业就听家里安排嫁给陈家的儿子。不过结婚这才多久就说要离婚？孩子也不肯生，倒是让贞霓有点烦。

贞霓自己就不让妈妈操心。嫁进黄家就传进门喜，连生二子以后，她在黄家也挣了一点地位，就想趁年纪还轻，回去读大学，并且得到老公同意，暂时停止生养。可是黄家应酬多，那时夫妻感情也好，智成出门旅行做生意都要她陪着，修课有一搭没一搭，多数时候到大学缴了选课的钱，就没去过教室，渐渐放弃了向学的心，专心做起少奶奶来。

几年后黄家老太爷过世，婆婆升任家长，一次生日感言，对贞霓说黄家人丁不够旺，送她珠宝不如多子多孙。贞霓自己也想追个女儿，并不反对老人的意思，不想刚过四十五岁的智成却怠起工来，后来想想，智成是不是那个时候健康就出了问题呢？不过黄家对媳妇要求比对儿子高，所以去看医生助孕的只有女方。经过一年努力，贞霓还是怀上了老三，而且是个女儿，贞霓欣喜不已，跟母亲通电话报喜，兰熹也很高兴，用万幸的口气祝贺道："侬个命好来兮！先生了两个儿子！"

有两个儿子打先锋，女儿的到来确实是件单纯的喜事。可是智成的脾气却在贞霓第三次产后明显地变坏了。

"吃得尬许多！吃相尬难看！"先她吃完准备下饭桌的智成忽然生起气来。已经坐在起居间的黄老太太漠然地往餐桌这边扫了一眼，没说话。

虽然有佣人，家里吃中式餐点的时候，丈夫母子的饭和汤按规矩都要少奶奶盛的。既然负有布餐的任务，贞霓晚点下桌很平常。虽然生了老三以后丰腴了许多，贞霓绝对谈不上胖。她幼承母教，从小学会就算再好吃也不能现出馋相，更何况这只是一顿家常便饭。"吃相尬难看"不可能是说她，可是饭桌上就剩她一个。贞霓默默在心中检讨自己这顿晚餐多吃了没有：啊，可能汤喝多了一碗。

贞霓有点惭愧地放下筷子，佣人迅速地过来收拾。一面照规矩把新泡的茶用托盘端过来，等她起身，预备跟在她身后把托盘拿到相连的起居间去上饭后的绿茶。这天也是时辰不好，贞霓站起来的动作稍为大了一点，新来的女佣本能地想让一下，却给脚下的厚地毯绊了一个踉跄，托盘一歪，茶水四溅。

"哎呀！烫到没有？"贞霓顾不得自己手上几处觉得发热，慌问已经坐倒在地的女佣。

“尬不当心！”智成冲过来，一面口中骂道，“侬在想啥么事？哪能尬不当心！”把脚下一个落下的杯子加踢一脚，茶也不喝了，怒冲冲转身走了。

黄老太太也过来看一眼现场，皱着眉头说：“哪能弄个一天世界？快弄弄清爽！”也走了。

贞霓和赶过来的管家扶起坐在地上哭的女佣。管家对女佣低声骂道：“真是一天世界！今朝发神经呀！”不知道是怪新来的女佣粗心，还是觉得男主人暴躁异常。

这以后异常却慢慢成了正常，原本温和有礼的智成越来越暴躁，没事就大发脾气的频率也越来越高，连贞霓都怀疑丈夫是不是真的发神经？没想到多年后确诊得了帕金森病，不知道和脾气变坏有没有关系？不过身体不好，脾气和心情恐怕也是好不起来的。贞霓想自己却是因为心情影响了身体。她从五十岁起就疑神疑鬼，觉得自己全身不对劲，到处求医，结果几年以后才发现是心理的病。

不过现在好了！贞霓拿过水杯吞下今天的药份。她接受治疗也几年了，自觉身心逐渐康复。虽然高堂在上海，儿孙在美国，她却感觉香港更像是自己家。她想，这一切都要谢谢亚发，没有这么一个信得过的医生她可能前几年自杀了都不知道是为了什么。做大户人家的少奶奶压力大，有钱寡妇的麻烦也不会少。她一个也居孀的小学同学丈夫死后迷上风水，把钱财都耗在迷信上，和夫家家族打上官司，天天上电视，八卦周刊还捕风捉影暗示和风水师有冬瓜豆腐，这在素来以低调为尚的香港上海富户圈里是一件多么不体面的事！

贞霓站起来走向落地大窗前眺望面前碧海蓝天，白帆点点，感觉心胸一畅。菲佣过来换上热茶，又静悄悄地走了出去。她这房子也是经亚发介绍鼓动最近才换的。原来黄家在香港的别墅有大花园，花匠多年没有用心打理，车道上都长了草，看起来大而萧瑟。“没有人气，风水不好！”亚发拿房地产公司广告给她看，“我有钱就会买这个无敌海景，5888号，一定会赚钱。”广东人什么都要个好彩头，也学着上海人讲究吉利号码，不过亚发坚持那是香港人先开的风气。

亚发最近还积极介绍建筑商人跟贞霓谈老屋合建的事情。这个贞霓倒是兴趣不大，虽然小孩很少回来，一家都来她这里就小了点。黄氏到处有房产，连带到处要养一两个人，卖房子还要开掉老管家，伤感情。贞霓说：“就摆那了，不想麻烦。”

亚发古怪地看她一眼，叹气道：“你知吗？我今时都算是有几文的啦，同你一比，我就好似穷光蛋，好似还住在你屋企花房里一样。这个就是海派啦！你就是有你等上海人讲的那种乜——派头！”最后两个字，亚发试着学说上海腔。

贞霓脱口说：“钱真的有咁重要吗?！”旋想到自己娘家，八十多岁的父亲陆永棠天天观察全球大事和股市、汇市不辍，不缺钱资金照样搬来搬去说是“滚石不生苔”，才把台北、香港的墓园卖了，又在上海近郊大买特买坟地声称是找自己的Last Home，就微笑道：“我妈妈都讲啦，人人都中意有钱的啦。”

"但是——"亚发竟像陷入沉思，半晌才道，"要有几富有——钱先至不紧要呢？"

香港西医社会地位高，忝列上流社交圈，收入也很好，可是毕竟"人赚钱"，比不上"钱赚钱"的获利率，所以医界投资的风气很盛。亚发业余也炒楼、炒股甚至入股过餐厅什么的，却屡传失利，现在逼近退休年纪，心里紧张起来，常常对自己的财务状况感到焦虑，晚上都睡不好觉。他结了两次婚，和原来诊所一个护士也生了个小孩，维持着长期的关系，算起来有三个家要养。第一次婚姻的太太、小孩都恨他抛弃；第二次婚姻的太太、小孩又恨他外遇；在两次婚姻之间不小心失足成了外室的第三者和庶出的女儿更恨他不讲先来后到的规矩，让怀了儿子的感情劈腿对象抢先扶了正。

"好似我三个老婆六个崽女，都使我的钱，仲系咁憎我！"亚发跟贞霓诉苦。他们的友谊在人生最纯洁的时候中断。几十年后重逢，有如开启了封存的醇酒，色清如水却回肠荡气。两人都重新找回少年时期可以分享心事和秘密的朋友。

贞霓微笑着点头。她只管借只耳朵给亚发，却说不出什么安慰的话。对婚姻不忠的男人贞霓从小看多了，妈妈兰熹穷毕生之力防范丈夫出轨，还曾为了拆散陆永棠的一段孽缘想大费周章把家搬到遵循一夫一妻制的台湾去。香港华人适用大清律法，贞霓自己就参加过几个世伯娶妾的喜宴。

"一世人除了搵钱，唉！仲有乜耶？"亚发被三个家和工作弄得烦不过了，就会逃到有美丽海景的大客厅里来找贞霓喝杯茶。"不过像你等这样含着银汤匙出世的就不同了。”他往沙发上一靠，又老话重提，“我要有钱，我也要在这里买间屋。”

“你要都要买三间啦！”贞霓揶揄道。

“好，你笑我！”亚发忍笑佯怒道，“费事同你千金小姐讲耶！我都抑郁啦，压力咁大，想退休都不得。真是惨——”

门铃响起，菲佣过去应门。

海景豪宅有两道关卡。大楼的管理员显然已经盘查通过直接放行，来人已到楼上单位门口，听见佣人在对讲机里说：“哈啰？”就用英语找松毛狗医生，菲佣毫无戒心地打开大门迎客。门口两个打扮入时的中年妇人就一个箭步抢进门，鞋也不换，直奔客厅，两双高跟鞋打着大理石地面像敲响杀气腾腾的战鼓。

贞霓还未明就里，有被捉奸经验的亚发已经从沙发上跳了起来，挡在前面呵斥道：“喂喂喂！你等不要乱来啊！”

贞霓也一下就想到这二位一定是亚发的妻女或妻妾，虽然自己和亚发之间没有暧昧，毕竟重逢数年了也没结成通家之好，跟亚发的家人初次照面气氛如此紧张，不知道她们对自己这么一号老朋友怎么做想？总之，看来来者不善，贞霓忽然想到八卦杂志上胡乱引用的红粉知己一词，竟感耳朵一热，心中有点莫名的慌张。

两位不速之客，稍微年长的是妾，年轻点的是妻。来以前她们也知会了家里跟着小孩喊“大妈”的下堂妻，把周亚发这个“老色狼”又找第四任还密置海景豪宅藏娇的消息透露了。下堂妻冷哼一声，几近幸灾乐祸地道：“不关我事啰——”想想又恨声道：“老椰成日话自己冇钱，仲买咁贵个屋——他试下给少一个仙我啦！”

不过他们已经离婚，下堂等同退役。金屋？哪怕有海景，也不是她的战场了，就识相没去。

嫩妻正气凛然，看到老公能供这样一间富丽堂皇的梦想之屋藏娇，虽然住的还不是自己，也不想搞得鱼死网破，就收了前冲之势，大剌剌往落地窗前一站挡住美景，昂头高声唱名道：“周亚伦，你如今仲有乜耶讲?！”

长妾却不出声。她注意到恐怕比自己还大得多的贵妇比较像个主人，虽然稍微露出心虚的样子，可是年纪偏老又气度华贵。妾自己经历过那个位置，直觉贵妇不是娇。她们一路尾随“老槲”来到这里，还在外面耐心等待了一个钟左右，虽然闯进门来只看到喝茶有点出乎意料，可是两人客厅对坐，气氛自然温馨，年龄外形十分匹配的“二老”就像坐在自家屋企品茗一般，何况大厦管理员表现得周医生就是这家男主人的样子，直接就放她们上来，所以老东西是常客不会有错，至于屋主是谁？长妾心想：老公虽然年过六旬，可是风度翩翩，最近又喊穷，难道是找到一个富婆可傍？自己两个会不会莽莽撞撞破坏了风流医生的老版美男计啊？

“这位是黄氏集团的黄夫人，”亚发稳下场面后，郑重介绍，“我是她的医生。”他转头对贞霓文绉绉地说：“黄夫人，这两位是贱内。”

贞霓也想通了是怎么回事，心火上升却强自镇定，面上即刻罩上她被训练了一生的淡漠神情，未发一语，却已充分表达了不屑跟面前人打哈哈，也不准人家在她这里闹家务的意思。她头都未点，直接把一干人都当成空气，顾自从妻妾之间优雅却冷若寒冰地穿过去。她边走向内室，边平静地叫菲佣送客，将到卧室门口时头也未回地用英语说：“Dr. Chow，我想我要换个更专业的医生，请你把账单寄给我的秘书，谢了。”身后众人只听到她的声音清冷不带一丝感情，没看见她开卧房门的手抖得厉害。

贞霓心想：糟糕！不要抑郁去了，帕金森来了。

北国有佳人

“小北京”这个名号也就只能在南边叫叫，真碰上翘着舌头该“儿”才“儿”的北平人，恐怕一听就知道人是从关外来的。

淑英母亲商大娘听说年前被日本军队拉夫去做翻译的淑英她爹有可能逃亡在上海，仗着手里还有些金子，母女又都是天足，就决定不坐以待毙，带着十岁的独生女离开已沦为俄国老毛子和日本小鬼子战场的家乡，怀抱一线希望奔向当时的远东第一大城。那时还叫北平的北京，娘儿俩就在朝南奔的路上经过了一下，人生地不熟，连车站都没敢出。其实母女对上海也陌生，手里只有一个商大娘娘家堡子掰起手指也数不清楚的亲戚的联络办法，要不是父母公婆相继去世，家乡又不安全，商大娘也不会冒万险拖着女儿千里寻夫。幸而实际上只是小同乡的“上海亲戚”见了面，人不亲土亲，商大娘叫起大哥、大嫂，淑英在上海就有了也不知是她们二房东还是三房东的舅舅和舅妈。

淑英到上海的时候年纪小，还没复学，弄堂里走走站站，公厕前洗洗涮涮，就学会说几句本地话了，后来更是讲得听不出一点外地腔，可到她十六岁正式下海的时候，舞厅里大班还是给她起了个“小北京”的花名。在本地人眼里，腿长胸丰体态健美的北方大妞就是跟南国佳丽风情不同，兼之本地人对国内其他省市的观念一贯“出了上海都是乡下”，只有前朝天子脚下的北京还不敢太小看，所以上海滩舞厅里的北妞可能都叫“小北京”，淑英怕还不是当时顶出名的那个，而且认真追究，淑英该叫“小沈阳”比较正确。

淑英发育早，才十四岁就出落得亭亭玉立，而且精通国、沪“双语”，又还记得几句已经人间蒸发的她爹在闺女小时候亲课的简单日语。小学毕业后辗转托中人介绍，淑英考进新张的私人俱乐部做衣帽间小妹，算是母女到上海后的第一件喜事，起码为寻亲无着，渐渐坐吃山空的娘儿俩救了眼下之急。后来虽然穷家小户接着上的人生戏码是“孝女有病母，无奈堕风尘”的老一套，淑英毕竟已经在灯红酒绿的花花世界里先“见习”了两年，趁着“公司”易主对外开放，舞厅扩大招聘的机会，从小妹转当舞女竟有点感觉像见习生转正，并不觉是被逼入风尘，有什么身心痛苦挣扎。那时对相依为命两母女最重要的事，是商大娘自认绝症，一年四季都咳不能止的毛病，有钱看医生了。

“俺对不起俺闺女啊！怎么俺就不是肺痨呢？日后找到你爹了，俺可怎么跟他交代?！”商大娘经西医确诊自己的病是过敏以后就常常自怨自艾，“不像俺就认得几个大字，你爹可是留学日本的呀！要不是俺身子骨不争气，你怎么会去那种地方上班？他一定是要供闺女读书的啊，可你看现在这样——”商大娘想起是自己拖累了女儿就哭。

淑英，现在公司里的人都叫她的小名英子或者花名小北京，早习惯了家中有商大娘在耳旁唠叨的背景音效，并没去细听母亲泣诉的内容，只管微蹙黛眉专心盘算家庭收支。她把必要的家用放一摞，节余用旧手绢缝成的布包仔细收好。“转正”才两年，养家、救母的心愿都做到了，她人生的下一个目标是搬家。医生说商大娘的过敏症跟居住环境有关系，如果住的地方不那么潮湿，病情自然就会改善，现在开的药只止咳不管好。

“这里住着挺好，搬啥家！”商大娘舍不得离开情比亲亲的义兄嫂，更舍不得花钱，“钱都是你贪黑赚的辛苦钱，存起来赶快把账还了就别在那儿干了是正经。”

淑英是个聪明孩子，这屋里一票老乡都在上海住多少年了，本地话还不会说，淑英却已经学会了上海人过日子的精明。“在上海到哪儿去借钱人会借你？就公司乐意，还不催讨，不催就先欠着。听客人说小日本都打到北平了，钱越来越不好使，咱只要有就换金子，把咱先前换出去的赎点回来。”淑英说，“家得搬，还得赶紧的！再住在这儿是人都要生病，咱省下看医生的钱顶房——”她语音未落，眼捷手快地脱了脚上的鞋，对准一只可能是被天气蒸得从墙洞里探出头来透气的老鼠扔过去。

也只有世称水乡的长江南边用“蒸”这个字形容天气。这年的天气跟混乱的世道一样让人冒汗，刚出黄梅季就开始蒸，秋老虎还未发威，弄堂里的暑气感觉已达高峰。赶走皇帝二十六年了，南京政府却一直步履蹒跚，前朝被列强殖民的各国租界收不回不说，多数是自己国民的公共租界一样管不着。也不知道是不是因为这里就属于那管不到的地儿，一切竟像荒地上蹿起来的野草一样乱七八糟却生机蓬勃，连气味都比别的地方浓烈。下午的弄堂仿佛热灶上一个盛满了臭豆腐的大蒸笼，各种怪味儿腾腾地跟着上个雨天存留的湿气一块儿从地下和墙缝里往外冒。

说是弄堂，一个像门脸一样的穿堂进去却又是几条横七竖八的狭窄巷弄组成的一整片民居，栉比鳞次都是二楼低得像阁楼似的二层木造矮楼；屋顶上一行行重叠落着江南常见的黑色薄瓦，木质外墙却漆成一种近于不新鲜猪肝的赭红，户户都从楼上窗子里横出几根晾衣的竹竿，既实用也确保了自家的领空权。这样的房子在本地住房等级约莫介于石库门和棚屋之间，屋主多半是做小生意的本地人，也分租出去给从全国各个地方流浪到上海冒险或逃难的外地人。

都在等太阳偏西，时间一到，这里就会像进行一场仪式一样的，家家户户把躺椅或板凳搬出去屋外纳凉。淑英这天顾着和母亲算家用账出门晚了点，远处巷口有零星几个老人被屋里热气逼得提早坐出来谈山海经。脂粉未施的淑英穿着淡青色竹布旗袍经过跟前时，客气地对街坊颔首为礼，老人们冷漠地看着她，安静下来等她走过。一个老人在她身后重啐一口，用不轻不重、刚好能让她依稀听得见的声音说：“卖咯！”

冤枉呀！淑英在灯红酒绿的舞厅里上了两年班，卖的只有一截纤腰，最多加双玉手，符合宽松意义上的卖艺不卖身。这里街坊都不具备做火山孝子的资格，臆想中舞女这个新兴职业既靠取悦男人赚钞票当然就是他们所认知的婊子。他们不知道，对一心想把家人从这条弄堂里带走的淑英而言，家和公司，却一个是白天的炼狱，一个是黑夜里的天堂。

华灯初上，住在西区的华洋贵人已经三三两两乘着私家小汽车来到富丽堂皇，当时就有冷热气设备的大饭店，开始享受本埠举世闻名的夜生活。所有依附这些富豪为生，提供服务和娱乐的男男女女也随之忙碌起来。

淑英的身材高挑，面貌端正，穿件竹布旗袍走在街上看起来确是一个清秀佳人。可是有些女人天生不宜上妆，淑英穿金戴银再涂脂抹粉以后，和其他千娇百媚的同事们排排一站，姿色立即掉了一半，从清秀的邻家女孩变成相貌平平的舞小姐，这让原先看好她的潜质，把她从小妹网罗旗下“升任”舞女的丁大班都大失所望。而且那年头不流行高个儿，舞女高过舞客那算怎么回事？又因为年纪还轻，交际手腕也有待精进，所以淑英的捧场客不多，生意一般，跳了两年，还是个晚饭时间就要进场候教的汤团舞女。不过她更早的时候在茶舞时间当班，得闲就厚着脸皮求教前辈，没客人请也勤跳两个舞女自己跳的广告舞磨炼舞技，又认识不少专挑茶舞时间光顾的逃课学生或是花不起钱的薪水阶级，都是大家年纪差不多又真正好玩爱跳舞的小青年。淑英还没学会势利，待人亲切真诚，脸色更不随舞客的小费起变化，就跟年轻的舞客一起跳着成长，还真有几个和她交成了朋友。

那个时候舞女的社会地位很微妙，虽然街坊会在背后指指点点吐口水，非富即贵或者读了洋书的舞客反而多半做出绅士对淑女的派头，不到做足花头成为恩客，除了跳舞必须揽腰牵手，借机揩油吃豆腐的都很少。没有电视、网络传播，娱乐事业项目不如现代多元化，市井小民基本把从事娱乐行业的女性职业归入下九流。可是舞女表面上是不卖身的，而且在那个无论男女、多数中国平头百姓都是文盲的年代，舞女的识字率却高达百分之百，而且懂礼节、能应酬、会打扮，还有少数很有文化或才艺，有会作诗、会唱歌的，也有会唱戏的，可能比当今电视上那些不会唱歌跳舞或任何表演，单靠言行出格引人注意的艺人素质还高一点；至不济像淑英，经过两年苦练，她的舞技放在今天也轻易可以在地方性的国标舞赛里拿个名次了。

“伊就是吾讲过的商小姐。”淑英的小白领熟客老说要介绍自己任职公司的太子来捧场，终于请到了。熟客竖起拇指保证：“勿要看伊年纪轻，舞跳得邪气好！”

太子爷叫黄智成，穿着夏天的浅色西服，足下黑白相间的皮鞋锃亮，油头粉面，高高的个子，一张年轻面孔活像小报漫画上的小开。后来熟了知道果然也就比淑英只大三岁，家族做着一切和运输沾了边的生意，不过没他什么事。父母亲现在外国开展船运业务，小开自己在上海由堂叔培训并监管，白相之外就等接年富力壮刚过四十的父亲老开的班。

乐队奏响音乐，智成微笑着向淑英伸出手，轻轻牵着她旋入舞池，翩翩起舞。从来高人一头的淑英忽然第一次感觉自己也可以小鸟依人，一曲接一曲让智成带得飘入云端。两个人高手相逢，舞得十分合拍而尽兴，最后一曲狐步更是跳得满场飞，在熙攘的舞池中如入无人之境，两人四足亦步亦趋地回旋摆荡竟然如同独舞一般，不禁彼此都对对方刮目相看起来。

“黄先生，侬舞跳得真个好！”一曲既终，淑英轻轻拍手，由衷地低声赞美。

“还可以，勿要侬拖死猪。”智成幽默地用舞女骂菜鸟舞客的话回应，一面把卷成一团的舞资和丰厚小费塞到淑英手中，表示要告辞了。握手再会的时候，他顺势稍微凑近，悄声对有时会自惭人高马大伴舞不易的淑英说：“侬跳起舞来才是身轻如燕呀！明朝会？”

从此，喜欢跳舞又有钱有闲的智成就不找别人坐台了，几乎天天只找淑英切磋舞技。一般红牌舞女忙于转台应酬其实舞跳得未必好，跳得好的又往往年纪较大，身高也不像淑英这样和他相衬。可以舞得如此珠联璧合的伴侣哪里找去，两人很快就惺惺相惜起来，居然一天不见就能牵肠挂肚，却不能确定那就是初恋的滋味。

租界里红男绿女夜夜陶醉在舞曲的旋律中，可是外面的局势却越来越坏：七月七日卢沟桥事变，七月二十九日北平沦陷，八月十三日淞沪会战开打。国境内烽烟四起，百姓家破人亡，流离失所；可是欧战还没爆发，日本也还没跟英美撕破脸，越来越多的人涌入上海租界避难，竟让形同孤岛的租界变态地越发繁荣，房屋租赁市场供需失衡，片瓦难求，人心像等待末日降临前般绝望，醉生梦死的娱乐场所成了热门去处，舞厅马场到处人头攒动。北客一多，找小北京坐台的客人有增无减，国难当头，淑英却渐渐走红起来。

固定替淑英捧场的客人里有位说一口京片子的张先生，年纪也轻，比淑英大不上十岁，自己没有头衔，名片上潇洒地印着三个字：张汶祺。朋友之间开玩笑似的称呼他“二少爷”，听说以前是清朝的官宦人家，父亲后来在溥仪那里做官。张二少的上海话不太灵，对语言相通的淑英一直不错，还常常纠正淑英的乡音，说她对不起自己的花名小北京。

“不是‘散’十根，是三十根！”张二少又笑话淑英的四声不正，“我说你就这么想搬家？三十根条子都舍得？”他们跳慢四步，边踩拍子边聊天。

“有什么舍不得？问题是没有！”人赚钱收入再丰厚也赶不上房市。淑英叹气道：“房子涨得太凶了。几十根金条才能顶下来一间，以后的租金倒是小钱了。”她自我安慰道：“我就这么一说，静安寺路的电梯公寓，可想都不敢想。”淑英早先已经看中，想分租的石库门房子也都坐地起价，她虽因生意变好而收入大幅增加，反而感觉搬家的梦想越来越难实现了。

“那房倒挺不错，离这儿也不远——”张二少随着蓝调的节拍脚下一转，原来轻扶在淑英腰间的右臂就势一揽，口里还在说，“去看看？”淑英整个人已经被他紧抱入怀，一般高的二人脸孔也贴到了一起。“看了喜欢，也许一个子儿也不要你拿呢？”他像讲情话那样在她耳边低声地道，“那你还敢不敢想？”

灯光总是在奏慢曲子的时候配合情调转暗了的，舞池里除了相拥的人影什么也看不清，可是淑英的脸羞红了还发烫，心也怦怦地跳着。贴得这么紧，张二少一定感觉到了她的体温上升、心跳加速；男人的手臂加了点劲，异性的气息吹拂到她鬓发上，胡楂轻刺她的面颊，明明低沉温和却让她感觉咄咄逼人的男声在耳语：“嗯？说呀！敢不敢？想不想？”

张二少和他几个朋友算是常来捧场的熟客了，可是以前并没表示要做淑英裙下之臣，可能是黄小开出现产生竞争心理激发了追求之意。一掷千金的豪客淑英不是没有见过，可在这之前都是发生在别人身上的传闻。舞女和恩客之间的恩怨与纠葛，作为一个从小妹干起的俱乐部“资深员工”，淑英听的故事可多了。她下班以后赶紧找她正式拜过干爹的丁大班商量这件大事：“干爹，侬看格个事体吾要哪能呢？”

“阿女，好事呀，侬也大了，可以夹朋友了。”丁大班感觉到有女初长成的喜悦，很高兴地道，“让吾来跟伊讲，勿会让侬吃亏嘎。”虽然舞女、恩客主要讲个情投意合，跟堂子里清倌人一定要点大蜡烛办场家家酒似的喜宴敲竹杠不同，可毕竟是淑英的第一次，就有很多细节，包括开始在一起的仪式甚至将来分手的条件，都要事先谈妥。这就一定要有人中介乔事。丁大班自觉当仁不让，立即拍了胸脯。不过干女儿的心思要先搞搞清爽：“阿女，张先生勿是刮皮格人，吾看伊对侬也勿错，侬哪能想呢？”

“勿错是勿错，脾气也蛮好嘎。”淑英举手扶腮，手心温暖了被男子紧紧依偎过的面庞，胸膛里有点躁动不安的是少女怀春的心。

老江湖丁大班看着干女儿点头微笑，像一个农夫看到庄稼将可收成一样，心里快乐地盘算和分配着可能的收益。

“可是，要是——”爽朗的淑英忽然忸怩起来，吞吞吐吐地说，

“要是答应了张先生，黄先生哪能办法？”

丁大班吃惊地确认了黄、张二位其实只有一个候选人表态，立刻表示：“哪能办法？不好办！”他警告干女儿，这个行业最忌自媒，女方采取主动，不但不能喊价还会跌价的，而且万一先有诚意的那位听到风声可能美事变霉事，把自己的行情搞坏。最后丁大班要干女儿一定要有耐心：“心急吃不了热汤圆，侬不要急，有办法嘎，阿拉阿女的终身大事一定要风风光光！”

丁大班那时候并没听说过蒋委员长对侵略者祭出长期抗战策略，可是巧了，上海租界舞女大班和国家统帅想到一处去了。丁大班知道己方需要时间换取最大利益，所以对干女儿的姻缘采取拖延战术。丁大班拿出借力打力的手段，催熟黄小开的追求之意，造成竞标之局，再针对两个入围者展开攻势，支吾其词地透漏一点动静，审时度势地放出一点消息，吊足胃口，激发斗志，让二男争献殷勤。他又要求淑英，无论和两人打得如何火热，务必摒牢。上海话“摒牢”等同现代人说“hold 住”。

当年租界孤岛上的官二代和富二代就在国难之际、舞大班急敲的边鼓声中，展开金子铺路的邀宠之争；淑英也来到了人生感情和事业高峰的两年。最终赢得美人归的是小开黄智成，张二少散了千金结果还是输在口袋不够深，黯然败退，后来听说回了北平。

淑英早一年就达成了搬家的心愿，她领着母亲商大娘，连同认来的商大娘本家舅舅姓应的一家四口，凑成一大家子，远离了靠近苏州河岸的公共租界，搬到法租界一幢小楼里。淑英二楼的香闺现在推窗就会扫到梧桐枝桠，母亲住顶楼，舅舅一家住楼下，原来的房东老夫妻把正房让出来生财，自己退居到从后门另有出入口的类似石库门亭子间的偏间里住。

这下可如了商大娘的心愿，女儿找到可靠的人，也不必和应家兄嫂分开。一直下落不明的商先生生死未卜，母女在原乡也早已经无亲无故，流落异乡多年，起码现在的一家人还能住在一起彼此照应。二十一岁的淑英成了家里的主心骨，比淑英小五岁的表妹雪燕和小七岁的表弟雪麟还在上学，一屋子人都靠淑英帮衬或帮衬淑英生活。

春天来临的时候，淑英怀孕了，不再去舞厅上班。收入减少，可是一大家子都很高兴，一起憧憬生了儿子以后，智成就要上禀高堂，接淑英过门，没有比淑英能嫁进有钱人家当少奶奶有个好归宿更让全家有盼头的了。此前两人虽然举办过婚宴，来吃酒的都是舞厅姐妹和她们的恩客，有介绍人没有主婚人的喜事是不被社会承认的。

天才转凉，淑英正是大腹便便的时候，原先被欧战爆发阻断了归乡路的智成父母辗转抵达了新加坡，途中发电报叫儿子速去香港碰头。智成告诉淑英这是一个当面和他父母说清楚两人关系的好机会，约好去去就回来陪淑英待产，依依不舍却兴冲冲地走了。

智成离开上海不到一个月，太平洋战争爆发，日本人正式向英美宣战，日本军队开进上海租界，包括传教士在内的英美侨民都被赶入集中营，孤岛沦陷。从外滩到南京路到处插了太阳旗，军用吉普车在商店前轰然来去，主要道路都设了检查哨和拒马，没挂通行证车辆不准外出，行人一一遭到盘查。淑英在日本兵随时会封锁某一区域冲进屋抓捕嫌犯的肃杀氛围中足月生下一个白胖健康的婴儿。

“啊！是个丫头——”淑英躺在床上全身乏力近乎虚脱，昏昏沉沉之际听见帮她接生的母亲和舅妈充满失望的声音。

“丫头”刺耳，淑英把女儿抱在胸前喂母乳，一面想为孩子取个名字。生产之前众人盼望心想事成，总是避谈生下来也有不是个儿子的可能，这下原先想好的男孩儿名字全用不上了。淑英虽然还不知道外面或将来会有多糟糕，想到战祸临头，爱人分离，忽然悲不能止，哭哭啼啼地为初生女儿起名爱芬。

战争阻碍物产流通，城中民生物资缺货情形一天天更加严重，租界的商铺虽然多半被要求恢复了营业，架上常空。煤荒已经闹了一年，眼下米也买不到了，奶粉自然更是矜贵紧俏。幸好淑英胸丰奶足，孩子喂得壮硕白胖，无病无灾。可是智成走后音讯全无，物价腾升，家里又老的老，小的小，食指浩繁。年关在即，家用的无底洞不能单靠节衣缩食和典卖来填补呀。

丁大班来探视干女儿，谈起自己过年以后有新动向，会带班加盟静安寺路上有名的大舞厅。奶着孩子的淑英不能抽身复工壮干爹声势，大家几番商量，决定让淑英表妹雪燕顶上。

雪燕北人南相，人如其名，肌肤如雪，身材娇小，除了沪语流利，也能说一口对丁大班的上海耳朵而言可谓悦耳动听的仿京片子。丁大班看见这样一块美玉，简直不胜之喜，保证好生调教，将来成就还要在表姊之上。雪燕就高举了“小北京”的艳帜进场，继续这个品牌在上海滩风月场中的传奇。

一年半以后爱芬断奶，淑英也回去上班。这个时候雪燕已经打响名号，淑英只好改叫“大北京”，说起来是当时舞厅里最出名的姐妹花，丁大班还放出风声说她俩出身旗人贵胄，以广招徕。雪燕容貌娇丽，小巧个子又受舞客欢迎，竟成了火山客无人不晓的“美艳亲王”。淑英还是走回“技术本位”和亲民路线，昔日小青年熟客有投靠了汪政府的，也常带日本朋友来找会说几句日语的淑英坐台，姐妹各有擅长，渐渐竞而不合，雪燕找到一个大手笔恩客，就在淑英重披舞衫一年以后，搬家另立了门户。共过患难的一家人不能共富贵，竟就此分道扬镳。所幸表姐妹虽因“娱乐业”同事之间比一般行业竞争激烈，产生心结，商大娘和应家兄嫂还是像好亲戚一样常走动。

抗战胜利，日本人走了，国民党来了，租界里马照跑，舞照跳，商人照样囤积居奇，大发利市。南京政府宽大对待敌人，却严厉惩处涉嫌通敌的自己人。淑英受到和日本客人往来密切以及汉奸舞客的牵累，竟也被带走盘问了几天，虽然最后因为求对了人，无罪开释，舞厅却怕事，早摘了“大北京”的牌子，上海风月场中又是“小北京”一枝独秀。淑英十年舞女生涯以失业告终。

然而母女对坐发愁的日子没过多久，天降喜讯，智成回上海了。那天还是商大娘领着已经四岁的爱芬替智成开的门，淑英听到楼下母亲又哭又叫，飞奔下楼，楼梯剩下几级，她却腿软得一步都走不动了，只能站定和智成泪眼相望，好像他们中间是条蹚不过去的银河。

淑英几个月没有上班，在家穿件青色旧布旗袍，烫过的头发已经有些发直，脂粉未施的面孔反而尽现清秀的本色，她嘴唇牵动，在几步之外无声地呼唤心肝。智成弯腰抱起女儿，走向劫后重逢的爱人。小女孩被陌生人吓得大哭，外婆想换手抱过来安慰，淑英正好飞身扑向走近的智成，一家四口就都流着眼泪紧紧相拥成一团。

智成在香港沦陷以后跟随父母辗转躲到没被战火波及的美国本土，老老实实地在爸妈身边做了几年儿子，虽然已经老大不小了，还是一脸小开的样子。战后的中国虽然千疮百孔，在有生意头脑的商人眼中却是一块金矿，黄氏也回到香港，就近收拾重整在上海和天津的产业，智成再不材，毕竟是太子，也在家族企业里面负起一些责任了，常常需要在这几个地方商务旅行，他就带着淑英到处跑，女儿留在上海请了小大姐帮忙外婆照看。

淑英跟智成的母亲在外面见过面，也羞怯怯喊了声妈，一身贵气的智成妈妈刚好转身没听见自然谈不上答应，不过给了个大红包当作见面礼。补办婚礼自然没提过，男方从没安排和商大娘亲家相会吃餐饭，甚至对孙女儿都没有说过要接到身边玩玩的话，不免令人起疑。可是智成对淑英的爱情虽然不像追求时的疯狂，或是重逢时的炙热，却是家常而忠诚的，商家母女也认为黄氏一族知道智成是认定了淑英，非她不娶的。所以当智成的堂叔第一次找上淑英开出分手条件时，淑英不应该吃惊，可还是吓了一跳，并且感觉受到了侮辱：“爷叔，智成晓勿晓得侬来同吾讲格桩事体？”

“商小姐，喊吾爷叔不敢当，吾也是替智成爸爸做事的，叫吾黄先生可以了。”以黄氏家臣自居的智成堂叔客气地说，“黄家如果想让人晓得，就会叫个秘书来讲了。侬年纪虽然轻，世面看得蛮多，也晓得做黄家的人邪气吃力嘎。侬同智成尬久也勿再养小囡了，女儿侬要，侬带了去，侬勿要，黄家当自家的孙女，闲话一句。侬自己想想，想通了，侬来寻吾。”

这以后淑英对智成就有点疑神疑鬼起来，爽朗的北妞在上海住了大半辈子，毕竟学会了沪上娘们儿的作。比如明明是爱芬只粘姥姥商大娘，淑英却怪智成对女儿冷淡，明明有时候是自己先说不想跟智成出去，一会又怪智成没有强迫她去。最让智成想要闪躲的是淑英每次闹过以后，就要跟他亲热，有时一面磨蹭一面哭，说要替他生个儿子，这种歇斯底里的爱情对智成而言毫不罗曼蒂克反而造成压力不能表现，淑英这边自然觉得是自己魅力不再，男人爱情退烧，就更加伤心胡闹。翻来倒去几次，情人之间蜜月不再，成了老夫老妻过日子，谈恋爱谈成了闹家务，两个人都觉得有点累了。

国民党和共产党却没嫌累，两边从日本侵华以前到日本投降以后一直谈谈打打，内战没有因为抗战胜利而消停，反而更加白热化，北方下来的火车连车顶上都坐满了逃难的人。上海街上不抓重庆分子了，改成重庆回来的抓共产党员。租界里的物价更没有因为仗打完了恢复平稳，反而法币、关金、金圆券流通混乱，上海人被迫卖出黄金、美钞，拿了钞票又买不到米，到处人心惶惶。

这天智成跟淑英说父母要他即去香港洽公，去去就来，却没问淑英要不要同行。淑英听说去香港，记起智成连她生产也不在身边的恨事，就用讽刺的口气说：“侬爷娘看时局勿好，又要侬一个人跑是伐？”

智成被激，皱起眉头道：“闲话勿要尬多，好伐？侬要一道去就讲要一道去，啥人勿让侬去啦？”

淑英数落起日本人占领租界时候母女日子如何艰困，讲着讲着忽放悲声道：“吾勿像侬尬狠心，叫吾跑脱四五年，吾个女儿哪能办法？”又垂泪涕泣。

智成心烦意乱，口不择言地回嘴：“两个人来在一淘就是要开心，弄得哭哭啼啼哪能过下去啦！”

淑英大怒道：“侬哪能格能讲？侬个良心摆出来！”

恩客做成了冤家，风花雪月被牢骚埋怨取代，智成感觉淑英无可理喻，自己出来白相白到被质问良心何在，真是窝囊到家，怒哼一声，拂袖而去，连女儿也没去说再会。

智成走后一个多星期都没消息，堂叔却又登门来劝离。淑英一开始沉着脸很不友善。智成堂叔却苦口婆心地告诉她，智成说是去去就回，归期却可能由不得他。时局其实极坏，南京政府从去年就征调商船，秘密运送各种物资到台湾，虽然机密，业内人士都心里有数“国民党要跑脱”。他劝淑英接受黄家的条件，如果想离开上海，他还可以做主加码，在原来答应的钱财上面，加上三张现在紧俏的离沪船票。他暗示淑英，如果再拖下去，“共产党来了，智成已经跑脱啦，侬再寻黄家也寻勿到人了”。

“黄家的人——智成就勿管伊个女儿了吗？”淑英气急败坏地问道。

智成堂叔深深看她一眼，说："黄家做事讲道理的，要么吾勿会一趟趟跑，侬讲是伐？吾讲过了，侬女儿侬讲姓黄，要吾带了去，吾带了去。"

淑英气极反而冷静下来，放缓了口气跟智成堂叔说："吾想想再答复侬好伐？"来客留下名片，嘱咐她别想太久，想通了来找他签字收款。

黄家的人不相信孩子是智成的，那智成也这么想的吗？淑英感觉到巨大的被人冤枉的痛苦，恨不能当面跟智成问个清楚。她想想不能受人挑拨，决定亲自跑香港一趟。

淑英问了几个经纪，都说现在出钱也买不到去香港的任何票子。淑英不信，叫了一辆黄包车自己去中国旅行社买票。黄包车才上大马路就开始人挤车，车挤人，车夫扶着车把左拐右闪，在各色行人和各种车辆中穿梭，淑英给颠簸得有些晕，路上车辆和行人非比平常的嘈杂让她耳朵嗡嗡叫。

一个挑担的人要穿越马路，担子一头绑了行李，一头竹篓中坐着个孩子。扁担客用绑了行李的一端前导开道，侧着身小跑，保持着绝妙的平衡，可还是在某一点上算错了自己和别人的速度，笨重的行李扫到了一辆人力车，挑担的自己稳住了脚步，没有防备横向有东西打过来的车夫却跌了一踉跄。车上的客人受了惊吓，不给钱就要走，车夫、客人和闯祸的吵起相骂，小孩也哭得非常大声。车流不耐地绕过他们，人流却渐渐聚成看热闹的旋涡。

淑英看见街上这一幕，心情变得很绝望。她忽然领悟到，马路上不寻常的拥挤，不是市道繁荣的热闹，是大难临头的逃命潮。

就像智成堂叔说的，淑英是个聪明人，她开始反转来替黄家想，觉得智成父母也许势利，却并不刻薄，不认孙女又不想她进门，他们大可让她们母女自生自灭，等共产党来收拾残局。

黄包车夫说："前头就是中国旅行社。"淑英远远望去，倒抽一口凉气，人龙围了里外好几层，商铺窗户上都爬满了人，赶紧跟车夫说："调头！调头！"一面从皮包里摸出智成堂叔的名片，当场改了去处。

经过反复几次协商，淑英终于签了收据和分手协议，换回来一小皮箱金圆券、一千美金、二十根金条，和三张有钱也买不到的去台湾船票。离出发还有好些天，淑英拖拖拉拉地开始变卖打包，一面偷偷盼望智成听到消息来找她挽回。时局一天天更坏，智成会回来找她们的希望也一天天更渺茫。

应家舅舅、舅妈听说商家要走，非常不舍。他们的儿子上了复旦大学，回来讲了很多人民解放军亲民爱民的事情给他们听。舅舅告诉商大娘，解放军和土八路不一样，共产党和小老百姓站在一起，只有为富不仁的剥削阶级才害怕共产党。舅舅用报佳音一般的喜悦心情，传播着儿子那里听来的二手福音，在家乡做过教师到了上海沦落成下九流的舅舅甚至说已经准备好共产党来上海的时候，要"箪食壶浆，以迎王师"，而且等到局面稳定中国一统，他就要回去东北老家养老。他们现在唯一的小小烦恼是女儿雪燕被一位陆先生请去香港度假，走了一个多月，只在刚到的时候来过向家里报平安的电报，他们有些着急，对这件事却一筹莫展。嘱咐淑英如果"在外面"碰到，一定叫表妹和家里通个气。

商大娘本来就不舍得离开已经住惯了的地方，听到本家大哥描述即将来临的太平盛世和回去老家的可能性，就央求淑英把她留下。

“你带了女儿去找姑爷，姑爷看见闺女兴许就想回来了。”商大娘根本搞不清楚台湾和香港不是一码事，也知道女儿、女婿已经“离婚”，却无法放弃两人复合的幻想。“俺怕坐船。也不想动。像你舅舅说的，现在又不是跟日本人打，共产党恨的只有国民党，对小老百姓连针都不拿一根的，雪麟他们大学里都教了的，你没听见说吗？舅舅、舅妈都不怕，俺怕啥？你尽管带了女儿去找姑爷，仗打完了你们一起回来，俺就在这儿给你们看家。”商大娘很笃定地说，“改朝换代又不是没有经历过，换了皇帝，都是中国人就没事！何况舅舅说咱这里拾掇好了，他们搬了来，或者俺一个人搬了过去和他们一起住都行，俺们相互有照应，你尽管放心出门。”

淑英说：“要不走就都不走了。”

淑英才放出消息说手上有船票出让，丁大班就领了一个想买的人上门来。

“二少爷！”淑英惊呼道。多年不见，昔日流连舞厅的公子哥儿已经是一个形容憔悴的中年汉子了。

“英子，你还是老样子。”张汶祺摘下礼帽，也就不到四十岁的人吧，头都空了顶，可是风度还在。

淑英听见这多久都没人叫过的名字，想到昔日舞台歌榭裙下之臣的殷勤，对照自己今日如同秋扇见捐一般的凄凉，苦涩一笑，挪动东西让座：“看我们这里乱的！本来想走，现在又说共产党对老百姓好，我妈不肯走了，我们白忙活一场。”

从北边解放区逃出来的汶祺却对共产党有着不同的认识。待大家叙起旧情，又重新熟络起来以后，汶祺把自己家族在北方的遭遇说了一些，一直说到太阳偏西。商大娘带着外孙女歇午起了，客气地说要留吃晚饭，淑英知道家里拿不出招待客人的菜，就请汶祺和丁大班出去下馆子。丁大班谢谢先走一步，留下两个上海租界最繁华时候的曾经有情人，在恍若民国末年的上海滩满世界找餐馆。

两个人边走边说，竟发现一路都走到了四马路，每家饭馆都开着门，可是多半没开灯，问了跑堂伙计，都说买不到菜，可是“上面”规定要营业，只好开着门，为省开销，灯就不开了。两人无奈，淑英也走累了，只好叫了黄包车回家去。

正是不冷不热的时候，随着车夫渐渐疾奔的脚步，晚春的暖风轻拂上乘客的脸庞，也许在昏暗的天光中根本只能见树影绰绰，可是淑英和汶祺都知道路旁的法国梧桐叶子是正当春天的翠绿。两人同乘一辆人力车，在窄小的座位上紧紧地挨着，彼此感觉到对方的体温，都想起了从前。悄悄地，汶祺像邀舞那样握住了淑英的手，车行颠簸，淑英忽然想到了从前在百乐门舞厅的弹簧舞池里和汶祺跳华尔兹，她的头有点转多了圈子般眩晕的感觉，心中无声地哼起一个熟悉的主旋律。

商大娘沉默着，静听淑英转述汶祺在解放区祖籍乡下耳闻和亲遇的土改和斗地主的场面，真是一件比一件吓人。可是商大娘脑子里先入为主有了对和平统一新中国的憧憬，竟然觉得后来听到的真人真事反而恐怖得像乡野传奇一般不真实。

淑英最后说："娘，我们还是先离开一阵，等上海局势稳定了再回来。"

商大娘还是犹豫，娘儿俩又翻来覆去地商量良久，整夜都没睡。天亮的时候，商大娘拍了板："依你说，张家老太爷当过满洲国的大臣，他们家大少爷又当过北洋政府的官，二少爷自己也当过国民党的差，这一家子和共产党是有仇的，讲的当然都是坏事。俺一个妇道人家又是小老百姓，不会有事的。"她忧愁地看着女儿说："倒是担心你，虽说你的案子没事，毕竟留了底了。"淑英曾经有过的汉奸嫌疑让她们家狠狠破了财，而且最后连舞厅的工作也丢了。"让二少爷买我的票子，你们一起结个伴走吧。有个男的，路上也有个照应。你闺女你带了去，共产党再怎么得民心，收拾眼下连大米都买不到的摊子总要花些工夫。俺一个人容易，舅舅他们也会照应，拖个孩子，怕爱芬留下来会吃苦。"商大娘乐观地做出结论，"反正像你说的，出去个把月，等局势稳了就回来。"

淑英依了商大娘，就在晚春已尽的阳历五月初，天气尚待起蒸的时候，带女儿随汶祺挤上超载的轮船，暂避中国"换皇帝"可能带来的混乱。只没想到等母女以美籍华人身份重履斯土，竟已经四十年过去了。

三人在一九四九年五月初到达台湾，从基隆港登岸，黄爱芬在家里出生又还没上学，没有任何证件，汶祺就按一家三口填了表，爱芬也就此姓了张。跟着母亲离开上海租界才七岁的张爱芬回到出生地时，算起来已奔五旬，可是步履轻盈，衣着考究，风韵犹存，看起来果然如外婆商大娘当年所愿，避开了吃苦头的日子。

可是淑英和汶祺半路夫妻半路终，她在徐娘半老的时候做了“出口新娘”嫁去美国，经营过中餐外卖小馆，最后却成为地方名流聚集的高档餐厅女老板，届龄退休后搬到风光明媚的加州湾区，享受着美国的老年福利，和女儿的孝养。譬如这次陪同母亲到上海及周边城市的旅游就是女儿送的生日礼物。

淑英再访旧时地的时候巧逢七十岁生日，同一个旅行团的人用餐完毕后齐为团中最年长的她唱生日快乐歌，淑英海派地叫来进口香槟酒请大家享用。老太太临窗而坐，优雅地举着高脚杯，跟团员们讲述当年十里洋场的风光。

时当一九九〇年，上海正进入天上有高架路工程施工，地下有地铁捷运开挖的城市建设黑暗期，连外滩一带入夜都是黑灯瞎火。这个多数成员是台湾旅美华人的旅行团，现下都拿着美国护照首次到中国旅游。他们在酒店顶楼的餐厅看着外面稀稀落落的霓虹灯，以及远处黄浦江的一条黑影，围坐听淑英讲述半个世纪以前，多数团员尚未出生时上海滩就已经举世闻名的风流与繁华。

“是嘛，她说的才是我想象中的上海嘛。来了害我乱失望的。”一位女团员对身边的朋友说，“我看她比我们导游还懂得多。那个地陪只想我们买东西，除了会说上海话，哪一点像个海派的上海人？”

朋友点头表示同意，一面评论道：“不过她说的是中国抗战的时候吗？我以前在台湾听到的都是抗战时候有多惨，可是听她说起来，在上海租界什么吃的玩的都有。你看老太太这个年纪，说起什么舞都会跳，那个时候就这么洋派真不简单！我看她以前一定是什么上海资本家的太太唷。”

雍容华贵、气度不凡的老太太商淑英从前可没路人猜的那种好命——什么传说中的上海资本家太太?！她年轻的时候曾有机会喊过货真价实的资本家太太、情郎黄智成的妈妈一声妈，人家没应。靠她货腰养活的全家也曾经长期幻想有天她能嫁入豪门，如果智成不像其他舞女跟的小开一样，吸喝嫖赌败光家产，那她倒也有过几分做资本家太太前程的可能性。可是势利的资本家借上海变天设局，棒打鸳鸯两离分，她只能带着非婚生的女儿，跟随命运安排在那时出现的昔日追求者，人称二少爷的张汶祺，仓促跟随难民潮到了台湾。

二少爷到台湾上岸的时候拿的上海身份证上名字是张世棋，淑英糊里糊涂地成了张世棋太太，没有证件的女儿黄爱芬也就叫了张爱芬。淑英心知肚明世上原来另有一位张太太，还听说过是上海租界闻人金八爷家的二小姐，可是汶祺，不，到台湾改叫世棋，交代自家经历的时候选择性含糊，可能造成误导，所以淑英的理解是张家的人，包括世棋的妻小，都留在老家，而且凶多吉少，一大家子多半都不在了。

只身出逃的世棋，在上海把身上所有都拿出来买了淑英母亲商大娘的那张船票，现在西装裤口袋往外一掏，就生出清风吹得动的两只小白翅膀。可三人结伴逃到了台湾，难中就是一家人了，淑英只能把体己拿出来做家用。三口之家就在台北西门町和旧名艋舺的万华交界一带落脚，租借了在地人分租出来的一间房，一九四一年出生的张爱芬报低一岁，就近入了小学一年级。世棋常常出去转悠“找生意”，淑英也拿出少年时候在臭气冲天公共租界弄堂里吃苦的经验和精神，找出件布旗袍穿上，用条手绢把头发往后一扎就在骑楼边上用煤球生起火来。

不像淑英他们住的街这边一排三层旧楼，虽说也破也挤，到底还住的是正经房子。窄窄马路对过沿着铁道的一溜，却都是因应国民党迁台带来的人潮，铁皮烂木草草搭建，挤满了难民和摊商的棚屋。淑英正对门租给好几户群居的棚屋中一家姓韩，也是三口之家，丈夫早出晚归踏出租三轮车，女儿比爱芬小几岁，还没上学。几家合住的房子又小又闷，除非下雨，人高马大的韩太太总带着女儿在屋外起居，举凡烧饭、洗衣、串门、夫妻打架都在街边进行。韩太太穿一身本地人的碎花衫裤，可是高出众人一头，深目高鼻，五官分明，看起来有几分唐代壁画中胡人的气概，逢人自我介绍是穆斯林，可是邻居多半莫宰羊[①]。她对面望见淑英生个火也鸡手鸭脚，就带着女儿过来搭讪帮忙，淑英听说来人是穆斯林，就客气地说：“啊，那韩太太您不吃猪肉的！”一边把有一小块猪肉在内的菜篮移开，一边说：“这外边买来的菜不干净，给您挪一边儿去。”韩太太发现对门邻居知规识矩，还体贴入微，而且两人“同声同气”，马上要认同乡。淑英这个冒牌大北京这下算遇上了个正牌大北京，不过淑英自认家乡上海，基隆上岸时籍贯也是这么填的，可是遇上了热情的邻居，不忍扫兴，何况现下

①闽南语，意为不懂。

也算是北平人之妻，就也热情回应。

韩太太叫翟古丽，个性豪爽纯朴，待人热诚。相较满街长得矮矮小小言语不通的南方人，古丽一直嚷嚷在台湾碰见个北方人难得，遇到北平人那就是见了亲人，连彼此身世都没问清楚就喊大姐。可是实际年龄比刚满三十岁的淑英还小一岁的古丽，看起来起码大五岁，淑英不好意思认妹妹，就也叫大姐。古丽说自己名字是她姥姥那边家乡话花的意思，后来爱芬就叫她“花姨”，淑英叫“花大姐”。

花大姐手脚利落，力气大，起锅生火擀面造饭都是一挥而就，可是丈夫卖劳力收入微薄，每天不一定都赚得到小菜钱，淑英多年疏于练习做不来家事，哪怕晓得花大姐选购食材禁忌多，还是出钱搭伙。虽没有正式的雇佣关系，可是花大姐替自己赚了菜金，淑英也有人帮忙，两位先生虽只维持点头之交，两位太太却成了好姐妹。

在上海长大的淑英很习惯听男人说出去“找点生意做做”，只有时会问一句：“找到生意了吗？”暗示是时候世棋该出点家用了。可是外室出身，淑英有一般元配太太没有的好习惯，就是不问长问短，盘查行踪。世棋每天都衣冠整齐地出门，淑英不知道他出去做什么生意，只知道就在她耐心渐失，收音机里来来回回报道着南北韩要签停战协议的时候，世棋回来告诉她，准备搬家。

“搬家？”淑英吃惊地望着面有得色的世棋，问道，“要搬到哪儿去？爱芬上学怎么办？”

世棋拿出一张房产抵押契约，说：“台北才多大点儿地方？远得到哪去！这房不错，够大，前后还有院。爱芬上学就包老韩的车吧。完了也算帮帮他们家。”

淑英笑得像当年英子看见二少爷那般灿烂，用连自己都忘了曾经有过的甜滋滋的声音说：“你发财啦！这房多少钱押给你的呀？”

世棋迟疑了一下，说：“打麻将赢的！”他像当年一掷千金，讨相好欢心那样地把手一挥，豪气地道：“好了好了，问那么多烦不烦！早就想搬了，这儿住着像个啥样！你就把这张纸收好，完了咱们赶紧搬家。”

新家过了公园还要往东。纵横几条街都不长，可是林荫森森，仿佛无风自凉，两排间隔甚远的红门灰墙后面都有绿树冒过墙头，未待走近就听见鸟叫虫鸣。和原先住的，俗称西门，其实是从小南门纵走到北门的铁道旁，棚屋、骑楼交错，商店、住家混成一片乱糟糟的地段，虽然相去不远，却如同两个世界。当时东门和西门之间有一片以临时行政主管部门和随国民党迁台的各主管衙门为核心，后来叫“博爱警备管制区”的地块，在台湾戒严初期是三步一岗、五步一哨的军政要地。这个管制区的外围有很多带院落的日式房子。这些房子多是国民政府战后从日本人手里没收，转做了高级公务员宿舍，也有少数是私人产业。比如，世棋说他从牌桌上赢来的这一户。

这一户前后都有不小的院落，树也都是老树，一株榕树的气根蔓生了小半个前院，挡住了不少阳光，树下具体而微的有一处像家家酒似的小桥和鱼池，旁边灌木丛旁却有一座巨大的和式石灯。房子看来翻修过，前面正房保留日本式，纵深很长，乌亮光滑的地板看得出昔日有过的讲究。日式拉门都还在，除了正面对着前院的客厅和餐厅是固定隔间，其他房间可以配合场合弹性分隔。房子加盖了一个洋式的偏楼，有新式卫浴，楼梯上去是两间大房，分睡他们一家三口。后院原先的老式独立厨浴就比着围墙改成一间对后巷有自己出入口的佣人房。世棋问都没问淑英这个女主人就雇了个北方厨子叫老贾的一个人住那了。淑英对厨子竟然比主人还早搬进去不免有疑问，听世棋说是原先东家的厨子，做的菜对胃口，主人把房子输掉的时候，要求世棋留用，讲好只供吃住，三节拿红包不另支月薪，特别划算。淑英就相信了，不再追问。

世棋弄了这幢大房子以后就不每天出去跑生意了，客人常常都请到家里来玩，三天两头开派对，一摆就是两三桌麻将加一两桌纸牌，和式拉门拉关拉开，看来客多寡，游戏怎么玩，来决定那天家里怎么隔间。淑英风尘里打滚多少年，虽然世棋没有多说，她也心里有数，晓得自己家里这是开起了俱乐部，也就是打牌抽头，类似地下赌场这种违法生意，所以对世棋形迹益发鬼祟也能体谅，还嘱咐已经上小学三年级的爱芬小心，别随便邀小朋友来家里玩。

幸好警察等闲不进他们这个三五户就住一代表、委员，或者产业单位高官的住宅区里抓赌，可是记取大陆失败经验的领导班子，儿子却连老子或继母的朋友也不相信，路上就时不时有些穿着便衣，可是随便谁也看得出是便衣的人来散步。虽然这些人主要监视大人物的往来动静，淑英却心想自家里也做着见不得光的生意不比良民，大意不得。

经常高朋满座的家要在便衣有时经过的地段保持低调不引人注意谈何容易？提心吊胆的淑英和世棋都感到自己简直就是住在虎穴里，压力不小。淑英甚至还觉得两个人白忙活，空赚了热闹却没看到什么进账，不过一家人的生活质量大大提高却是事实，家用现在基本归世棋自己和老贾交关，她的私房止了血。离开马路边上那个老燃不着的煤球炉，淑英一身的本领也派上用场，客厅里教教不赌钱的男客女客跳跳舞，到处打电话哈拉哈拉帮人凑牌搭子，三缺一的时候搭把手，跟升任管家的老贾研究下次请客的名单和菜单，除了有时和女儿爱芬说起，也会挂念留在上海的商大娘，淑英母女的生活在台北渐渐步入正轨。天黑了，老贾雇请的短工出来把榕树底下已经注了煤油的大石灯点燃，却并不急着走开，站在灌木丛的黑影里向灯火通明的客餐厅张望。厅里已经有贵客上座，院子里也听得见欢声笑语，音乐“蓬拆”。台北的夜晚，暖风轻轻送出屋内酒香，让人忘了这条巷子是在杭州路呢还是汴州路？

“一年准备，二年反攻，三年扫荡，五年成功”的标语被“十年生聚，十年教训”取代。

“十年生聚，十年教训”的标语又逐渐褪去了新漆的鲜艳。

只有“保密防谍，人人有责”永不过时。一个政府单位在把外墙上的标语重新上漆，白色大字怕不够醒目，先把八个字用粗的蓝线框起，四个字中间再画上一个蓝白相间的双圈加十二道光芒断句，看来有点不伦不类，说是国民党党徽也不像。

来台湾才上小学一年级的爱芬，已经是出落得秀丽机敏的少女，在家里几乎天天几桌麻将哗啦哗啦吵通宵的环境下，初中、高中联招一路落榜，就近上了附近的私立高职。淑英看起来日子过得不错，比先前富态了不少，幸而个子高，又没有再生养，上海带来的衣服虽然早穿不进了，着上新裁的合身旗袍，徐娘身材还是很曼妙。早几年爱芬还小的时候，她也想替世棋生个孩子，可是居住条件改善后，世棋反而变得小心翼翼，最后干脆跟爱芬换房，一人独睡。淑英虽然货腰出身，惯见生张熟魏，却不知怎么记着了干爹丁大班的教诲，对认了是自己的男人摒牢。分房以后世棋打了夜牌自行就寝，淑英也不移樽就教，既无夫妻之实，时间一长，淑英感觉和世棋之间更像朋友或家人。可是她和管家老贾却有了苗头。淑英自己都觉得是发疯——跟个下人，还在世棋的眼皮子底下！不过他们倒不是常有机会在一起，而且也就这后几年的事，统共没几次，十只手指头数得完。偷情这种事靠默契，互相看一眼就要知道下一步，否则机会稍纵即逝，心里犹疑也成不了事。也许就是因为老贾是底下人，淑英不怕他看不起她。

老贾这个人一眼看去真普通，不高不矮，不胖不瘦，除了往后梳的油头厚了点，完全没有会引人注意的地方。第一次见面，淑英先就听世棋说老贾是前面东家连房子一起输了的厨子。老贾垂着眼睛，对她欠欠身，喊:“太太！”站直的时候眼皮跟着抬了一下，她就被那精光给摄着了，可是定神再看，老贾还是那个眼皮半耷拉望着地下的厨子。

说是厨子出身，可没看见老贾烧过什么菜，张家的俱乐部自开张就生意鼎盛，人手不足，老贾直接升了管家，他跟过前面的东家，对宾客名单比淑英熟悉，就帮着出主意，哪天请谁，谁又要和谁一起请，谁又和谁要避开，谁打桥牌不赌钱，谁打麻将输不起。出几个菜对老贾就更不是问题，老贾在台北贵人的帮佣圈子里人面很广，对个别宾客的口味也很了解，世棋对老贾请临时工帮厨、打杂，也充分授权，常常有知名餐厅的大厨或部会首长家的佣人，走后门出入，神不知鬼不觉地来张家赚外快，所以张家这个没有专职大厨的厨房里做得出南北各路大小菜。更有客人吃到了难得的家乡菜，让老贾中介朋友去他党国大佬亲戚的府上做厨子，厚厚地打了赏。

淑英和老贾说是主仆，更像同事。这个家的生意，在淑英看来就是提供一个吃喝玩乐的交际平台，是她再熟悉不过的娱乐业。可是别看老贾话不多，关键时刻点一两句，总让淑英也佩服不已，以致淑英这个太太在打理生意方面，常常都听老贾这个管家的指教。即使主妇和管家每天的交流都很简短，淑英却早就发现眼皮耷拉、相貌平凡的老贾，抬起眼睛看她的时候，精光四射的眸子让他变成一个淑英不能当是仆人，而是有侵略性的，危险异性。只要四目交投，淑英的眼睛就会不听话，像受了惊的小白兔碰上大灰狼那样惊惶地跳开。可是淑英一直相信让她动心的是老贾的声音，低沉的北方男人的声音，她年轻时候还未经人事，却听了就懂得脸红心跳的声音。

“叫英子——”淑英呢喃低吟。再过个年她就叫四十了。青春连尾巴都从手中溜逝，而世棋已经搬到隔壁房间很久很久了。

“叫我英子呀！”淑英低哭出声，哀求着。私会的时候老贾不说话也不饶人。不喊人前称呼的太太，也没喊过她的小名英子。老贾精光闪烁的眼睛和结实的肌肉让她害怕，淑英从头到尾紧闭双眼，有时想到智成，有时想到年轻的张二少爷。他们和老贾不同，白面书生一样的爱人曾经带给她许多精神上的快乐。

老贾自行离去，留下她独自面对狼藉。开头两次淑英潸然泪下，心里狠狠地骂自己贱货，匆匆收拾了，像逃一样地回主屋去全身上下用力擦洗。再以后习惯成自然，她就闭上眼装睡，躲开那静默而尴尬的几分钟，等听见老贾穿好衣服出去带上门，她才睁开眼起身慢慢整理。

老贾的房间好像没有变过，至少从淑英几年前头次进来看见就那样。水泥地，水泥墙，靠墙一张单人床，床下塞了两个皮箱，墙上贴着几张香港女明星画片，旧衣橱旁一张小桌靠窗，窗帘白天也不拉开。佣人房跟厨房共一面墙，不是造饭的时间，也有一点永远散不开的油烟味。床单枕头套却异常干净，甚至残留着肥皂的香气，总是暗沉沉的小屋，被褥也老有着阳光的味道。是老贾一贯如此讲究，还是管家预知哪天男主人外出，他将与主妇艳遇，所以特别做了安排？

他们家洗衣服的女工换得像跑马灯似的频繁，都是老贾经手雇用的。事后想想，衣服洗烫得怎么样没留意，可是洗衣妇个个都长得太周正了点。淑英自己和老贾相好以后才开始怀疑，为什么洗衣服的领东家固定工资还替管家洗这洗那？事实上，俱乐部经营了六年，淑英神经再粗大都不能不感到这个家里太多事情透着古怪。可是身为主妇的她竟不敢深究。怕啥呢？淑英也问自己，怕蛋打鸡飞，知道了不该知道的秘密，她和爱芬要流落异乡？还是怕就算捅穿了那层窗户纸，把这个家拆散了，她也无力改变任何现实。

淑英心里还没鬼的时候，有一次夫妻说闲话，她故意挑衅，做成玩笑的样子，半真半假地问世棋："咱们这家里到底谁是老爷？怎么看了你个做主子的好像还怵老贾？"

世棋把手上拿着浅啜的白兰地一饮而尽，嬉皮笑脸地道："嘿！您瞧出来了！"他把杯子一放，神秘兮兮地附耳过来，却油腔滑调说："不知道吧？老贾身上有功夫的，咱没事不惹他。"

世棋知不知道老贾惹她呢？老贾第一次动手动脚就大胆地从她的小腿摸到了露在旗袍衩外的大腿根，那时就该告诉世棋叫他滚蛋！可是不知为什么，她也像害怕着什么似的一次次默许了那不规矩的手，后来又一面害怕着一面脚却不听使唤地跟随老贾来到了这里，白天也低垂着深蓝色粗布窗帘，空气郁闷的佣人房。

世棋说是去外地找朋友玩牌要几天不在。他不在，家里不请客，趁空淑英跟女儿约好下课后一起在外面买点女儿长大了要用的东西，眼看快到点了，她特为走到后面跟老贾打声招呼，告诉他都不在家吃饭。她一路喊老贾，一面已经走到佣人房前伸手推门。她不认为自己有别的心思，她已经穿得整整齐齐，做好要出门的打扮。再说，老贾不招惹她，她不见得贱到世棋一走她就采取主动去敲管家的门。

没打算进去的淑英在门口才刚张开口说："今天——"

门缝中伸出的强壮臂膀像不经意间受了惊动的毒蛇吐信一样地把她卷了进去。

老贾依惯例出去抽支烟什么的，给躺在床上装睡的女人一点时间。淑英缓缓起身，套上旗袍，领口还敞着几颗扣子，又疲软无力地坐回床沿捡起地上丝袜检查有没有扯破。她想老贾误会了她的来意，所以惩罚她的淫荡。淑英没想到老贾更胜平常的粗暴也有可能是在掩饰他自己的不安或是险被撞破机关的窘态。

淑英举起一足，手指尖顺着向上，确定尼龙丝袜后面那条线是直的。她的手指轻轻抚过自己的小腿肌肤，像从前老贾背着人对她毛手毛脚，淑英忽觉心中一荡，不禁自恨犯贱，喃喃自言自语："讲侬骨头轻伐？侬哪能尬勿要面孔?！"她替干爹丁大班骂道。

挨了骂，她自暴自弃地放弃了风度，弹起又坐低，地下找另一只鞋。一屁股坐得重了，又躬着腰，感觉厚厚的垫褥下有东西硌着。其实刚在床上的时候就觉得了，可是那时正忙抵抗，不能分心多想。穿戴好了淑英站起准备迈步出斗室，不知什么灵感来到，她顺手把床垫掀了掀看看究竟。隔着两层棉絮一条厚军毯还能硌着她的竟然是黑黑的弹匣和把放在一旁的手枪！

淑英压下跳到胸口的心强作镇定，把床上垫的几层照样铺回去，怕铺得太整齐又弄弄乱，看着像原来的样子了，直起身面转向门，以前留下她就没回过头的老贾却也正好开门要进来。两人像陌生人一样地在斗室门口错肩而过，淑英知道老贾炯炯目光没有一秒不盯着她，她一如既往地闪避了直迎对方视线，低头小心地看着地下向外走。

院里的清风和太阳让她感觉恍如再生，心里一宽，正待偷偷吐出那口憋了良久的气，却听见低沉的北方男人声音在身后叫："英子！"

这个亲切的小名此刻却让她毛骨悚然，双膝发软，错觉中恍若自己跪倒尘埃，后脑门上立刻顶住刚看见的黑黝黝枪口，轰然一响她的脑袋开花。可是淑英只寻常地停下脚步慢慢转身，视线勇敢地停在老贾的脸上。老贾眼皮抬起，双眼像能看穿人心一样地盯住她。他今天是没抹头油，还是先前在床上蹭光了？长而蓬松的头发显得黑又多，几缕乱发散落脸庞，有点像个淑英以前在租界里见过的"进步分子"。她忽然想到老贾好像还小她两岁。

"老贾，你挺俊嘛，以后头发就这样，我叫你小贾。"淑英轻佻地微笑着，走近两步，把手举起，作势要拨开他的散发，老贾面无表情地下巴微正，头颈几乎不察地一缩，淑英的手也仿佛停了停，可是旋即顺势滑落到男人的胸膛上才真正止住，手指尖隔着衬衫轻轻找寻触动，还酥起声音说，"我就愿意你叫我英子，你总算肯叫了。"她自觉声音和手都有些颤抖，希望别人误会那是淫妇的兴奋。她暧昧地说："等我回来，我跟爱芬约好了去买——奶罩。"随着加强语气的尾音，她用指头轻轻一戳，放浪地笑起来，声音腻得更化不开："你等我回来，晚上还要你叫我英子。"她转身走了，感觉后脑勺凉飕飕跟着她的是像枪子的老贾深不可测的目光。

淑英学校接了爱芬就没敢回去，可也不敢去派出所报案，国民党、共产党的人都长一个样，谁知道老贾是哪边的人呢？离家的时候衣服一件没拿，随身手提皮包里倒有准备取钱逛街买东西的私房存折。她先去邮局把钱都提了，再带着女儿跑到万华车站旁边找了个小旅馆住下，世棋出门一向不交代详细行踪，她只知道他到南投和台中朋友家打牌，归期一至三天看牌局而定。她想最蠢的办法是天天上月台等从台中来的火车。

淑英和女儿在火车一经过楼板就震动的小旅馆里躲了几天，看着小窗外一节节火车南下北上，也不知哪节里坐着世棋？不怎么喜欢上学的爱芬开始担心旷课太多，却乖巧地不多说话，陪着心烦意乱的母亲发呆。淑英没空管别的，只管努力回想这几年的生活，虽然她被茫然引入的这一局仿佛天衣无缝，其实事后还是找得出各种破绽，淑英有些能说的事也拉了爱芬一起分析。母女两个竟各有观察，越兜越惊，又相互反向举证不愿意面对，淑英数度为自己粗心失察痛哭失声，不知怎么会那样听信他人。可是母女最终虽然还是想不出坏人是个什么来路，却也被自己说服爱芬一直叫爸爸的世棋即使不跟老贾一伙，也一定知情，不像她们纯是被利用了的傻瓜。她想到老贾凌厉的目光和显然是临时塞在床垫下的冰冷的枪和弹匣，她最后相信世棋不是丢下她娘儿俩自己跑了，就是已经出事了。

就算想通了世棋不可靠，母女不该再抱希望去找人或等待，淑英还是一筹莫展。既不敢上警察局检举或寻求庇护——谁会相信一屋两个男人她都睡过，可是连他们真正的名字和关系都搞不清楚?！淑英也不敢联络这几年透过张公馆俱乐部认识的朋友。她忽然想起搬家后逐渐疏远了的韩家是她在台湾唯一和俱乐部不搭界的人际关系。初搬家时爱芬还包老韩的车上下学，没多久老贾另外安排了私家三轮让他们代步，就把老韩的包车给退了。淑英对老邻居过意不去，动用私房，大手笔包了个红包给老韩，也算资遣，所以虽然自此两家因为社交圈子上下有别而疏于来往，淑英想，人情也许还在，而且她实在走投无路了。

韩家还在原来的地方，当年跟在花大姐翟古丽脚边转的女儿韩琪曼已经读初中了。住得够久，韩家住成了二房东，两口子带女儿占了间大房，照北方睡炕的习惯沿墙架起一张特大板床，中间布帘一拉就是属于韩小妹的一个角落。“炕”下面堆杂物，空下来的地方放了张方桌和几把椅子权充起居间。穷人有义气没讲究，古丽半猜半问未及细究，就接纳了她判定是“夫妻打架，负气出走”的老邻居。她让老韩跟女儿换边睡，爽气地说：“就咱们四个女的，挤挤还不成吗！”

老韩早就不踩三轮了，改开承包出租车。老韩胖了很多，忠厚地呵呵傻笑着听妻子摆布，挪动铺盖行李替不速之客腾地。他当年得了淑英给的大红包家里才有买菜以外的钱去学开汽车，算是有了一技之长。实诚人心里感激，嘴上虽没说，其实很高兴有机会报恩。他听老婆说过张家闺女是太太前面带来的，现在母女都被打出来了，不敢回家，他虽然同情，身份悬殊，也不敢替她们出头讨公道，只是毫无怨言地几次载淑英假装乘客到房子附近转悠，想找机会溜回去取点东西什么的。淑英却总是到门口就想起那天枪口下逃生，并不敢下车一探，只说：“不停了、不停了！过去、过去。”一会又说：“老韩，麻烦开慢点、慢点！”

淑英车中回头后望，只见长巷寂寥，榕树垂荫，灰墙森然，朱门紧闭，曾经夜夜笙歌的张公馆，白天来看竟不像住过人的样子。车行渐去，淑英感觉自己像故事里遇鬼的书生，次日清晨醒来看见昨夜的庭台楼阁变成了土丘荒冢。她疑惑了，世棋、老贾、牌局、舞会、俱乐部，难道这一切和她这个张太太一样，都是假的？如果世棋是假的，那在上海末日时期重逢的二少爷是真的吗？如果在台湾这几年都是幻觉，那在上海灯红酒绿的前半生发生过吗？她想到自己波折的人生路和一个又一个让她终身失靠的负心人，彷徨又伤心，无助得像十岁的英子紧紧牵住母亲的衣角，离开北国的家乡，瑟缩在寒冷的火车上，奔向一片茫然的将来。

老韩的车转出林荫道驶向府前广场，路面一宽，树影渐稀，阳光从柏油路面反射照入车内，淑英的泪眼花成一片，再看不清窗外街景。她从包里拿出手绢狠狠擦干眼泪，心想：逃难在外什么事都可能，挤上船的时候世棋不拉一把，她码头上掉下去也淹死快十年了！爱芬都十八岁了就是她走过来的证据，遭遇再离奇这也不是见了鬼遇了妖！她想起母亲商大娘最爱哭，可是，哭当啥用！命运让她只能把小英子和母亲从东北家园被外国侵略起遭的难继续逃下去。

此后淑英就真的很少哭了。一年后，她嫁到美国才发现，她第三次费尽心机，包了大红包托媒，才得以依托终身的华侨丈夫，说是娶老婆，更像是为了替自己外卖餐馆找个不付工资的帮厨，才利用公家补助爱国华侨参加台北十月庆典的时候，顺便张罗续的弦。连这样等于又上了一次男人的当，淑英都没哭，还自我安慰，要不是号称单身的丈夫实际有妻小滞留家乡，岂不要找个年轻的为他传宗接代？过了四十的自己就连逃离台湾出来做餐馆杂工都轮不上了。

家务事都不会做的人，在餐馆打工当然累得天天全身酸痛，可是淑英到了晚上还是咬紧牙关，曲意奉承，枕边说服语言都不太通的台山丈夫让她学开车，告诉他这样能把送外卖的人工钱一并省下。淑英争取每一个能离开厨房的机会练习英语；她喜欢送外卖，能拿小费攒私房，给她把留在台北韩家的爱芬接过来团聚的希望，还能跟外面的人有接触交谈、长见识的机会。

那天淑英送外卖回来，车在黄色封锁带前被拦下，警察探头入窗，通知她，丈夫被上门打劫的盗贼枪杀了，她还是没哭。等进屋看见白布覆盖的尸体，却全身一软，端靠旁边的女警手快搀住才没倒下。一众黑的白的男女警察走过身边全都同情地看她，不知道她的害怕是突然想到三年前，自己也可能这样血流满地地躺在台北张公馆的后院里。搀着她的女警不明就里，以为未亡人顿失所依，好心劝她想哭就哭，还念经一样地安慰道："Okay, okay —— Everything is going to be okay."

后来果然一切欧了。不过淑英也不是一变单身就一帆风顺，就此不靠男人生活得幸福快乐。台山丈夫的保险金受益人写的是人在大陆的妻儿，可是美国的配偶却是淑英。等待保险公司调查期间，淑英把继承权没有争议的外卖餐馆卖了付律师费跟保险公司打官司，自己另外找工作自食其力。华人对同胞有年龄歧视，淑英发现自己的年纪在中国餐馆就只能躲在厨房做工，她又只熟餐饮娱乐这一行，没有其他相关经验。幸好淑英会说日语，日本餐馆倒有用成熟女性跑堂的传统，抗战胜利后在上海被冤枉当成汉奸抓过的淑英，多年后真在美国宾州费城天天穿着和服假扮起日本人来。日本餐馆小费颇丰，淑英手头不再像从前替台山丈夫做白工时拮据，开始盘算起把女儿接来。可是那时候台湾戒严，小老百姓出国管道受限制，困难重重，爱芬也超龄不能以依亲的名义出国了。

缠讼一年多后，保险公司输了官司，淑英除了理赔的钱到手，连诉讼费都退了回来。正好餐厅老板要退休回日本，淑英决心发展事业，投入全部资金加上贷款，连房产一起买下日本餐馆，重新装修，增添中西菜式，起名“法租界”的餐厅隆重开张，专卖不地道却有情调的东方菜，就因为招牌上有个“法”字，还收法国菜的价钱，又因为前身是礼多人不怪的日本馆子，鞠不完的九十度躬又比其他中国馆子更让客人感受东方情调。四不像却别出心裁的高档餐厅，就在城中竞争激烈的餐馆业里走出了一条自己的路，天天一座难求；华洋贵客如果和女老板熟识，那厨房里也能为爱吃的中国客人奉上菜单上没有的家乡味道，或为欧洲来的贵宾开上一瓶年份正好的法国香槟。

淑英年轻时的清秀经过岁月的浸润变成了风度，嫁到美国以后没少出的劳动苦力又让她避开了中年发福的危机。脱下实际叫浴衣的和服，她换回即使不再裁制得特别贴身、穿上却一样婀娜多姿的旗袍；不是一般中餐馆女招待在中国城批发来那种后面一条拉链，绷在身上歪七扭八，金色龙凤机器绣在红色尼龙料上的所谓旗袍，是台北衡阳路上海老师傅手工缝制，航空寄来，质量、剪裁都直逼昔日小北京向公司借钱而置的考究礼服。

有贵客来到，淑英亲自接待，真丝长旗袍下摆飘动，脚下像踩着优雅的舞步般前导，虽是走几步路也与厅内轻柔的蓝调音乐若合节拍。她的心情很好，餐厅是拿了政府经营许可的正经生意，自开张以来一直赚钱；更重要的是母女分开了几年，终于替爱芬找到门路，她即将来美和母亲团聚。等到女儿也出来，中国什么党对她都将成为过往云烟。这次庇护母女在法租界安生的外国政府换成老美啦。老美的领导班子也换来换去，可是淑英不怕，她现在是交了保护费的良民。餐馆所在行政区表扬法租界餐厅历年诚实纳税、对地方财政做出贡献的奖状，放在淑英自己挑的精美玻璃相框里，高挂墙上，在射灯投照下金光闪闪。

凤求凰

从空中鸟瞰，刚落成的八栋中华商场大楼像放大了的八节火车站月台，沿着纵贯铁路，从昔日台北府城南门，随着铁道蜿蜒到北门。

忠、孝、仁、爱、信、义、和、平。

商场每幢楼都盖得一个样，楼高三层，由北向南，依序高挂八德中一个字为楼号，两端漆了 1 至 8 与八德相应的阿拉伯数字；当时大家俗称忠字号楼是“1 栋”，平字号楼是“8 栋”。

一九五三年朝战结束以后，老美在日本驻防的第七舰队还是时不时踅到台湾海峡遛遛弯，“保持中立”一下。因为内战一分为二的国共两党领地虽然大小悬殊，隔海对峙的形势就在国内、国际各种原因之下渐趋稳定。到了五年后的“八二三”，台湾得到美援守住了外岛，中共又为内部一个接一个的政治运动忙得无暇他顾。金门炮战结束，两岸并没有松懈鼓动拥护者拼个你死我活，前线的炮击却悄悄改成了练兵似的单打双不打。一九四九年二月仓促离开南京，一年之内搬过广州、重庆、成都和台北四地，最后落脚台北的国民党，终于得到喘息的机会。

风雨飘摇，转眼十年。当时的边陲省会成了“中华民国临时首都”，为了治理泱泱大国而设计的一府五院中枢在弹丸台北扎根；“总统府”设在日本殖民时代的台湾总督府里面，五院及其他“直隶衙门”也多半就近在周围办公。总理“国家”大事的“博爱特区”，和繁华的西门闹区比邻。再往西南几步，就是一九四九年为了收容大量涌入台北的难民，沿铁道草草搭建的棚屋区。经过“十年生聚”，这个没有铁丝网的难民营已经人口爆炸，龙蛇混杂，却位居要冲，成了“首都”之瘤，公家就下了决心整治，调来国军工兵，很快就把铁道旁的违章建筑拆除一空，委托随国府迁台，政商关系良好的大营造厂，盖起一整列八栋公开发售的商场大楼。

不少相信官方口号，痴等“反攻大陆”，在棚屋区“暂居”了上十年的难民，这下因为都市发展，被迫领着起名“台生”“怀鲁”“念湘”的儿女另外找地方栖身。虽然商场公开销售前很多都被有办法的人认购去了，一些手里有积蓄或能挪借、融资的棚屋居民不愿他迁，也有得以把握认购承租的优先权，买或租下商场的一个小单位，做起长远打算。

韩家四口就在这时候搬离住了十年的违章建筑，迁入中华商场八栋三楼一个三四坪大小的迷你跃层。能容六尺之躯抬头挺立的楼下供起居，成年人必须弯腰或爬行的上面阁楼就睡人。

户长韩国清个头不算小，胖脸上镇日笑眯眯的不大说话，任谁也看不出来几杯黄汤下肚，这个温驯得像泰迪熊一样的中年男人，可以把身材相当的老婆从三楼追打到大马路上去。韩太太叫翟古丽，曾跟人说古丽是她姥姥家乡话花的意思，所以外号“花大姐”。花大姐黑实高壮，比实际上一般高的老公看来还魁梧，一口清脆的京片子，自称“回回”，跟人生气私下骂：“汉人没一个好东西，全是伊不利思！”古丽告诉女儿，“伊不利思”就是经文上的“魔鬼”，是最厉害的咒骂。

国清早年踩过三轮车养家，后来开了几年出租车，不久前转工替在近郊阳明山别墅里的有钱人开私家车，只有星期天放假回家。古丽在离家几步路的巷弄里，租别人院墙打开搭个门脸，经营一家不挂招牌的五六人座小牛肉面馆。虽然没有店名，可是都知道老板花大姐绝对不用来路不明、非清真食材。酒香不怕巷子深，渐渐传出口碑，就把厨房外挪，增加座位；弄块遮雨胶布由门朝外一支，下面、蒸饺子的锅灶就出去了，再把院墙开个窗洞，支上案板，擀面的地方就有了，洗碗用的大铝盆更早就堂而皇之地搬在店门口占用了巷道。这些家私等店打烊的时候搬进屋一锁，费不多点手脚。可是简单一挪动，巴掌大地方，就挤得进双倍的客人吃面——那时候台北的人一般都瘦。

夫妻俩长得都不咋的，两个女儿却都如花似玉，还各有各的美，各姓各的姓。大女儿张爱芬明显是收养的，矮家里其他人一头不说，讲话轻声细语，容貌举止也比家人秀气。爱芬快二十一岁了，还在读高职，她小学入学晚，高中又因故休学过一年，复学时候降转本校夜间部，就前后耽误了两年。白天常见她坐在小板凳上，就着儿童澡盆般大的铝盆刷碗，偶尔抬头挥汗，白皙的瓜子脸上虽然眉目略为清淡，可是朱唇贝齿，丹凤眼未语含笑，不免我见犹怜，让人诧异陋巷中竟藏有这样一个蓬门碧玉。小女儿叫韩琪曼，上同校的日间部高二，等闲不到店里来；就算学校放假，她一个人在家懒得做饭，来店找现成的吃，也只吆喝几声，顺手算算账。琪曼十七八岁，正是顾及形象的时候，她不沾粗活，更别提像爱芬一样叉开脚蹲坐在路边洗碗。反正店里再忙她老妈也死活叫不动，拿她没辙。琪曼皮肤白里透红，五官漂亮得让看见的人不由自主地想大叫一声好；跟姊姊邻家女的清秀不一样，琪曼大眼高鼻，美得张扬，连身材都比大三岁的姊姊发育好。非要鸡蛋里挑骨头找缺点，那就是这美人有双洋妞般的大脚，而且头发不够黑。那时候华人以乌黑秀发为美，“黄毛丫头”是贬义词，没有染成亚麻色做造型的风尚。

南方人吃的烂糊面和花大姐劲道十足的北方手擀家常面不一路，本地人当时也不大吃牛肉，甚至听说清真馆的可能都没几个，所以小店熟客多半是北方人，渐渐更有伊斯兰教友慕名而来。健谈的客人都和热情的老板做了朋友，店里忙的时候代为端面、收钱的也有，像到了自己家一样。熟客里面有一位许先生与其他不同，许先生大名志贤，二十出头年纪，是附近一个公营事业单位的小职员，寄居台北的亲戚家，公余补习准备考大学夜校进修升等。志贤在台南出生、长大，是土生土长的本地人，却欣赏花大姐的纯北方手艺，三天两头就要来小店报到，说是店里的牛肉面和小菜让他吃上了瘾，“不吃会难过”。

志贤从非节假日中午用餐高峰当义务跑堂起不把自己当外人，后来就抢着洗碗，还改口跟着爱芬叫古丽花姨。古丽看小伙子这么喜欢吃她家的面，手脚勤快，人上进，嘴又甜，心里高兴，人来就让他在店里随便吃，免费。志贤有空就来帮忙，他寄居的亲戚家吃饭不讲究，伙食不合志贤口味，来店等于打了牙祭。

志贤一来店里，就卷起袖子，什么都做，最喜欢蹲在巷子边上和爱芬一起洗碗，可是也一定算好时间告辞，顺路护送爱芬去上学。古丽是过来人，自觉看得出来志贤对爱芬有献殷勤的意思。不过爱芬虽然当她像自己的妈妈一样，毕竟是遇人不淑再嫁到国外去的朋友托在家里寄养的，一直以来的计划都是等爱芬高中毕业去美国和母亲团聚，古丽就也不敢鼓励促成这段看起来挺登对的姻缘。不过古丽年前为了顶生意和住房，擅自挪用了爱芬母亲给女儿准备的路费，眼看爱芬高职就要毕业，小店生意虽好，可是将本求利，盈余有限，亏空一时补不上，古丽就又盼望两个小孩真的要好起来。她揣己度人，私心掂量女人一旦有了想跟的人就变得又疯又蠢啥也不管不顾，别说美国，脑袋清醒之前，天国也不想去；自己就能多点时日存钱还账，把摊牌的时间往后拖一拖。

小店生意越来越好，古丽请了个杂工老秦来帮忙，主要负责擀面。哪怕强壮，古丽一个女的，天天开门来这么多人吃面，实在做不动。晚上回家灯下算账，店里收入确实不错，可是生意好，开销也跟着增加，离补上亏空差得远了。古丽无奈，只希望爱芬越晚跟她要钱买飞机票越好。

几个月下来，志贤成了小店不支薪的钟点工，他什么时候来店里好像神出鬼没，其实自有一套班表：既是他上班和补习之间的空当，又一定要爱芬也在。老秦有时候忙坏了火气大想骂人，好不容易送走了周日高峰最后一个客人，坐下来吸根烟休息，他不晓得志贤只是志工，反正拣个不在场的对象泻火："那个兔崽子今天又不来？是晓得现在咱们星期天也忙是吧！"

爱芬微笑道："秦叔，人家不是我们店里的！人家今天要补习，星期一才来。"平常也没看见两个人讲什么话，爱芬倒对志贤的行踪很清楚。

"'人家'是谁呀？"琪曼想用手指拈一块腌黄瓜吃，被正分装凉菜到小碟的古丽一掌挥开。

"哦，那个免费来洗碗的家伙。"琪曼自问自答，躲过妈妈防卫腌黄瓜的手，继续捣乱。古丽在她手背上重敲了一记，骂句"走开"。琪曼索性抢过一小碟已经装好的黄瓜跳开到旁边去，却用手吃了两块就放下了。古丽看看那碟再不能拿出去卖钱了的小菜，嘴里骂道："你就是来讨债的！"

琪曼一脸无所谓的样子，走到爱芬身边嬉皮笑脸地道："欸，我下次来看看那个'人家'长什么样子！你说好不好？"她很少来店里，听过志贤的名字许多次，几个月了却竟然从未照过面。现在学校放寒假了，琪曼又一向调皮好事，不是个省心爱清静的人。

过两天琪曼穿件红色高领紧身毛衣，挺着世界小姐的身材，像团火从巷口过来的时候，志贤正蹲坐在板凳上就着铝盆捞筷子，原来坐他边上的爱芬正站起身要送一摞洗好的碗进去。

"姐！"唇红齿白的琪曼灿烂地笑着向两人这边打招呼。

爱芬转头微笑一下代替答应，顾自进店送碗；志贤却手上动作停顿，嘴巴微张，眼睛完全聚焦那团火，再不能自主离开须臾。他听见自己胸腔里的心脏随着美女走近的步伐强而有力地跳动。

琪曼对志贤的反应很满意，她知道自己好看，虽然没正式交过男朋友谈恋爱，可是她天生就懂男人的傻相等于奉承话，都是对自己美貌的礼赞。志贤那个口水快要流出来的呆瓜相跟说“你真美呀”一样让她受用。满意归满意，志贤给琪曼留下的总体印象很模糊，她哪只眼睛也不会去细看一个蹲坐巷口，趴在大铝盆前，泡得通红的手里捧着大把湿筷子的男人的长相。总之，琪曼感觉，配爱芬是还可以啦。

可是惊艳之后的志贤却神魂颠倒了。他打乱了自己的班表，有空就来店里蹭，碰碰运气看有没有机会再见到心仪的女神。老秦高兴店里多了个固定帮手。爱芬每见志贤来到只微微一笑后就垂眉敛目，镇静如常，看不出心里怎么想。古丽以为志贤来得勤是因为爱芬学校放假，后来听志贤老问起爱芬的妹妹，感觉有些起疑，可也没去细想。在妈心里，早就前突后翘的琪曼还是个让人不起邪念的小女孩呢。

这天志贤带来一张书本大小的外国明星照片，四角还留有图钉痕，看来是他墙上摘下来的。他先给爱芬看，说：“奥黛丽·赫本，像不像你妹？”

爱芬仔细看了看，摇头道：“发型有点像。”

老秦凑过来，看一眼说：“你啥眼神儿？不像！”

正切着菜的古丽把手在围裙上抹抹，伸手索取。志贤怕人把他珍贵的收藏弄脏，赶紧躲开，说：“花姨，我拿着你看就好了。”

古丽把脖子前前后后挪动对焦，一会说：“嗐！跟我年轻的时候一个样儿。”其他三个人听说都笑出了声。老秦更是夸张地把面团朝案板上大力一甩，怪叫一声“我的妈呀”。

志贤边笑边说：“花姨，问像不像你女儿怎么会像到你？”他欺负人不懂方言，又用闽南话加上一句：“恁是歹竹出好笋啦！”

古丽听不懂也猜得到小子在耍贫嘴，就带笑抗议道：“说你们都不相信是吧？赶明儿给你拿张老娘的相片瞧瞧，你就知道像不像！”

那天晚上古丽翻箱倒柜找出一张带相框却失了玻璃面的照片，黑白照片边角泛潮，相中的俊男美女像被浪花包围，连深色衣服上也溅得是星星点点的灰白霉斑，幸好面貌都还很清晰。

可是除了相片中的本人，恐怕再也没人认得出那是二十多年前的古丽和韩国清。古丽真没胡说，有维吾尔族外婆的回族少女古丽比有汉人爸爸的琪曼，更像明眸皓齿的欧罗巴洲美女。相片中二十一岁的古丽顶着一个男童发式，藏不住热恋喜悦心情的眼睛像晴朗夜空里的明星般闪亮。她穿着和身旁十八岁国清同款的男式学生服，鹅蛋般光滑的脸庞笑得像草原上的太阳那样明媚。

古丽拿条干抹布聊胜于无地轻拭照片上的霉斑，忍不住轻声抱怨起南方潮湿的天气，她已经忘记玻璃面是从前夫妻打架自己赌气一把摔碎了，相框受损才让照片受潮。她拿着照片左看右看，遗憾着还有一张比这张双人照更早一点，她做小姑娘时候拿出去相亲的相片，留在老家没有带在身边。她一直记得自己那张单人照，那时让她自豪的长发还没铰，梳成两根大麻花辫子垂在胸前。古丽觉得自己单人的那张真好看，不过短头发的这张倒跟志贤拿来的外国女人照片更相似。

古丽心想：虽说琪曼不怎么像照片里的外国女人，却确实有几分像自己年轻的时候，就是头发不够黑。古丽摸摸自己顶上现在也像稻草一样枯干的黄毛，不禁惋惜起以前乌黑浓密的一头长鬈发。她一面遗憾，一面怪上了台湾的太阳。海岛上的水土跟她不合。自打来到台湾，她原来雪白的肤色越来越深，原来墨黑的毛发也越来越黄。以前人家还都夸她的眉形好，眉毛从来不用画，生了琪曼不但身材走样，连眉毛、睫毛也都变得稀稀疏疏。她的睫毛原来浓密得像两把小黑扇似的，国清就说他的魂是被那两把小扇子招丢了，才留在了她家里，替她做牛做马也心甘情愿。

国清确实说过古丽好看，睫浓如黑扇，其他多出来的，可能就是经过二十多年光阴的发酵，古丽自己脑子里衍生想象出来的情话了。

那天一家之主的古丽爷爷翟大爷留两个做黑市粮食买卖的朋友喝酒。店都打烊了才说要吃面。古丽奶奶翟大妈一睡下是雷打不动，古丽只好把店里小杂工叫醒，两人忙上。

原先还有点睡眼惺忪的十七岁少年国清蹲着把灶火再挑旺，抬头看见前来当炉的古丽就醒了。他停止了手中送柴入灶的动作，嘴巴微开，呆呆望着古丽下面、搅面、捞面，眼睛再不能自主离开须臾。

古丽风情万种地把头一甩，长辫梢差点扫到那正站起身来的小呆瓜脸上。她泼辣地说：“你傻呀你！没看过我啊？”

“姐这样好看，俺喜欢看。”国清侉声侉气地说。他老家在北平和天津之间的小乡镇，口音和世代居住在皇城根儿的人不同。

古丽自去年被丈夫强剪头发，又让护短不讲道理的婆家众人打得逃回双亲已经过世的娘家投靠祖父母以来，人前一直用头巾包住没长齐的头发遮丑。穆斯林妇女总包块头巾一点不显眼，所以除了古丽自己，没人注意过她的头发长短，也仿佛都忘了她夫家曾经的暴行，只有古丽每天把头巾摘下时要把那几个伊不利思再诅咒一遍。这天古丽感觉头发长得差不多回来了，悄悄试梳了条做姑娘时候的大辫子，白天依旧包着头巾，晚上店门关了没人看见才扯下，没想到国清马上发现，还赞美得如此真诚。古丽笑得露出一口白牙，啐他一口："你小孩儿家知道啥好看不好看！"

"姐笑起来更好看！"国清据实以告，"俺没见过比姐更好看的女的。"

古丽也认真打量起这个她爷爷从路上捡回来的小长工：当时满身冻疮，奄奄一息倒卧路口的十五岁小叫花，喝了两年滋补养人的牛骨汤，已经是身长玉立、英气逼人的美少年。古丽差点脱口说出"你也长得好看"。

一向害羞的国清没有闪躲古丽的目光，他定定地盯着那双朝他看的美目。双方目光胶着，僵了一会，古丽先眨眼，只好扑哧一笑，掩饰自己眼睛玩斗鸡输给一小鬼的窘态，一面啐道："看啥你看！"

"姐的睫毛像两把黑扇子。"国清像在学校里写作文一样地形容起古丽眨眼时眼睫的开合。

他十四岁离家到北平读初中，三个月后，家乡被日军先轰炸后占领，家人凶多吉少，再无音讯。既为找日本人报仇，也为断了补给以后的生活，他虚报岁数，靠同校几个大龄高年级生打掩护一起投笔从戎，加入都是知识青年的二十九军学兵团。学兵团成员多数是平津一带的爱国大学生和中学生，比当时为吃粮饷参军的丘八，或是被军队拉夫拉来的壮丁，素质高了许多，是被当作二十九军未来骨干培养的。一千七八百个青少年同吃同睡，出操唱歌，感觉像是学习的环境从学校搬到了军营而已，是来爱国不是来当兵。兵团训练了不到一年，日军挑起卢沟桥事变，学生兵拿起刚发到手的步枪和大刀就进了战壕。可是步枪射不下敌人的飞机，大刀冲不过敌人的炮弹，还没准备好就须面对残酷战争的年轻热血洒在南苑阵地的泥土里，遍野的国军尸首有上千都是这群懵懂的学生魂，少数像国清这样尸堆里幸存下来的，说起来当过兵还打过仗，却保留了最纯真的本质。

古丽眼看国清流露副斯文学生样子，耳听那可笑的文明用词，心里忽然爬过一条毛茸茸的虫子，脑子也跟着慌乱了一下，两朵红云涌上她的脸颊。她结过婚有过男人的，都不知道两个人只说着话，手都没碰着，也能让人口里生津，心里发毛。她不甘不愿地把面碗递给国清，用不屑的语气说："给那几个偷着喝酒的送去。"递了碗空手缩回之际，古丽也不知自己安的什么心，就感觉非要在国清的臂上那样发娇嗔似的不轻不重拍一记。

古丽心里的那点骚动却像电流一样从国清被拍的臂膀上传导过去。国清倏地脸也红了，面端在手里，身体却动不了。古丽轻斥道："去呀，该干啥干啥去！"国清却只会原地愣着望她。古丽看国清的傻样，好气又好笑，把面又抢回来端自己手上，转头就走，一壁嘴里嘟囔着："你就杵这儿吧。再跟你磨下去，面都糊了。"

等她送了面掀帘子出来，却被站在小包间门口黑影里的国清吓一跳。

"嘿！"古丽不高兴了，气呼呼地说，"人完了你又来了。"长睫一合一开，丢个白眼，用力扭头走人，这次是故意把辫子狠狠地在国清脸上扫了一记。

国清先是感觉自己的魂魄被小黑扇扇到了爪哇国，正悠悠荡荡，旋又被条带着香气的鞭子在脸上火辣辣地刷过给扫回了神。他感觉身体发热膨胀，喉咙干渴，眼睛看出去一切如梦似幻，清晰的只有那条大辫子在古丽的腰股之间摇晃，向他招手，脚就不由自主地跟着古丽的背影向后厢她的香闺走去。

前面店堂和后面住家中间隔着小天井，院墙边石板地上零星放着几个咸菜缸和种着香料的盆栽。乌云掩月，天井中只有店里包间透过来的微弱光影，窗上模糊的影子是三个不守清规偷喝烧酒的老头儿，半醒半醉还记得要压低了嗓子说话。国清跟着那条辫子亦步亦趋，东摇西晃，比在屋里违反教规喝酒的还不清醒。他脑子发热，嘴里低声含糊地说着连自己也难辨其意的胡话。

古丽却清楚听见跟在身后的国清一路喃喃哀求："姐——姐——救救我！姐——姐——你是观世音菩萨——你要救救我！"

跟她信真主的人说什么呢！古丽猛地驻足，愤怒回头，却和发了痴的国清撞个满怀。这里离她的房门太近了。古丽骂人的话还没出口，就被掀起的门帘给截断了。

退进了厚棉布门帘遮得严实的小黑屋里，古丽被冒犯的怒火再加上国清的体温，一下把她也烧昏了。她轻捂国清炙热的唇，软绵绵地说："别说菩萨，我不信菩萨——"她想如果做了错事，自己以后会下垛子海。可是国清这个不信伊斯兰教的汉人一定也会在那里——熊熊烈火永不止息的炼狱啊——垛子海！

国清像个乖学生似的顺从："姐信啥，俺信啥。"他本能地张口含住古丽捂在他唇上的指尖。可是俊秀的少年紧抱着怀中活色生香却再不知所措，国清用快哭出来的声音在古丽耳边低声求告："姐——救我！"

"咱救了你的小命，你就是这样报答我们家？！"翟大爷低吼着，"今天我就打死你这白眼儿狼！"他举着擀面杖再度没头没脑地向国清身上、头上乱打。古丽看国清已经被打得倒下还是闷声不躲，就不顾自己才大量失血，身体虚弱，飞扑过来抱住情郎，身上立即挨了几下。翟大爷手一软，心疼孙女，打不下去了，颓然把擀面杖一扔。

小的好了快一年，屋里两个老的都没看出来，等到古丽为了不敢留下孽种，拼死从柴堆上跳下，血流不止出了大事，却不愿看医生，才跟奶奶吐露实情。翟大爷一直怜惜古丽父母早逝，对这承欢膝下的孙女疼爱有加，出嫁了还让她回门不归，替她撑腰抗衡虐待她的婆家。这样把心都掏出来爱，不免愈恨她欺瞒。

古丽的奶奶翟大妈一手捂着嘴，忍着哭声，过来搀扶孙女儿。古丽却死命抱住跪在地上受罚的国清不肯移动。

翟大爷见状对老伴怒道："别管她——就是给你宠的！"翟大妈赶紧打手势要老头噤声。万一邻居听见，传到长老那边，就算不动用私刑闹出人命，古丽丈夫家来索赔都教他们吃不消。

其实这时古丽和丈夫已经分居两年了，听说丈夫都娶了二房不耽误传宗接代。婆家一直没来接这骂还口、打还手的恶媳回去，就是不存好心，他们要看谁拖得起！依照经文的规定，如果女方主动求去，必须“赎婚”，就是退回聘金，赔偿夫家经济损失；如果男方“休妻”，那女方就可以保留聘金，不退财物。翟大爷和老伴都不贪财，可是古丽的聘金早就让翟大爷的小儿子带出去做生意本了。战争阻绝了道路和消息，古丽的叔叔已经没有音讯三年了，翟家想拿钱出来赎婚一时之间还办不到，就成了僵局。

翟大爷失了主意，不晓得该如何处置这两个罪人。照规矩来那不得了，私通要判石刑。国清该死，怎么死他都一滴泪不会流，可是古丽他可不忍心让人扔石头打死。翟大爷左思右想，最后把国清关进柴房，古丽关回她自己屋里，两边都从外上锁。他还警告老太婆，别给白眼狼送吃的喝的。他想现下这种兵荒马乱的年头饿死一个外乡人不会有人注意，日本人看死了个中国人更不会追查。不是他心狠，只是国清死了，古丽才能有救。可是两天后他打开柴房看见被他打得鼻青脸肿的小子躺在地上呻吟，既然人还活着，他又不能见死不救了。老头自己先送了盆清水，还丢了条被子进去，隔天又叫老太婆送了吃剩的粥。

同样犯了死罪的古丽倒是像皇后娘娘一样地躺在炕上被她奶奶伺候着将养。奶奶不要她沾冷水，要她多卧床休息，把小产当成坐月子处理，怕她落下惯性流产或不易受孕的后遗症。翟大妈叹口气说：“姑娘以后还是要嫁人的。等打完仗你叔回来，把欠的账还上，你才能跟人离啊。”她也恨古丽婆家没能善待宝贝孙女，翟大妈心里把当初的聘金全盘否定，就当成欠账。欠的还了，孙女自由了就随她自己高兴嫁。

古丽咬着牙犟嘴：“不离我也不替那个伊不利思生孩子！”

满天神佛的奶奶听到禁忌的名字，赶紧呼唤起圣人的名号避邪，口中呸呸叨念着跑开了去洗耳朵，门也忘了锁。古丽一看机不可失，披起衣服下床，不及着履，赤着脚就奔向柴房，卸了门闩冲进去，一把抱住浑身屎骚尿臭躺在干草上的国清。

古丽一面哭，一面把国清从地上拉起来往外推：“你快走，你回家！”

国清虚弱地说：“姐，俺没家，你在哪，哪就是俺家。”

“你傻呀？他们要弄死你！你还不走——”古丽抱着国清的头，心痛得要碎了。国清在古丽温暖厚实如地母的怀抱里忽然痛哭失声。他没有地方去，死就死吧，除了古丽的怀里，他哪里也不去了！

他的家乡已经被日本飞机的炸弹夷为平地，一大家子人不知所终。他和同学生平第一次拿枪，就和日本正规军正面交火，他亲眼看见一个日本人的刺刀刺进十几个同学的身体里，该到他的时候，日本刺刀已经发钝，先前重伤倒下的同学再爬起来拼着最后一口气乱刺，十几条年轻的生命终于撂倒一个日军。幸存的学兵团残部跟着二十九军第三大队向南撤离。带伤的国清不耐行军之苦，自行脱队挣扎向北，原先学校一带他还熟，他想也许找得到老师或熟人可以投靠。三天之后北平沦陷，日军进城前他扯下军服，换上还没发臭的路倒尸上剥下来的便服，十五岁的小兵就成了个不起眼的半大小要饭，盲目地在已经封锁了的北平市流亡。夏末起流落街头，有一顿没一顿的国清，在那年冬天的第一场雪后饥寒交迫地倒卧在翟大爷推着独轮车去办货的路上。

“也怪可怜见的，比古丽还小三岁呢——”闻国清大哭声而至的翟大妈在柴房门口伸手拦住后来一步却作势往里冲的翟大爷，“虽说是个汉人也都来家三年了——”她说着也陪同落下同情之泪，“在家住着也像咱家的孩子，不算是不知根底的了。”他们这个回民聚居的区域，除了饮食宗教保留回族传统，衣着风俗，甚至多数人的相貌都因历代通婚而汉化得看不出太大的区别，只习惯上称呼非教门一律是汉人。

老夫老妻废话不用多说，翟大爷完全明白老太婆的意思。俗话说“女大三抱金砖”，翟大妈就正好比老头儿大三岁，除了生俩儿子碰上的时辰不好，弄得一个久出不归，一个英年早逝，他们两老自己可是一世和美。翟大爷也想喜剧收场。一个仗打得他出门去了的小儿子不知几时才能回家，招个无依无靠的小子来做养老孙女婿当然强过送孙女回去她那个没良心的婆家。可这一切如意算盘不就卡在拿不出聘金退还给人家？

“嗳呀——”翟大爷叹口大气，心里想老太婆真不懂事，通奸在咱穆斯林是死罪呀，得要行家法把两个小的都杀了，才能救回他老翟家的名声，要让古丽不省事的婆家发现他包庇，别说古丽活不了，他们两个老的也没脸活了。他把手一摆，皱眉凶道：“没法跟你这老娘们儿说去！反正这小子不死，咱古丽就得和他一齐死！”翟大爷撅着胡子怒气冲天地去了。

古丽怀抱哀泣的国清，爷爷的话却听得明白，她晓得爷爷是不会放国清出去了，爷爷要把国清关死，国清死了，她犯的错才能死无对证。“国清，”古丽附在他耳边说，“乖，不哭了。姐在哪，你在哪。等我给你做吃的拿来，咱且把身体养好，有力气才逃得出去。”

半个多月后的深夜，古丽背一小包袱，轻手轻脚打开了柴房门。她不知道翟大爷自从家里出了这丑事就患失眠，夜夜睁眼到天亮。甚至一向好睡，碰到床就打鼾的翟大妈也变得浅眠，不如以前睡得香。翟大爷躺在炕上听见动静并不着急爬起来，甚至伸手拦阻了身边被惊醒要起来去察看的翟大妈。两个老的含泪执手在炕上静听古丽和国清窸窸窣窣地偷着逃命而去。翟家没人识字，古丽自然没有留下只字片言，只有她炕上铺得齐齐整整一晚没人睡过的被褥上面，有个她向邻室老人叩别留下的肉眼难辨的印子，旁边一张古丽最珍惜的自己做姑娘时梳着两条大辫子的相片。这是她丢下祖父母和汉人私奔的留言：磕头是谢恩，照片是思念，最宝爱的一帧影像都不带走是她会回来。

古丽却不晓得自己这一走，就要为爱去到天涯海角，再无归期。

她变卖了仅有的两件首饰，买了两套旧学生装改作男装打扮。剪去头发后又去照相馆里照了张合影算是婚照。剩的点钱找黄牛带领，跟着十几个目标重庆或延安的学生结伴私渡出城。黄牛带出城后，两人并没和其他学生一齐远走，反而餐风宿露回到已成废墟的河北沦陷区国清老家，收拾了国清家人遗骨，搭建茅棚，过起自耕自给的原始生活。四年以后抗战胜利，他们开始打听失散的家人。慢慢地有消息传来，翟大爷和大妈原来都还健在，连小面馆都在原址经营。国清的家族还剩一个原先在南方学造船的叔父，任职轮船公司，战后调派在天津。两人那时已有琪曼，盘算先去投奔国清叔父，再由叔父以家长身份出面斡旋，好让两人能做正式夫妻。没想到就是那年国民党撕毁停战协议，内战全面爆发。一家三口才到天津，没依计划北上，反而跟随叔父家小南下去了上海。南方天气湿热，居室窄小，国清在叔父安排下上船做见习生。古丽和丈夫分开不说，带着小孩寄居吃猪肉的汉人家，母女连饭都不敢同桌吃，痛苦非常。幸好国清不久因为晕船严重被开退。叔父听说公司台湾办事处业务量增加有工作机会，又介绍侄子去台湾。没想刚到了台湾，国清还未及上班报到，上海易帜，船公司倒闭，他们和战后唯一联络上的亲人完全断绝了音讯。

在台湾古丽和国清又只剩下他们彼此可以依靠，还多了个琪曼。一家三口，一个是大字不识的名教罪人，一个是初中肄业的阵前逃兵，一个是抵台时刚满五岁的黄口小儿。

枯黄乱发剪在耳下半寸，发福的肚腹顶住虽还厚实却已下垂的胸脯，中年古丽看着年轻时的双人合影，遥想那张留在北平老家炕上的少女独照。因为沙眼而睫毛稀疏的眼睛红通通却干涩无泪。

太久了。古丽不无感伤却平静地想：刚离家的时候，爷爷、奶奶常常来她梦中相见，后来搬来搬去，最后还过海搬到了台湾，路远，老头儿、老太太就来不了了。

二十多年东奔西走，生活的贫困和逃难的飘零已让古丽麻木。

她不是没有后悔过离家出走，夫妻打架的时候，她会骂出："当初我爷爷就不该救你这只白眼儿狼！"可她从没想过，当然也就没说过，自己不该为了救要被关在柴房里饿死的国清而和他私奔。国清即使喝了酒，一听古丽提起他对不住的救命恩人就会对所有争执投降认输，回到一向老婆至上的态度。

国清唯一的嗜好就是小酌两杯，可是当人家住家司机，二十四小时待命，职业不允许喝酒，所以放假回家那晚就会放量，把一星期没喝的补上。和女儿琪曼一样，国清去店也只吃饭不帮忙。琪曼高起兴来还收收钱、吆喝两声，引人侧目，抢姐姐"牛肉面西施"的风采，国清则是低头吃面，吃完了拿碟花生米回家下酒，除了微笑着跟爱芬、志贤、老秦等几个认识的打声招呼，没人注意和善却沉默的壮汉食客就是老板古丽的头家。

这天店里生意又很好。打烊后老秦要跟古丽谈加薪，爱芬就先回家了。上个月古丽才给老秦涨过钱，还让他睡到店里省房租，没想到老秦在面桌拼起来的床上睡了两星期就说不行，腰酸背痛，影响他白天干活，他情可花钱去租个正经地方，所以要古丽再涨他点工资。古丽和老秦把嘴都说酸了，也没结论。老秦威胁要走，最后撂话说："也不用等到过完年了，你前脚找到人我后脚立马走。花大姐你看着办吧！"

家就是过条大马路的事，古丽一面腹诽汉人都是忘恩负义的白眼狼不能对他太好，一面就到了家所在的商场8栋。她气喘吁吁地爬三层楼，在二楼半梯间的公厕稍停解手。商场每单位只配置一个水槽带出水口，拉上张帘子勉强能淋浴，却没有私家抽水马桶的设备。古丽完事出来一眼看见上面楼梯口黑影里站个男人，大吃一惊，先想到听说前面几栋楼最近有色狼偷看妇女夜尿的事，定神看清楚却是丈夫国清，不免提高声音诧道："老韩你发什么神经病？半夜杵那儿，吓死老娘了！"

"没做亏心事，鬼也吓不了你！"国清凶巴巴地顶回去。

古丽心知丈夫又灌猫尿了，步上最后几级楼梯，经过国清身边顺手在他臂上重拍一记，嘴里恨道："你就喝吧！人不知道还当是色狼，把你抓起来揍一顿好了！"

国清却把古丽用力一推，道："谁是色狼？你说谁是色狼？"

在楼梯口前古丽惊险地稳住脚步，破口大骂："老韩你就发酒疯吧你！敢把老娘推下去，我就拉你垫背，我死你也别活了！"

"想要我的命？"国清刷过来一个巴掌打得古丽眼冒金星，"奸夫淫妇！你想谋杀亲夫！"

"你骂谁奸夫淫妇？你骂谁奸夫淫妇？"古丽双手向国清脸上乱抓。喝得醉醺醺的国清闪避不灵，脸上被挠出三道口子，火烧过一样地疼。泰迪熊被激怒，忽然变身大灰熊，咆哮着拳脚齐上。

身量相当的两个人，打起来还是女的吃亏。古丽出生成长的环境家家都打老婆，可让爷爷、奶奶手心里捧大的古丽就不给打。她要是肯让男人打几下，她的婚姻也不会弄到有共同信仰的两个好亲家闹翻成仇，自己出嫁不到一年就跑回娘家长守活寡。十八岁的时候丈夫打她，她拿把剪羊毛的剪刀刺回去，被丈夫和公婆联手拿下，痛打一顿绑起来丢在炕上，摁着她的头像对付羊那样把她美丽的头发剪了一地，她当晚就挣脱绳子逃跑，再不跟那人过了。

国清这回不知是喝得太醉还是太怒，不但力大无穷，抓住古丽猛捶，连古丽提起翟大爷的救命之恩都不管用。楼梯口僻静，古丽咬牙用膝盖一顶，猴子偷桃贱招得手，趁隙脱身逃窜下楼。上世纪六十年代台湾的家暴事件不归警察管，归街坊邻居管。古丽一面哇啦哇啦地叫着希望吵醒楼里其他住户，一面向楼下撤退。一楼有几家卖吃的做消夜生意，估计会有人出手相救。

“杀人啦！”古丽边喊边跑，“救命呀！”

几个在一楼刚吃完馄饨出来的浮浪少年看到壮汉打女人，仗着人多就过来见义勇为，两三拳把国清打倒在地，一个正要上前补几脚，古丽过来求饶：“这我当家的，喝多了，喝多了！”

“别碰我！”躺在地上的国清却把前来搀扶他的古丽一把推开，口中不清不楚地骂道，“你个潘金莲！你离我远点，找你相好的去！”

少年看他们果然像是夫妻打架，可这么位长相抱歉的大娘有男人为她争风吃醋真不多见。一个少年流里流气地吃起古丽的老豆腐：“欧巴桑，看不出来哦！”众人嘿嘿地哄笑着走了。远远还听见一个说：“哈哈哈……欧里桑老当益壮，欧巴桑床功盖世！”

原先坐起来了的国清听见闲话又倒回地上哭：“……看我一个星期只回来一晚上，骚娘们儿就要跟人跑，两个摸黑躲店里嘀嘀咕咕还以为人都不知道！”

古丽气得发抖，幸好夜深，邻居多睡了，旁边只有零星几个路人看热闹，否则她的名声真要教这酒鬼给败了。古丽刷地扇了国清一巴掌："我让你不说人话！"一面扛他起来，向围观的致歉："醉了发酒疯——我带他回去。"

国清一手绕过老婆脖颈勾她肩上，另一手紧握老婆胳膊。人给打老实了，嘴里还在说胡话："你……你不跟老秦跑？"

古丽脚下一停，怒道："再嘴巴不干不净我给你扔马路上睡去，你信不信？"

两人安静地爬了几级楼梯。国清又说："……真不跟老秦——"

"不跟！"古丽累了，她跟醉鬼表白道，"再要跟谁，也不跟汉人！汉人都靠不住。上月刚给老秦涨过钱，今天又要。不给涨不干了。不干不干算了。汉人都是白眼儿狼。"

国清抗议道："我不是汉人，我不吃猪肉……在船上的时候我情可饿死、吐死……吃臭咸鱼我也不吃猪肉。"

古丽心有点软了，可是国清毕竟才刚借酒装疯打了她，就硬着声音道："穆斯林可不许喝酒！"

国清说："你爷爷就喝。"

古丽说："喝醉了你还会扯淡？当初我爷爷就不该救你这只白眼儿狼！嗳！你可真沉！你能不能自己走？"

脸上带着三条血印子的国清索性把头也枕到古丽肩上，闭上眼赖皮道："我不……走。姐……在哪，我……在哪！"

相互打得鼻青脸肿的冤家依偎着拾级登梯，古丽把拿酒当醋喝得烂醉的老公扛在肩上又拖又拽，再累再苦也还是得"夫妻双双把家还"。两人一阶一停，冬天里一身汗的古丽想，咱咋就贪便宜住了个三楼要爬这么高呢？

“你们这里的三楼比普通三楼高吼？”志贤拿着一只沉重的纸箱跟在爱芬身后爬上商场三楼。他以前没来过，也没想过要来。只是在店里老碰不到他想见的人，再见不着，他也要放假回南部过年了。这天听说琪曼在家，赶紧自告奋勇替古丽从店里送东西回来。古丽很高兴有个志愿搬运小工，把准备店里休假和家里过年要用的一齐装了一大箱，叫爱芬替志贤领路搬回去。

爱芬点头同意：“每层都有阁楼，所以比较高。”

来到门前，爱芬一边在包里取钥匙，一边提高声音叫门：“妹，我回来了。许志贤也来了。”她是给在家里不一定穿戴整齐好见客的琪曼一个预警。

志贤走进了东西落得只剩走道却还算收拾得干净齐整的斗室，听从爱芬的指示把纸箱塞在窄梯旁边靠墙的饭桌下。放妥纸箱，志贤又蹲下再向里推进去一些，抬头起身时看见琪曼穿件露肩连身拽地白色晚礼服从阁楼窄梯上冉冉而下，长裙遮住一双大脚，志贤觉得完全是想象中的仙女下凡。

“妹！你穿那什么衣服？”爱芬笑着诧异地问。

“美不美？”琪曼问。

“美！”志贤抢答，他的眼光大胆地落在当时罕见的少女裸肩上。

爱芬嗔怪地看他一眼，志贤顾自含笑盯着美丽的琪曼，对旁人不以为然的目光浑然不觉。

琪曼说：“有人找我做模特儿，帮杂志拍照。”她看也没看两人，下得楼梯来只专心对着墙上一面镜子顾盼自怜，自言自语道：“他们说我的锁骨最好看！”踮起脚向下照，“说我的腰好细——嘻，也说因为我胸部和屁股都大，所以腰看起来特别细，结果一量还是二十四英寸——”说着声音忽带一丝哀怨，“我们家镜子都太小了，没有一个可以照到全身，楼上的镜子也不行……”可是不快的情绪稍纵即逝，“他们叫我先试穿看看，看哪里要改。”

“不必改，很合你，很好看！”志贤再度抢答。他不是故意的，他根本忘了屋里还有第三个人。

琪曼调整一下礼服胸口的松紧带，道：“这件是希腊女神装，我本来不是穿这件的——”先指定穿的女模太瘦，平胸让露肩设计有下滑之虞，就换给了有胸有腰的新秀。琪曼照着镜骄傲地把胸一挺，没穿胸围的双峰颤颤巍巍。志贤感觉脸上发热，好像听见一屋子都是自己怦怦心跳的回荡。

爱芬皱着眉道：“这么露怎么穿？”顺手拿起琪曼丢在椅背上的红大衣替琪曼披上：“冷都冷死了。花姨和韩爸都不会让你穿出去。”

琪曼心知爱芬所说属实，有点泄气，却未放弃，指指楼上道：“不会露，还有一条长纱巾。而且我们不说他们怎会知道？”琪曼早就存心拖姐姐下水，一起隐瞒父母。

披上大衣，女神退驾，琪曼这才把专注在自身的焦点转移一点给客人。“咦，你也来啦。”琪曼笑睨着志贤道，“我爸不算，你是第一个来我家的男生哦。”

志贤进来这许久，终于得到一语眷顾，浑身骨头立刻轻了几两，嘻嘻笑着搓手，连声道荣幸。琪曼却又转身从架上拿出一个脸孔大小的有柄圆镜对光自照，把头左右转动着道："他们都不相信我是自然卷，都说怎么烫得这么自然！啧，要是能留长头发就好了！"

志贤诚心诚意地道："你短头发很漂亮！你知不知道奥黛丽——"

"我们只是回来送东西，"爱芬忽然打岔，一面向外走，"你要出去最好自己先告诉花姨。"爱芬表态无意成为琪曼欺瞒父母的共犯。伸手推门前，她对杵着没动脚步的志贤说："你跟我回店里吗？"

志贤迟疑了几秒，眼睛没能马上离开一下看手镜、一下看墙上挂镜，专心揽镜自照的琪曼，他期期艾艾地婉拒爱芬道："喔——啊，我看我就直接去火车站吧——看有没有提早卖过年的火车票。"

"那我跟你一起下楼。"爱芬没让步，门推半开等着。志贤无奈，恋恋地把眼光收回，柔情无限地说："那——琪曼，我走了——我要过完年才能回来……"

志贤从台南回来后下班去小店。一男二女正在店中忙着，却只见古丽一张熟面孔。"花姨，老秦走啦？"志贤从最不紧要的人问起，"嗄，说走就走了？那你大女儿呢？"古丽说爱芬这学期起白天去补习英文，以后不来了，为此还另外加了人手。

"哦，那你可以叫小女儿下课来帮忙嘛。"志贤故作轻松地和替他下着面的古丽继续寒暄，"琪曼那么漂亮，要是她来帮你忙，生意一定会更好。"

古丽表情复杂地看他一眼，道："你就不奇怪爱芬到哪儿去补英文吗？"志贤的脸红了。古丽又说："琪曼还小，她不愿意来店里，就不来。现在这年纪我让她给我好好读书，我跟她说，二十岁以前绝对不许谈朋友。"

志贤不无惭愧地问："不知道爱芬去哪里补习吼？"

古丽把加好料的面端到志贤手上，不冷不热地道："爱芬补英文，不来店了，我看以后店里没有小姑娘你也不来了。今天花姨还请你，下次他们——"一指没给志贤介绍认识的两个伙计，说，"要找你收钱，我可不管。"

志贤刚回台北，春节里吃了十天南部讲究食材原味的白斩鸡、白切肉、清蒸海鲜，忽然觉得这碗红油浮面的加辣红烧清真牛肉面虽香却腻，竟有点怀念起他以前嫌清淡的阿母手艺来。他无可无不可地吃完，留下面钱告辞。古丽正忙，没有听见。志贤走了几步想起还不知爱芬在哪补习，欲待回头去问清楚，又怕古丽误会他想让她兑现今天还请客的承诺，而且自己也并不那么想见爱芬，就算见了，要不要聊聊近况？说自己回家过年顺便相了亲？那琪曼听说，岂不会笑自己老土？

志贤想着，脚下踌躇。毕竟年轻面薄，感觉古丽的态度远不如节前亲热，就没精打采地走了。后来志贤又去过两次，可是再没碰见过琪曼，甚至爱芬都没见着，古丽也表现生分，没像从前那样嘘寒问暖。志贤觉得韩家的牛肉面越来越不合口味，熟客又渐渐成了生客。

一个月后志贤偶然在报摊看见一本杂志春季特刊的封面是一群女孩子在草地上打扮成希腊女神的样子，或坐或站，都穿着相类的白色女神装。有的斜肩露一只胳臂，有的露背或腿，琪曼挺胸而立，手中做状倒一陶壶。在一堆装模作样欢迎春天的女神中，除了长相洋气，琪曼气质并不出众。如果不是志贤看过琪曼穿那套服装，恐怕也就错过了。志贤兴冲冲买下杂志，撕下封面钉上墙，和原先钉的奥黛丽·赫本大头照并排。

到了夏天发榜的时候，志贤如愿高中。父母催他回去和半年前春节回家时订下的未婚妻结婚。台南岳家殷实，卖了三个鱼塭在台北买了房子为女儿陪嫁。他回乡行婚礼前先把东西从亲戚家搬出到新房。客居只有简单的书籍衣物，很快收拾完毕，志贤最后从墙上取下照片，想也没想就把奥黛丽·赫本的大头照放进打包要带走的纸箱里。另一张春天的女神拿在手上端详良久，清真小馆、老秦、花姨，甚至爱芬，都是他已经翻过去的人生书页，读过了，知道了，记得一些，或全忘了。可是琪曼，他将永远记得他们的两次邂逅，她的每一个表情，她说过的每一句话。如果那天琪曼的姐姐没有半推着门赶他出去，他可能没去买回台南的火车票，春节就留在台北；或者可能回去了却拒绝相亲、下订。

追逐着一个像天仙般的琪曼，为她的笑而喜，为她的颦而忧，他会有一个怎样的人生呢？志贤回味着，想象着，一面却把手上的女神照丢进了等待出清的废纸堆里。

珍珠衫

日本入侵上海租界那年，十岁的朔平随着父母亲回到苏州老家。在已经有点荒芜的庭院中，晚饭后一个帮闲的男亲戚拿一把小三弦琴自弹自唱。母亲问："晓得文三叔这是唱的什么呀？"父亲说："《珍珠衫》呀，冯梦龙《三言二拍》里故事改编的。说一个女的把家传的珍珠衫送给了情夫，被丈夫发现休了妻，下堂以后改嫁给县官做妾，又回头救了前夫的命，一报还一报。嘿，这是中国故事里头唯一一个有好下场的女人外遇事件哩。"

吊唁的宾客多数在礼堂参加过追悼仪式后就先行离去，跟着灵车一路来到墓园，对已封棺的逝者致最后敬意的，只剩家族的近亲好友。众人排着队，一人手持一朵白色玫瑰，缓缓围着墓穴静默绕行，经过遗属跟前时，驻足躬身，取一小撮泥沙连同手中鲜花，对准已经入土的水泥棺椁掷下，场面安静肃穆。

未亡人黄陆贞霓由两个媳妇左右搀扶，站在墓穴前方，以关系亲疏为标准，向趋前致意的亲友虚虚拥抱或轻轻颔首答谢，站在她身后的两个儿子则一律浅浅鞠躬还礼。

原先还出太阳的天上忽然开始飘起微雨，戴着墨镜的众人面容严肃，训练有素似的行礼如仪，没有人摘下太阳眼镜或者慌乱地张罗雨具，也无人交头接耳，大惊小怪，仿佛这突然来的雨也是事先排定的仪式流程。

大儿子向前一步，在母亲头上撑开一张大黑伞，自己在伞外，几近冷漠地任由雨丝打在他的黑色阿玛尼西装上。

杜爱芬和潘朔平站在一箭之遥的树下，望向井然有序的家族葬礼。雨很小，站在树下一点不觉。看见黑伞像在绿茵上开出了一朵大黑蘑菇，朔平没话找话地道："下雨了！"

"那——走了吧。"爱芬哽咽着说，一面缓缓摘下墨镜，想到自己可能眼睛红肿得难看，又戴回去。她深吸一口气，用强忍悲伤的声音说："谢谢你带我来这里。"

"不客气！"朔平轻声说，一面作势让女士先行。他的教养让他脸上一点不显露好奇，其实心里整天没停止纳闷跟自己来的女伴和丧家之间的关系。

他们潘家和办丧事的黄家是世交，追溯回清朝两家还联过姻，算起来有点瓜葛亲，虽然不常往来，难得的几次见面，朔平还喊今天已经躺在地下六尺的死者黄智成一声舅舅，不然也不会受邀来参加纽约长岛低调富豪的葬礼。朔平和爱芬的先生，杜大伟，则是二十多年的老同事、老朋友了，而且兜兜转转，同是沪上绅士的潘家和杜家上一代虽不认得，在老家却都是互相听说过轶闻的望族，所以当因国共内战滞留美国的下一代在同家科技公司里任职熟识之后，他乡遇的虽不是故知，也备感亲切，结成了通家之好。在朔平和洋老婆离婚，前妻把女儿带走西岸之前，他的独生女和杜家的两个女儿一直是玩伴，说是一起长大的也不为过。当时年过四十又成了一个人的朔平变得对虚情假意的洋式社交很排斥，小区华人同胞之间的家庭聚会也是避之犹恐不及，全心全意把精力投注在工作上，几年之内竟平步青云，在白人挂帅的大公司里步步高升，不但拉开了和其他工程研究员的差距，更成了比他还大一两岁的杜大伟的顶头上司，大伟虽然也是名校毕业，可是自诩的名士派头在朔平这个新官眼里却是不敬业，年度考绩的时候不免要求改进，公事影响了私谊，两家就不再像以前那样频繁往来了。

上个月公司同事要为朔平举办惜别会，欢送他调升西部新设研发机构的总监，被他一一婉拒。可是顾念和大伟的老交情，又想搬走后再吃不到爱芬煮的中国菜了，所以还是应邀到杜家去打了牙祭。席间谈起行前琐事安排，无意中提到离开所居白平原小镇前还有长岛亲戚葬礼这个行程。当时女主人没有什么反应，却没想到前两天已经卖了房搬到纽约城中旅馆暂住的朔平忽接爱芬来电，说想和他一起去参加黄氏告别式。爱芬只简单地说逝者是她母亲的熟人，要去致意，他虽有些吃惊先前没有听见提起过，小事一桩却何须盘问。只是今天大伟没有同行，爱芬又悲伤至此，反而他这个挂名外甥表现漠然，参加葬礼像是来应卯，又更像是专程来给爱芬当司机。

车子开出墓园后，爱芬看起来情绪逐渐稳定。她提醒朔平道："我搭你的便车到宾州火车站。我去我妈那里。"爱芬的母亲商淑英在费城经营一家叫"上海法租界"的高档餐厅，生意不错，住在纽约郊区的爱芬有时回邻州看望妈妈，朋友都知道。

墓园所在背山面海，风景绝佳，出路却不便，车行时间不易掌握，朔平估量到高速公路还要开好一阵子，就问爱芬准备搭几点的火车，半天没听见回答，侧头一望，却见墨镜下又挂了两行清泪。朔平不好意思再假装没看见，就说了句在这种情形下最普通的英语客套话："对不起。我相信一切都会慢慢好起来的。"他今天在礼堂跟家属也都这么说。

哪知爱芬忽然自行放倒了椅背躺下，大放悲声，把朔平吓了一记好的，赶紧镇定心神，抓紧方向盘，专心开车，不敢再说出什么安慰的话。

自认是科学家的朔平过年就叫五十岁了，心思却比实际年龄单纯许多，学理工的人没有什么花花肠子，就算结过一次婚，哄女人他可是没什么经验，更别提一个涕泗纵横、号啕大哭的女人。

世代书香的潘氏家训是"宁静致远"。朔平随在大学担任教职的父母在上海出生长大，高中毕业到美国升大学。虽然同年国共开战，留过洋有海外关系的父母也得以及时离开家乡，走避战火，辗转来到美国一家三口团聚。虽然家道至此中落，朔平勤工俭学，一路拿奖学金读完常春藤名校，又顺利进入大公司研发机构，父母就跟他一起搬到纽约近郊离公司不远的白平原小镇同住。上世纪六十年代美国以白人居民为主流的中产阶级小镇，华人青年找对象不易，身为有色人种已经是障碍，何况洋人不懂侍亲为孝，社会刻板印象认为成年后和父母住在一起的男人是妈宝，没有出息。唯有公司里族裔不详的西人秘书小姐欣赏工作表现杰出收入稳定的专才，主动表示爱慕之意。可是为避免可能的家庭冲突，朔平和前妻交往多年，才在父母相继去世后，已过而立才结为连理。结缡十五年，昔日恋人眼中的“真君子”变成了怨偶口中的“机器人”。洋妻厌倦求去，理由是小镇一成不变的平静生活和喜怒哀乐不形于色的丈夫逼得她要发狂。那年才十四岁的女儿选择跟母亲远走美西读高中。朔平无端遭遇妻离子散的人间悲剧，如此痛苦悲愤，和妻子也只有几次在婚姻咨商师办公室里不太愉快的谈话，到分手也没有大吵过。朔平压抑心头恨意，维持风度，在律师楼签送相当一半财产的支票时对心里认为是叛徒的妻女献上祝福：“希望你们一切安好，心想事成！”此后双方再少通音问，朔平只像当年孝养父母一样地尽责奉上赡养费，从不误期。

在美国多年，朔平思想早已西化，家教却让他的外观举止比真洋人平静沉着，不轻易流露情绪。朔平父亲早母亲一年过世，母亲悲伤到晕厥住院都没有哭出声音。他生平第一次看见成年人像身边女乘客伤心得如此放肆。今天的未亡人黄陆贞霓大概跟眼前这个哭得稀里哗啦的女人年纪相差不多，面对中年丧偶的人生大悲，也表现得冷静自持。他们这种旧家子弟即使出亡海外三十年，还是有很多礼仪上的讲究，起码像村妇那样撒泼似的表达悲痛之意就不大合朔平所熟悉的规矩。

开着车的朔平一念及此有点走神。其实从认识以来他一直对爱芬这位“朋友妻”有比符合他家教分寸所允许的更多兴趣。也不光是为了他觉得比杜大伟小了十几岁的爱芬初见时太年轻漂亮，或者受西方教育的朋友盲婚，娶台湾来的过埠新娘，教人充满想象，更为爱芬本身那几分神秘女郎的气质。她烧得一手好菜，处理家务井井有条，言行温柔婉约，举止进退得宜，把丈夫当皇上一样伺候着，宛如来报恩的仙女，可又带着那么一点捉摸不定的狐气还是鬼气？就像第一眼看是名门真淑女，细琢磨却让人好奇她的身世或来历。后来见过她来访的母亲，居然也是一个路数。白平原小小华人圈里有耳语说这位要女婿朋友喊自己英子阿姨的美丽伯母以前是上海滩鼎鼎大名的舞国名花“小北京”。无论如何，杜太太张爱芬在白平原镇带着她家传的隐性风情端庄贤淑了十几年，也让大伙一面狐疑一面羡慕了杜大伟十几年。这下朔平耳中听着爱芬毫无理性的号哭，虽然深感同情，却也发现今天这个顾自躺在他身边哭得不可收拾、完全谈不上风度的爱芬原来不是仙女。

车子开上高速公路速度加快，爱芬安静下来，朔平想再度提问到底要赶几点的火车，却不敢造次，偷看一眼，发现爱芬竟然已经哭累睡着了。朔平有点啼笑皆非，只好依约把睡美人载进城。

“到了吗？”爱芬醒来觉得眼前一片昏黑，摘下墨镜就惊呼起来，“天黑了！”转向朔平急切地问：“我们现在在哪里呀？”

“到中城了，”朔平说，“这里是我旅馆的停车场。”想想觉得须要补充，又说：“经过车站的时候你睡得很熟。那里不好停车。”

两人沉默了几秒，朔平先开口：“现在没有火车了。饿了吗？先吃晚饭吧？吃了饭我送你回家，或者送你去费城你妈那里都可以，反正我明天的飞机是下午。”

爱芬却说要借用洗手间，朔平只得就近先带她去房间方便。朔平拿钥匙开房门的时候爱芬忽然在他身后说：“黄智成是我的生父。”

朔平怀揣这个刚听说的大秘密，独坐房间自己瞎琢磨，无奈他对有甥舅名义的 rich uncle 实际上并不熟稔，连这对父女容貌上像不像都说不上来。他想象得到爱芬应是黄氏没公开的外室所出，可是就算庶出，爱芬说起来也算自己远亲。朔平微笑着无声地试喊了一声“表妹”，心里感觉很有意思。

爱芬在浴室里磨蹭甚久，朔平这一天只吃过早饭，此刻饥肠辘辘，就打电话要了啤酒和小食，打算在晚餐之前先垫垫底。

爱芬整理清爽从浴室出来的时候，朔平正在门口递小费打发送餐来的仆欧，回头一望，对重新补过妆的爱芬暗自惊艳，一面有点心虚地慌忙解释原先出去吃饭的计划并不改变。爱芬步履轻盈，有耳无心地走近铺着白桌巾的精致送餐小车，顾自亵玩起银盘旁边做点缀的一枝长茎玫瑰，柔若无骨的手轻抚娇艳欲滴的大红花瓣，涂了亮光蔻丹的指尖照映出旖旎的粉红流光。

“我从来没有吃过 room service ——”爱芬饶有兴味地道。身为尖头鳗[①]，朔平只得邀爱芬先分享头台，再加订了巨贵的烛光晚餐和香槟酒送进来。

两人在房中边吃边聊。酒精松弛了神经，爱芬片片断断地诉说起自己身世和与她无缘的生身父亲：“……一直都知道在纽约，可是我妈不让我去找他。今天没告诉我妈，我想走了总该去见一面……没什么印象了，我出生的时候他不在上海，只记得第一次

①gentleman（绅士）的音译。

看到他，我大概四五岁，吓得大哭，说什么也不肯让他抱……后来我们去台湾之前他就一个人自己先跑了。日本人进上海租界，他没管我妈还怀着我，也是丢下我们一个人走的……他就是这样的一个人。我姥姥说黄家有钱也不养女儿，我妈生了我，他们不认……后来我妈嫁给我爸到台湾，我跟养父姓张。我爸得罪了国民党，好好一个人就失踪了……我妈到美国来，台湾出境管制，我出不来，寄住在我妈朋友家，她朋友把钱挪用了……”爱芬说着自伤飘零，又开始流泪。朔平再也按捺不住怜惜之心，将椅子挪到爱芬旁边，把泪人儿揽入怀中安慰。

即使在美国生活了几十年，朔平还是第一次搞一夜情。竟不是像现实中所听到同事经历的那样跟在专业会议上偶遇的同行，也不是像电影里演的那样跟个酒吧里邂逅的看对了眼的陌生人，而是极其中国式的表兄妹偷情。在从东岸到西岸的飞机上，朔平一直在反省和回味昨夜的艳遇。虽然家教甚严，可是成长在男女关系相对开放的美国，朔平除了失败的婚姻之外，前后也有过几段没修成正果的感情关系，不过爱芬却是他亲密接触过的第一个东方女性。朔平感觉生平处过的女人，包括前妻，和爱芬光滑的身体相比都像长毛猩猩。一个同我族类，远房表妹，后花园私订终身——不！是西洋式的“我俩没明天”潇洒来去，纯感官的激情太刺激！朔平胡思乱想的甚至遐想到非洲某些部落在葬礼之后集体性交以驱魔节哀的仪式。

春宵只一夜，爱芬和她那如凝脂般的肌肤却就此教朔平难忘了。

五年后公司大幅度改组并且全球性裁员。已经是地区研发副总裁的朔平没有家累，又自觉顶到了那片挡在亚裔头上的玻璃天花板，决定这次不做董事会打手炒人鱿鱼，主动申请优退，一边秘密受聘到正筹备进军电子代工业的台湾去发展。他虽然和台湾素无渊源，少年时候也没少听过国民党政府的坏话，可是他想在华人社会做事或许能够一展抱负，就不无忐忑地打了各种伤寒、肝炎一类的预防针准备去为台湾同胞做点实事。行前却意外接到爱芬的电话。

几年没有联络，爱芬在电话中却仿佛两人昨日才作别。她语气亲切却开门见山地来替被裁员的丈夫说项：杜大伟任职的部门裁撤，公司想留下来的人才都被其他单位转聘，大伟却没有着落。爱芬希望朔平运用影响力帮她的一家之主保住饭碗，再不行，搬家、调职都可以考虑。杜家两个女儿都上大学，正是花钱的时候，兼之还有房贷未清。高龄失业的杜大伟意志消沉。爱芬只好厚颜来求老朋友。

不像对其他人的隐瞒，朔平把自己的动向据实以告，爱芬听说后的失望口气让他大感不忍，脱口说出："如果大伟愿意去台湾，那倒可能帮得上忙，那边公司让我在美国代聘几个技术人才。"话说出口想到大伟并不是理想中的得力助手，又有点后悔，就把话往回兜，道："台湾的薪水和工作环境可不比这里，大伟一向做尖端研发，又是大少爷脾气——"

"平——"爱芬打断他的话。朔平的英文名就叫平，大家都这么叫他，可是从爱芬口中喊出来，却让朔平感觉是亲人的呼唤。"平，你不用管大伟。这个忙你一定要帮！”她说得完全没有商量余地。

在朔平印象中，除了生父葬礼当天可能因为伤心和酒精才一时失足与他出轨，爱芬一向是以丈夫为天的家庭妇女，没想到事到临头，小女人的口气斩钉截铁得像她才是她家里的老板。终于磨到承诺，互道再见时，爱芬补了一句："平你放心，只要有工作，大伟哪里都去！”

“要不是拖着这个家我干吗去那种落后地区？五年前我们一个技工到亚洲去就当总经理！为什么？因为没人愿意去！”杜大伟收下聘书后对他认为学历差，不能分担家计，还生了两个赔钱货的太太发脾气。大伟还讲他新老板的酸话："其实潘朔平能力、学历不见得比人强，他就是运气好！美国的生意都往阳光带搬，新的地方机会多，他没家累，说走就走。我早几年也可以调到得州去呀，都是你说什么女儿不愿意转学。上次他运气好，早走一步，比别人先去了西岸，让他爬了上去。现在他搞的那一套在美国吃不开了，又找到门路去投靠国民党，这个人就是门槛精。要我去帮他？你怎么知道他走的每一步都对?！”

哪知朔平这一步又让自己再度先驰得点。他抛下侨居地数十年的经营，离开四季如春、空气清新的美国西岸，大胆更向西进。飞越了太平洋，他的事业第二春也一飞冲天。他在台湾工业转型前入驻当时还是一片荒凉的电子工业园区，成了在地科技业生力军的领头羊，过了三五载更赶上了台湾上世纪九十年代“钱淹脚目”的好时光，不但配到的股票天天涨停板，闭着眼睛在台北随便买的几处房地产市值也节节高升。不到十年的光阴，朔平从美国一介退休工程人员变成了台湾新兴工业龙头。杜大伟当年则以家庭为借口拖到第二年才赴台履新。其实大伟原就不甘舍弃已经习惯的居住环境，又嫌台湾薪水不如理想，本想以拖待变，可惜哪怕出身名校又学有专精，年过五十岁失业的工程师在美国竞争激烈的科技界找工作还是大不易。大伟就拖成了朔平负责招聘组建的从美归来的专家团队中最后一个报到的成员，虽然不至于分派到个闲差，可是能够等他等了快一年的企划案相较就不是核心任务。大伟自觉草创的困难他只少参与了头一年，怎么论功行赏的时候他就不如同侪了呢？心理状态反应在工作热忱上瞒不了人。随着公司规模日增，大伟也渐渐在职位升迁的梯队中和同期海归拉开了距离。

“我今天递了辞职信。”到台湾十年后的一日大伟从园区下班后告诉爱芬。

大伟说：“我六十五岁了，回去可以享受美国的退休金和医疗保险。大家一起来台湾开创出来的局面，到头来光荣都是别人的。吃力不讨好的事情归我，股票配不到人家的零头。我几十岁的人，身体要紧，犯不着在这里替别人卖命。”大伟和已经是董事长的朔平早就不是直接的上下属关系了，可是大伟的辞职信不但越过几级直接送给朔平，牢骚也多年如一日地有针对性。当初一起来的几家都结成了通家之好，大伟虽然事业发展不如人，却有贤内助。回到台湾，移除了番邦语言文化和风俗上的交流障碍，爱芬就从厨娘和保姆的角色里大解放，显出她八面玲珑的交际手腕。不管喜不喜欢爱芬的作风，园区的高管太太都得承认她会做人。爱芬年年替孤家寡人的大老板在家里操办庆生宴会，连朔平单身汉生活里的一些琐事她这个朋友妻也不避嫌地频繁参与：诸如替没有女主人的新家跟设计师开会谈装潢细节，替讲究洋礼节的老板参赞选购圣诞节要送下属的卡片和礼物，到了华人三节提醒主人家给管家和司机红包，更别提感恩节做烤火鸡大餐，美国独立日办后院烤肉会之类让朔平一解乡愁的贴心举动。这些地方爱芬可说是朔平不支薪的生活秘书，比他办公室里支薪的那位还更像他的office wife。幸好朔平和大伟都有些外黄内白的香蕉人做派，大伟即使嘀咕过几次爱芬热心过度，人家会说她替丈夫巴结上司，可是推己及人，早就分房独睡的大伟倒不觉得和自己年纪相仿的朔平与在他眼中芳华已逝毫无吸引力的徐娘老婆之间应该要有男女之防。更何况爱芬这样搞，好像果真让公司同仁感觉杜家和老板的私交不凡，玩办公室政治相互攻讦的时候都来争取大伟支持，对大伟的仕途不顺并不认为是朔平铁面无私，反而觉得是两造做样子玩清高，说不定私下得实惠多配了多少股票。时间一久，大伟也自我错觉和朔平交情不一般，以致他一个初级总监的辞职信直接就送进了董事长的办公室。

“喔？你事先不知道大伟辞职——”朔平穿着居家运动衫裤，眼袋浮肿，灰发蓬乱，两天没剃的须根俱白，虽然没有病容，却像个不修边幅的狼狈老头，完全不见平日成功企业家的潇洒。他倚坐在开放厨房的吧台高椅上望着厨房那头的爱芬沉吟。灶那头特地从新竹到他台北家里来炖鸡汤的爱芬正开了一整罐鲍鱼小心地加到汤锅里去。

“所以——”一直有点懒洋洋的朔平忽然打起了一点精神，自问自答道，“所以你们根本还没谈过要搬回美国去的事情嘛。对不对？”他声称感冒躲在家里两天了，心烦，不想去上班，整个人恹恹的，连门都不想出。六十四岁的人不应该是害相思，也许是闹男性更年期？

爱芬把锅盖上，火转小，头也没抬，极其家常地道：“你也知道他那个人一下这样一下那样的，还说要回上海呢。我怎么可能跟着他疯？他要去哪，他就一个人去。我喜欢在台湾。”她说着边走向和厨房连成一气的餐厅大窗，逐个调整起面向院子的落地百叶窗帘。白色橡木条随着爱芬的手依次一扇扇把阳光引进屋，朔平觉得整个房子渐渐亮了起来。爱芬伫立窗边外望，检视园丁替朔平修剪的花木够不够用心。背着光，五十老妪的背影略显丰腴却还匀称，阳光把精心染烫过的头发映照成蓬松松的一朵乌云。

“每朵云都镶有银边。”朔平愉快地说了句符合他此刻乐观心情的英语。

爱芬微笑着转过身，她并不完全了解朔平说这句话要表达的意思，不过镶着银边的云听起来很美丽。妈妈教她对男人不要听其言却要观其行，她看得出来这两天称病不朝的大老板至少现在是愉悦健康的，所以她也快乐了起来。她盛了一碗鸡汤端过去，像个慈母一样地看着他喝。朔平边喝边赞道：“没人煮得出这个味——来，劳驾，麻烦再来一碗。”

爱芬笑着接过碗说：“你就是好伺候。感冒喝点鸡汤好得快。”

盛过汤再坐回位子，她伸手挪动吧台上的盆栽，说：“这花真耐放，这么久了都不谢。”花是她上次带来的，有个把月了。她久久才来一次，可是在朔平的别墅里她却像个女主人般自在。爱芬自己也说不上来和朔平这样奇妙的关系与感情是从什么时候开始的。来台湾十年了，人前两人虽然拦不住自己的眼睛，言行倒是保持合乎身份和本地社交成规的距离。私底下也行揽肩、搂腰、拉手、香面孔的洋礼节。朔平为这种行为做解释，说："我们是发乎情，止乎礼。"

朔平说的是真话。偶尔亲昵地轻抚爱芬仍然光滑有弹性的手臂时，他难免有遐想，可是毕竟上了年纪，没有对的时间地点和事前充分的准备，遐想并不至于发展成行动。老绅士就只是微笑地望着这个其实不属于他的可人儿，有时候他会想起在纽约的那一夜。咦，好像也不是多久以前的事啊?!

爱芬当然也记得十五年前参加生父葬礼后莫名的伤心与疯狂的激情。而且不像男人只记得女人与西人不同的肌肤，女人记得一切细节。朔平一生自认过身份是"孝顺儿子""优秀员工""工程师""科学家""好主管"，却做梦也没想到能靠三脚猫的闺房术被爱芬当成"大情人"来爱恋了半生。

爱芬的母亲出身风尘，却特别看重对女儿的守贞教育，从小就用沪语告诫爱芬，女孩子一定要掮牢。这个方言动词用来教女儿可意会难言传。但是爱芬落实到执行层面就是把两腿紧紧夹住，守住自己珍贵的资产。她在听从母亲安排成为出口新娘嫁给杜大伟以前，唯一的男女经验就是和一个爱慕过她的年轻男子在台湾寄居家庭开的小清真馆前并肩紧靠蹲坐洗碗。就这样一点事，后来还因为男方的背叛成为她不愿想起的回忆。

大伟比爱芬大了整整一轮，因为曾经立志替失联的初恋情人守身，三十六岁做新郎的时候还是童男子。大伟在三十大几时辗转听说在上海的恋人早已别嫁，才开始松动意志，同意在美国择偶，开出的条件却是不论身家学历，必要是处女。所以说千里姻缘一线牵，要不是大伟执著这种在西方社会几乎不可能的条件，恐怕也不至于经过费城的亲戚牵线和卡在台湾签不出美签来与母亲团聚的爱芬盲婚。

小一辈都叫英子阿姨的爱芬妈妈非常高兴自己有先见之明，她把从干爹，上海滩百乐门舞厅丁大班，那里得来的二字箴言摒牢传承下去证明是真知灼见。更值得欣慰的是女儿没有因为几年不在身边而不听话，果然不负慈母叮咛，老老实实地守到出嫁。出阁前英子花了几夜工夫把做女人该学的功课替女儿一次补上，爱芬听得脸红心跳，对男欢女爱生出种种遐思。只没想到老光杆大伟有一套自己的程序，而这其中除了借用爱芬身上一件东西，其他并没有老婆太多事。就这样，两人也把夫妻的日子过了下去，还生了两个女儿。爱芬其实有意继续生个儿子，大伟却明白告知他不想为了养小孩节衣缩食。爱芬容易受孕，出了几次意外以后，大伟就不大想碰她了。结果一生在风尘中打滚的英子在女儿出阁前夕倾囊相授的真经心法就成了那本良家妇女永远不该翻看的淫书，妈妈的话只平白在爱芬的脑子里播下了一颗终将骚动的种子。

和朔平发生一夜情那天，爱芬其实只微醺，趁着三分酒意壮胆，对着一个人品信得过却未能坐怀不乱的君子，她总算是找到机会把母亲的教诲活学活用了一次，不过事后也许是因为害羞，她把功劳全记给了朔平。她常常回味那夜的甜蜜。大概少女时期营养不好，她的更年期来得特别早，四十六岁停经的时候她还想，就这样老了，幸好做过那一回女人，否则一辈子都不会真正明白妈妈在她出嫁前说的话。然而即使心里默默惦记着那个人，却也心知肚明此生无缘；都是中老年人，谁也无意脱离平静的生活轨道，去追寻婚姻之外的感情。后来爱芬为了大伟的工作去找朔平的时候，本来心中忐忑不安，可是一听见电话那头传来朔平的声音，就回到那晚被他揽入怀中安慰的一刻，像是失怙的孤女找到了倚靠，就什么话都觉得说得出口。多年后三人在台湾重逢，又回到了丈夫长官和小区邻居的亲密关系后，她就完全管不住自己，总借口“在美国就认识的老朋友”“可怜没人管的单身汉”“必须还人情的大恩人”之类，去照顾他、伺候他了。幸好身边的人，包括自己丈夫，都觉得她是逢迎拍马得失了分寸。虽然有尖刻的同事太太在背后骂“不要脸”，可是一位五十大几的小老太夹在两个六十大几的糟老头之间倒还真没人想到绯闻，反而有男同事钦佩她能为了丈夫的前途这样放下身段去拍上司马屁，还要自己老婆好好地学着点。

大伟一生没有朔平幸运，他在美国读大学的时候，被判定和国民党有渊源的父母亲就在老家被枪毙正法了。不过大伟却等到尼克松访华以后两年才证实了这个不幸的消息。参加当时要天价的中国旅游团回上海省亲的在美亲戚把消息带到白平原小镇的那天，碰巧是大伟虚岁五十的生日。大伟痛哭遥祭当时已失联四分之一世纪的双亲，把妻女都叫来向西方跪拜，自己更遵古制守孝三年，不剃须修发，更不夫妻同房。三年期满除孝，也刚好错过初老男性不应松懈的黄金锻炼期，跟爱芬同不同房也就没有不同了。没想到跟大伟苦大仇深的共产中国，却在大伟回到台湾十年后变成了他这个美国佬的红色祖国，这说起来可以牵扯到当时台湾政客为了选票开始追究省籍硬分敌我，把本来应该是外国人的大伟也给逼到了外省人的那边去。然而同样拿着美国护照，做大老板，还跟台湾朝野党派领导班子都有交情的朔平，却以专业人士的态度只谈经济不理政治，完全置身事外。只是个“小洋芋”的大伟却跟着电视里赚口水钱的名嘴一淘，在自家客厅里天天气冲牛斗。再后来大伟去大陆旅游了几次，回来就放下了他的血海深仇，常常念着要回上海了。

辞职没跟老婆先打商量这般的大事大伟和爱芬都没吵开，只冷淡地各自表述回去美国和留在台湾的意愿就一切回归家常。然而随着大伟公司里办理交接趋近尾声，摊牌时间逼近，两夫妻却为了大伟半年前自作主张买下上海一户外销公寓楼的旧账爆发了激烈的口角。盛怒之下，大伟难听的话一句接一句地脱口而出：“吵什么吵！这家里的钱我用多少怎么用你管得着吗？你嫁给我你赚过一毛钱没有？吃我的用我的连你到美国的飞机票都是我买的！哼！养条狗养几年还会对我摇摇尾巴，养你养了三十年现在对我大呼小叫！我在上海买房怎么样？我那是打算去养老，我还没有像别人那样在里边养只金丝雀呢！你不高兴你别去呀！我找个小蜜去住，人一家子感谢我，谁会像你这样不知好歹？别以为现在你多行了！告诉你，这里房子不是自己的，没有我，你想留在台湾连住的地方都没有，我看你怎么喜欢台湾？你有办法你就赖在台湾，你有志气你就别赖着我！”

爱芬没有手帕交，也没有可以倚仗的娘家，在婚姻里受了委屈一向都是泪往肚子里流。女儿大了可以说说话，可是都不在身边；她母亲一生情路坎坷，认为爱芬做到人家明媒正娶的大老婆，还终生只要伺候一个男人，已经是几世修来。所以爱芬不找母亲投诉，知道说了也不过电话里再多挨几句骂。

爱芬不是第一次被丈夫骂得比狗不如，却不知是年纪大了还是觉悟到以后要住哪里，还真由不得自己，心里空落落的，也想不出什么厉害的可以顶回去，就拿了手袋打算出去走走，也算认输撤退。门在身后关上时听见大伟在屋里吼道：“出去了你就不要回来算了——喂，别把我车开走，我要用，是我的车，你听见没有？”

园区这一带环境清幽，可是除非自备交通工具，没有事先叫车，要出去真有一段好走。正是晚饭过后，家家都回来了，爱芬恐怕邻居已经听见他们夫妻吵架，急急地只想找个地方躲起来别让人看笑话。朔平虽然家住台北，园区也配有房子让他休息。爱芬知道他的备用钥匙藏匿处，就想到那去避避。进到屋去，灯也没开，爱芬就在漆黑的客厅中自伤身世轻轻啜泣。

朔平这天在园区会客弄得比较迟了，次日又有一大早和美国的视频会议，就打发司机送客人回台北，自己到宿舍来打尖，将就一晚。没想到进得门来一开灯却被独坐客厅满脸是泪的爱芬吓了一跳。朔平既温柔又心疼地说：“怎么又在哭呢？”双双就都想到了十五年前缠绵的那一夜。

后来两人说起情话，连朔平这样自认科学家的都承认是命运让他们最后能在一起。爱芬更说是老天爷同情她。

“她说是老天同情她，才让她在死前见到了我。”大伟低下头，声音里有爱芬嫁给他三十多年来未曾听见过的温柔，“爱芬，到了这个年纪要你离婚，是我对不起你。”

爱芬看着大伟垂在眼前已经中空了的头顶，心里应该欣喜若狂，却一时之间五味杂陈，竟很难分辨是喜是忧。他们夫妻过去年余已经形同分居，大伟辞职退休后独自离开台湾四处云游，好不逍遥。华人社会法规弹性大，尤其是慈善事业更是有商量，有钱人的非营利性基金会组织，多是老婆、女儿或其他关系人掌门。爱芬也在朔平的安排下出任了他的法人慈善基金会总监，不但拿份薪水，生平首次可以自食其力，也利用这个公私难分的灰色身份搬进了基金会唯一赞助人名下的僻静宿舍，让她不必嫁鸡随鸡，得以如愿留在台湾。

沉默了一会，大伟继续说：“她小我一岁，可是，唉，罪过呀，看起来完全是个老人了，比她妈妈还老。”重逢初恋情人时，看不见自己老相的大伟还以为见到的是老去的当年准泰水，差点脱口喊了伯母。幸而少年时候的有情人只陌生了不多会，待叙起四十多年的离情，很快就相互看穿皮囊，回到少艾。临别时大伟握住心上人枯瘦成鸡爪一样的手，心情无比激动，承诺道：“我要照顾你的下半生！”

“其实谁不知道只是在说傻话呢？都大半截身子埋在土里了，哪里还有下半生?！”大伟抬起头来看着爱芬苦笑，仿佛她不是他的妻子，是个知交。爱芬听得心里酸酸的，轻声说：“我一个人也可以，我无所谓，只是要跟两个女儿怎么讲？”

“女儿哪管我们的事呢？”大伟说，“我们这个家早就散了，一家四口住四个地方，她们自己都顾不过来。”大伟退休后，四处跑跑，可是多半时候住在上海他早先买的外销楼里，爱芬长住台湾，大女儿离了婚住在纽约，小女儿跟着在石油公司任职的丈夫住在迪拜。

大伟歉然地对爱芬说：“不是我狠心，她不像你，你还年轻！”

爱芬凄然道：“我五十五岁了。”

大伟盯住爱芬安静了几秒，忽道：“潘朔平会要你的。”

爱芬的眼泪夺眶而出，心想自己又不是件穿旧的衣服，让丈夫这样丢弃，嘴里说的却是：“我哪里配得上人家！谁会要个老太婆呢？”

大伟点点头，叹口气道：“是呀，以他今天的地位和财富，他找谁都可以。可是，作为一个男人，就拿我自己来说吧，到了这个年纪，不是个个都那么肤浅，要追寻青春美色。”他顿了一顿，毅然道：“是我对你不起，你愿意成全我，我来帮你做这个媒！”

爱芬哭出声道：“你不要我了也不该侮辱人！我现在有地方住，有工作，你不要弄得我连安身的地方也没有——”

大伟回来台湾把这件事揭开了锅盖，跟爱芬没有具体结果地谈了两次仿佛就像给了交代一样。一日接到上海来电，匆匆换了机票又走了。他告诉爱芬说是那边老情人现在的家庭内部达成协议，愿意以两万美金的代价成全，大伟觉得价码合理，恐怕夜长梦多，就赶了过去板上钉钉。大伟这趟来去台湾，完全没有归期，爱芬一直留意着借住她屋里的大伟行踪，可是说过要替她去做媒，大伟却根本就没去找过朔平一次。爱芬本来很安于自己目前这样的生活，三个人都多大岁数了，一动不如一静。她和分居的丈夫维持着名义，和爱人却能朝夕相见。现在不行了，恐怖平衡要被打破了。然而要和她离婚的明明是大伟，爱芬心中却害怕因失婚而失去朔平，这个逻辑不通。爱芬想，可大伟不是说了，以朔平今日的地位和财富，找谁不行？一旦她成了单身，不再是和朔平有暧昧的朋友妻，那她算什么？她一个老太婆哪一点比得上那些尾牙晚会上拉着董事长揽腰贴脸的女明星？爱芬自卑自怜得几乎天天以泪洗面，她想起自己母亲一生做小，母女同命，她决定告诉朔平，她愿意做他的外室。

“我想过了，你以后就在我这里来来去去——”一天爱芬一面为下班后来她家吃完晚饭的朔平按摩着头肩颈，一面在他身后垂泪道，“你要让我去伺候你我才去你那里。你想喝汤了就来，你叫我去，我也去替你煲汤。名分我是不想的了。”

朔平睁开眼睛惊讶地问：“你说什么呀？”

爱芬哽咽着说：“大伟要跟我离婚——”

平时一向沉着的朔平未假思索，脱口说出第一个跳进他脑袋里的问题：“他知道了我们的事？”

这真是错误的一问。爱芬眼泪溃堤，朔平下面再说什么也没有用了。她静静走入自己卧室锁上门。朔平轻敲了几次门，她都不开。朔平只好悻悻然离去。

虽然五六十岁了，严格说起来，两老这回能算初恋。没有眼泪、猜疑、误会、小心眼、冷战、思念到心痛，哪怕小孩都生了两三个，也不能算谈过恋爱吧。

朔平从来不是情圣，年纪大了更只能以不变应万变，除了依他所熟悉的西洋习俗订了一束花送去道一份他其实毫无头绪的歉之外，只能按兵不动，静待台风过境。却不知几天之间，爱芬正经历着生平未有的煎熬，她一下想不告而别，终生不见斯人，一下又想哭倒在他怀中，尽诉相思。爱芬在基金会的工作本是闲差，就陪着董事长去给捐了钱的地方剪剪彩什么的，连安排行程都轮不到她。爱芬一下放下对朔平嘘寒问暖、煲汤送暖的正职，加上晚上睡不着，感觉一日不止二十四小时要打发。爱芬每晚坐在电视机前看着韩剧消耗面纸。悲剧固然是失忆、车祸、绝症、天人永隔，喜剧却是一出出麻雀变凤凰，出身豪门巨富的男主角如何能化财势为屠龙除妖解决一切困难的宝剑。

“两百万美金。就这样。”朔平对大伟说，“我不懂你为什么不跟我的律师谈妥就行了？他全权代表。”

“我就想看看你自己敢不敢来见我？”大伟有点咬牙切齿，“你那个洋律师根本不知道你们给我戴了绿帽子。我不是叫你们两个一起来吗？我们三个人对面把话说清楚！”

“你不要侮辱爱芬，她是你女儿的母亲。据我所知，是你先要离开她的。她是一个好女人，如果不是你提出来，我们都知道她会从一而终。”朔平严肃地正告大伟，“大家都上了年纪，她拖不起，精神也很痛苦。你放了她，对你自己也好。”

大伟沉默了，他才在上海近郊买妥了坟地，将要跟他死同穴的现在还不是他的妻。他想了一会说：“好，我放手，我成全她。

你回去跟她说，她对我不忠，我们的共同财产她不能分一半，她只能无条件离婚。你的两百万我也不要，可是你以后一定要跟她正式结婚，不能对不起她。这个对她很重要。”

迟疑了一下，大伟握住了朔平伸出来的手，两个男人竟然像老朋友那样向对方微笑了。

太平洋白色的海浪拍打着黑褐色的岩岸，峭壁上蔓生的常绿仙人掌丛间开着桃红色的美丽野花。北加州半月湾丽思酒店后面一片如茵草地上的露天白色小教堂里正在进行一个来宾屈指可数的低调婚礼。

穿着踢死兔[①]大礼服的大伟亲自牵着老新娘的手交到了老新郎的手里。爱芬的两个女儿，小的一个带着先生、小孩从迪拜飞了半个地球来参加母亲的婚礼。大的一个带着前夫和现在的男友一家也从纽约赶来了。看见一身薇薇王名家米色蕾丝长裙的母亲挽着父亲走过红毯，两个女儿都流下了喜悦的眼泪。

和七十多岁的英子阿姨并肩坐在观众席第一排，看起来像姐妹的，是大伟新婚不久的妻子。她心里充满着自己的幸福，对照顾她的爱人大伟几十年，为他生养女儿，最后还让出丈夫的今日新娘爱芬充满了感激，无以为报，只能献上深深祝福。再度做了岳母的英子最开心，她笑得合不拢嘴，爱芬越嫁越好，听说这个资本家丈夫远比抛弃她们母女的黄家还富贵。最重要的，女儿不像她，再嫁也还是好人家明媒正娶的太太！

①tuxedo（燕尾服）的音译。

昨宵绮帐

六十五年前中山北路这条巷子是宁静的住宅区，大家习惯喊“十条通”，完全不是现在车水马龙商户鼎盛的这个样子。巷子里没有这一排卖下午茶套餐的咖啡厅、吃到饱台式日本料理店，或者这里那里把街巷毁容、像个丑陋防空洞入口一样的私人停车场汽车升降梯。

那时这里家家门前有庭院，入眼一片绿树繁花，虫鸣鸟叫。巷子里是一排约莫十年新旧、矮墙后带着小小前院的日本式房子，原来好像住的都是商社员工和眷属，这会很多转手给了从唐山来宝岛找生意机会、语言相通的厦门商人。日式房子对面是几户快要完工、有较大院落的欧风别墅，听说是上海那边的营造商过来试炒地皮，拿了上海法租界的图纸来盖的。虽然有点出师不利没赚到钱，倒也已售罄，不过买主多半是老板在上海的有钱朋友。

陆永棠跟同姓的沪上建商有生意往来，朋友之间“闲话一句”也小小意思出手认购了一户。既在战后光复的台湾省试试手气，也算相帮冲得太快的本家商友融资。

本来看也没看就买了这户遥远他乡的别墅，陆家打算哪天真会来一趟，在海岛上度个假。没想到还在装修内部，翌年二月底台湾就乱了。有钱人比一般人更惜命怕事，新买的别墅就空着养蚊子。一直到一九四九年初过完农历年，陆太太金兰熹娘家三房庶出的弟弟金安政一家四口和安政还没出嫁的同母妹妹金舜美，才借了姐姐、姐夫没有住过的台湾别墅来度假。事实上其他的人都真是来玩，替大姐夫陆永棠当差的安政却负有任务。因为国共内战而令人堪忧的局势已经影响到陆永棠大陆的生意，听可靠消息来源说国民党早在去年就秘密征调商船向台湾运送物资准备撤退。安政也奉派出来探探路，帮陆永棠做起分散财产和风险的准备。

连佣人曹妈一行六人离开上海那天很冷，有下乡去的工人回来说是浦东都下雪了。金家嫡庶三房加起来七女二男中最小的舜美，穿着暗红缎面丝绵旗袍，披着大姐夫陆永棠刚送的二十岁生日礼物，一件珍珠色貂皮大衣上飞机。一到台北，热得妆都花了，嘴里一直喊："热死了！什么天气？热死了！"后来那件飘洋到台湾的貂皮大衣就一直深锁樟木箱子里再不见天日。也不知道是因为这里的冬天温度永远低不到穿得住皮草，还是舜美后来发现那件貂皮大衣是情敌应雪燕因为订制做出来颜色不称心，没能退掉才被舜美大姐夫转送给了身材一样娇小又正逢大生日的陆家小姨子。

大方的大姐夫陆永棠是上海滩红牌舞女"小北京"应雪燕的恩客，可是舜美和雪燕后来的恩怨情仇却与这个让她们相遇相识的男人不搭界。相差十几岁的姐夫和小姨子之间素来只有纯洁的兄妹之情。事实是陆永棠元配金兰熹娘家全都向着大姑爷，背后相互嗟叹怎么就让精明得令自己家人都反感的兰熹捡到了宝？眼红的金家亲戚女眷更常拿兰熹瞒了五岁年龄才嫁到比自己小的金龟婿一事私底下说笑。

反正金家三房比二房里只更讨厌出嫁前是金家大总管的大房大小姐兰熹，可是金府上上下下可没人不喜欢从不吝打赏，为人风趣又随和，对晚辈和下人完全没架子的笃姑爷陆永棠。大弟安政靠姐夫吃饭是永棠的心腹不说，三房里其他人连帮佣也都对陆永棠忠心耿耿。

同年春天陆家因为国共局势变化太快，决定是时候全家离开上海搬到香港的产业去暂住观望。原先永棠以打前锋为名过完年就带着雪燕离开上海，在香港携美冶游，这下正主子兰熹要带着儿女来了不免伤脑筋。永棠不放心让雪燕回去乱哄哄的上海，香港像点样的旅馆又都因为内地局势紧张而长租客满，永棠只好把佳人先藏到台湾，托给绝对可靠的妻弟安政。

雪燕带着五大箱行李和一肚子气到了台北。安政把雪燕安置在二楼的套房，和舜美同一楼层。这一层楼是一楼大厅挑高了的后半截，就两间套房中间隔着一个小会客厅，两位小姐住着很宽敞舒适。曹妈悄悄透露给新雇的厨子车夫等人，来的这位应小姐其实是老板的老板笃姑爷的二太太，就没人敢慢待雪燕。

那年雪燕还不满二十五岁，正是女人最美又还玩心未泯的时候。她人如其名，肌肤胜雪，纤腰一握，在先一步下海养家的表姐，舞国名花“大北京”英子的资助下又上过名校高中，国、英语都很出色，人也聪明好学，进了欢场大受欢迎，赌马跳舞打麻将样样精通，交际手腕更是一流。去年从繁华的上海跟着永棠到香港玩了个把月，虽然小岛海港不如上海滩十里洋场，感觉有点闷，可是永棠出手大方，又走到哪连谈生意都带着她，让她不但有着恋爱中女人受宠的感觉，作为陆永棠在香港的唯一女伴，雪燕也过了一阵子陆太太的瘾。这下被放逐到跟上海比起来像乡下一样的台北，还让她跟永棠老婆的娘家人住在一个屋檐下，真是想了都教人生气。兼之家乡局势吃紧，跟父母、弟弟连消息都通不上，也让人心烦。幸好居停上下都对她客气到近乎巴结，连屋里四个大人坐下来凑桌麻将打打都让着她，雪燕是识大体的人，就捺下脾气不发怨言。尤其跟她住在同一楼层，比她小了四五岁的金舜美竟是她的学妹，不但待她友善，言行之中还对她的衣着打扮很崇拜，有这样一位千金小姐做她舞国红星的姐妹，也让雪燕好过一点。

到了年底，内战胜负已定，国民党迁到了台湾，国共双方隔海对峙之势成形。雪燕发现自己竟然被请她出来玩的永棠拖累，卡在了宣布戒严的台湾有家归不得。人在香港的陆永棠随大陆变天丢失了大笔财富，正在焦头烂额，身边又有一家大小，也不知何时才能来台救美，雪燕想起来真是恨永棠恨到咬碎银牙。已经和雪燕结成手帕交的舜美也是每一想到自己和兄嫂一家出来度假度到归沪无期，便心急泪流，还要愁烦的雪燕反转来安慰她。

舜美经过中学同学拿到空军总部舞会的请柬时，兄嫂都鼓励她去参加。毕竟台北没有什么社交活动，而舜美也不小了，不出去认识些人，难道就因为国共打仗，把她留在家里做老姑娘？可是舜美邀了雪燕一起去，就让自认对大老板如夫人负有监管之责的安政有点为难。然而雪燕去哪里跟谁玩何须情人内弟的允许，一真一假两位小姐就细心打扮一番，高高兴兴地结伴出去跳舞了。

有了第一次以后，舜美这个正牌小姐成了买菜时送的那根葱，一般都是请雪燕出去顺便搭上舜美。不管怎样，两个女孩子就跟空军玩儿疯了。

国民党丢失了大陆以后，东南沿海的空优成了台海最后的屏障。政府迁台半年多后，一九五〇年六月，朝战爆发，几天之内美国第七舰队就开进台湾海峡，正式介入了中国的内战。和老美渊源深厚的空军更重新得到美国老大哥的青睐，老美把还能飞上天的飞机提供给台湾，最危险的侦查任务也交给小老弟。那时台湾飞官的脑袋都系在裤腰带上，大家过一天算一天，根本不去想下次上了青天还下不下得来。既然在九霄云外粉身碎骨是迟早的事情，每一天就都要好好把握，尽情欢乐。一个个风流倜傥、万中选一的英俊青年，本就多情，加上过了今天不知道有没有明天，未婚的飞行员在感情追求上就比常人更炽烈而无顾忌。

毕东川在联队舞会上对雪燕一见钟情，整晚再没放开过佳人的手，第二天还大胆地追到金家来。安政不在，安政太太不知如何是好，眼睁睁地看着大老板托管的小情人被野男人带出去。临关门仿佛听见毕东川笑着问："……你亲戚看得你很紧啊？！"

雪燕也笑："管她呢……算哪门子亲戚！"

那天晚上东川很晚才送雪燕回家，发现外面院门锁上了。雪燕笑着说："糟了！他们把门锁上了！我只有里面的大门钥匙。"

两人在一起开心得忘了怎么生气。东川也笑，说："你家里以为我不让你回来了吗？"他两手一撑，矫健地跳上了比半人略高的围墙，弯下腰伸出双手对雪燕说："来，我拉你！"

小巧的雪燕搭着东川强壮有力的臂膀，娇笑着像坐升降机一样地被举了上去。东川环着雪燕十八寸的纤腰，把她抱在怀里，说："小心别磨坏了你的裙摆——来，勾着我！"雪燕含笑双手合围上东川的脖颈，东川小心地把她抱过墙头，在另一边缓缓放下。雪燕就势把脸凑近，柔软的红唇从东川的面颊轻轻扫过。等雪燕一落地站稳，东川就跳过墙来想吻她。雪燕及时制止，低笑道："你回去，别吵醒了人。"

东川道："我看你进去。"他跳回墙头上坐等雪燕蹑手蹑脚地消失在门后，才一跃而下吹着口哨离去。

周末的时候东川又来了。这次带了个跟他一样帅的朋友，叫齐至仪，原来也开飞机，可是最近调了"外务"部门的武官，正在受训。至仪有飞官的英挺，却已经脱离了朝不保夕的危险任务，以后还能外放，前途一片大好，是最佳女婿人选。他们两个结伴来找雪燕和舜美，要四个人出去玩双双对对（double date）。舜美和至仪本来就在舞会上见过，舜美对这个帅哥印象深刻极了，只可惜至仪到处沾酱油，没有特别留情。哪想这天竟登门来邀，别说兄嫂管不了这个妹妹，看舜美的架势，如果她哥哥、嫂子敢出言阻挠，那跟她这个仇人就是做定了。

两位小姐换装的时候，安政夫妻就在客厅奉茶聊天，盘查来客身家，发现至仪是自家宁波同乡，也出身世家，父祖辈甚至认识安政的老太爷金八爷，不禁深深感觉至仪堪称小妹的良配，两人能来到台湾相识也真是有缘。本来安政当场就想对东川坦诚说明雪燕的身份，想想觉得不要扫了舜美和至仪的兴，破坏亲妹妹可能有的好机会，反正该说的迟早得说，留到下次再表明也不迟。

没想到后来四个人接连结伙出游了好几次，却都能赶上主人夫妇不在家。到了不知是第几次出门的时候，安政夫妇又不在。事后知情的安政在晚饭时很不高兴地跟太太说："今天晚上要等他们回来。一定要把话挑明了。再不说清楚应小姐名花有主，要出事情了。"

安政太太说："这个小妹也真是，我要她去说呀，她跟自己男朋友什么话不能说？要我们做这个坏人，得罪应小姐。真是！"

没想到就这么短短一个月工夫还就真是迟了一步。那晚安政夫妇等门倒是没等多久，可是回家的只有舜美一个人。

"应小姐呢？"安政夫妇同时问道。

"哪个晓得！"舜美气呼呼地说，一面顾自向楼上走。正当安政气结准备发火开骂，舜美却忽然停下脚，站在楼梯上对着下面仰脸而望的兄嫂说："她和东川一路，去新竹了也说不定。"

安政反怒为惊，失色道："哎呀！你是晓得还是不晓得？"

"今天我们就一起跳了茶舞。"舜美被哥哥震惊的样子和口气吓到，虽还在生气也就据实回答，"至仪要带我去'外务'部门的舞会，他们没有请帖，不好去的呀。我们晚饭也没一淘吃。至仪后来问我要不要去新竹找他们，又说是开玩笑。我正玩得高兴，他又说不玩了，要送我回来。”

安政太太说：“不急不急，就是去跳舞。晚点回来，人不会带走的。”

安政怒道：“那么晚了去新竹跳舞？”

舜美委屈地道：“我也说新竹太远了。”其实舜美不知道新竹在哪儿，就随口说了一句，没想到至仪就表现得意兴阑珊说要走，舜美正玩在兴头上，突然从舞会里被拉出来，觉得好像被放了鸽子一样，气鼓鼓地一路都没跟至仪说话，哪晓得至仪送她到门口连车都没下，一点绅士风度都不做，看她下去就自己走了。

下两天雪燕都没回来。安政太太无奈只能破坏规矩，到雪燕房里去查看。雪燕的衣物看起来都在，可是原先也没进来过，如果搬走了个小保险匣或首饰盒什么的也不会知道，总之房间并看不出什么异样来。两夫妇就也尽量不往私奔这上头去想。到了第三天安政夫妇再坐不住了，就要舜美陪着先去找人在台北的至仪问个信。

至仪被叫到会客室来的时候，看见安政兄妹好像一点不吃惊，家常而有礼地招呼二人。等安政问起雪燕下落，至仪却丢了颗核子炸弹出来，说：“他们结婚了。”

安政脸都白了，结结巴巴地说：“怎么可能？这么快？军人结婚不要申请等批准吗？”

舜美也尖声道：“不是告诉过你她是我姐夫的——”

“我也照你说的转告了东川呀。”至仪平静地打断舜美。他说是说了，不过把舜美说的“小老婆”三个字换成了“女朋友”。至仪像洋痞子一样地耸了耸肩，仿佛意有所指地看着舜美说：“爱上了就是爱上了，我能怎么样？”他浓眉下晶亮深邃的眼睛是淹得死人的深井。那句“爱上了就是爱上了，我能怎么样”像配上了音乐的歌声一样在舜美脑中回荡。他是对她说的吗？舜美想：他是对她说的！

再来哥哥又说了些什么舜美都没听到，或许听到了却一句也没往心里去，那句歌声一样的情话伴着她回家。晚上安政夫妻碎碎念着让托管的人跑脱了无法向姐大大老板交代的忧心，和对住在同楼还同游的妹妹完全未闻风声的埋怨，也都没影响舜美的好心情。那夜，“爱上了就是爱上了，我能怎么样”至仪歌声一般的情话，伴着她从无眠至入眠；这个世界上哪里还有除了她和至仪以外的人和事能让她上心呢？

雪燕和东川的二人世界也是这样的没有旁人。至仪却还想着他们。他怂恿舜美替雪燕偷运些行李出去，再用这个理由一次次带着舜美去新竹探望雪燕和东川小两口。小小的一间眷舍，几样简陋的家具。雪燕脂粉未施，眼睛却明亮如剪瞳秋水，脸上藏不住闪烁的是爱情光泽。

“雪燕，你怎么变得这么好看？”舜美忍不住地赞美。

至仪先也恋恋地望着女主人说：“浓妆淡抹总相宜。”然后潇洒地一转身，指着舜美说：“你浓妆，她淡抹，两位都漂亮！”四个人就嬉笑起来。

舜美不是没有怀疑过至仪也喜欢雪燕。所以她在第一时间逮到机会就借兄嫂之名拜托至仪传话，告诉东川他追求的对象并非自由之身。不过舜美并不太介意东川听没听到警告，重要的是至仪必须早早晓得雪燕不但是个舞女，还是个有了男人的女人。舜美讲话的时候调动了全身的敏感神经注意听众的反应，她确信自己捕捉到至仪脸上那一丝稍纵即逝的失望神情。他们这些江南世家子弟最讲究门当户对，像舜美兄妹对不知情的外人也绝口不提自己是庶出的这件事，就怕人家说是“小娘养的”太难听。

舜美曾经觉得帮着雪燕和东川，有些对不起向来待她不错的大姐夫，可是那点愧疚却在一次偷运行李过去给雪燕时消失得无影无踪。

那天至仪带着舜美过访的时候，东川去了队上。雪燕拿随身钥匙开了箱子，一件件拿出来给舜美过目，一边说：“箱子你们等下带回去。我这里没有地方放，而且箱子还在原处，你哥哥嫂嫂也不会对你起疑。”

雪燕抖开一件珍珠色貂皮大衣，舜美正兴奋地要说自己也有一件，却听到至仪说：“这个颜色不多见。是雪貂吧？年轻女人穿合适，可——”

雪燕俏皮地接腔道：“年轻女人穿合适，可买不起。我这也是买得起的人送的。”她披上一转，脱下说：“我想卖了它。”一面翻开大衣腋下比画道：“这都是一整条的，原来订了一件，看不到的地方用了碎料，颜色就不好看。拿回去还说照我的身材做了，不给退货，后来又做了这件。冤枉花钱。现在我只想看有没有人买，便宜点都行，留我这里收也没地方收。”

至仪笑着说：“我是要说年轻女人穿合适，可惜这里天气穿不上。”转头对舜美说：“台北比这里冷一点，就你捡个便宜买了它？”

舜美变脸道：“我做什么捡人家的便宜？貂皮大衣我们金家女的谁会没有？”

至仪还要争道颜色稀罕，雪燕已经看出苗头不对，悄悄碰了至仪一下，要他噤声。这个小动作又被舜美看在眼里，心想雪燕自己有两个男人，还跟她的男人碰手碰脚，眉来眼去，就更加生气，一直到告辞都板着张脸。回台北的车上她跟至仪说：“以后你来别叫我了。”

“咦？生气啦？就为你不喜欢二手货？新的我可买不起。”至仪一边开车，一边逗弄舜美，“大小姐脾气这么大，不至于吧？”

女人“爱上了”，耳朵就长出无形翻译机。舜美听见至仪口中说出“二手货”便觉得心上人是意有所指，在跟自己表态，已经高兴了一点。那句“新的我可买不起”就更堪玩味。他想买给她？是的呀，貂皮大衣本来就是男人买给自己女人的对象，像她那个火山孝子的姐夫就一件、两件地买给跟他相好的女人。舜美忽然想通自己是发气发错了对象，脸色顿霁，放柔声音对至仪道：“我不是生你的气。”

至仪微微一笑，油腔滑调地调侃道：“我就想脾气太大了怕伺候不了。”

舜美听他贫嘴，作势要捶，一面娇笑道：“哪个要你伺候?！”

“嗳，开车、开车！”至仪笑着闪躲，却又看她一眼，道，“笑了！”

舜美气一时消了，怨还是要怨，就把姐夫如何转送情妇嫌弃又退不掉的大衣，在她这里做了个天大人情的气愤讲给自己感觉最亲近的人听。没想到至仪听后只是沉默无语。以为至仪应该义愤填膺的舜美就催他说句公道话：“你说我姐夫怎么这样！自己亲戚精打细算，对舞女又这么大方。”

“你也就是猜的。”至仪懒洋洋地应了一声。

舜美不高兴了，说：“怎么又是我猜的了？明明是的呀！”两人就都不说话了。

快到台北了至仪忽然说：“我可能要外派到美国。你的英语说得好么？”

舜美的心怦怦跳起来，红着脸用英语说：“我们在学校里都要说的。”至仪却又没再接着谈这话题了。

“这就是跟你求婚！”安政太太听了舜美的描述，双手一拍，笃定地下了结论，“你哥哥就说过外放一定要先找老婆，单身的谁敢放出去美国呀?！”

“不过这个至仪知道自己卖相好，有点不老实呀。”做嫂嫂的也替小姑感到委屈，什么时候轮到男的这样拿俏，偏不好好地上门来提亲？安政太太着急把小姑嫁出去还有另一层考虑，虽然陆永棠在香港一时分不开身，他托管的情人从她家跑了的事以后总会追究，东川和至仪是朋友，她想把监督雪燕不周的责任赖到以后人在外国的舜美和至仪身上去岂不是顺理成章的事。安政太太就拍胸脯安慰舜美道：“放心，叫你阿哥去跟他讲。”

接下来的事就算顺利了。至仪在台湾只有一个当代表还是委员的舅舅，至仪调“外务”部门武官就是他的路子。舜美在台湾也只有哥哥一家。两边简单地举行了订婚仪式，算好至仪外放的时间，订好过年前完婚，时间卡得紧，复兴基地那时崇尚克难，一切从简，而且两人婚后很快就会出国，双方连办置嫁妆和新房的麻烦都省了。

舜美自然觉得委屈，哭了几次。至仪却一副无所谓的样子，可是既订了婚，舜美就常常要他来家里吃饭，兄嫂虽然会打算，也还是大户人家出来的，更何况至仪是要外放的人，多摆双筷子的人情还是一定要做的。

至仪几天没来家，连信或电话都没一个，身为未婚妻的舜美就找到他单位上去。单位上却说请了假，两天不在了。这真把舜美吓得够呛，在家里着急了一天，正打算厚颜找到至仪舅舅家去，双眼通红，一脸于思，好像几天没睡，形象空前狼狈的至仪出现了。他要舜美跟他出去谈谈，就把舜美带到了淡水河边。初冬的河边看起来很萧瑟，至仪走在舜美身后半步，一直不说话，舜美慢慢走着，也不知两人这是要去哪里。平时有点咋咋呼呼的她只预感有坏消息，连问至仪要说什么的勇气都没有，看见堤防上黑色的铁闸门，无端想到从前听说过淡水河水门边是枪毙人的地方，却不知道是不是这里。她忽然觉得受不了这肃杀的气氛，就停下脚步转身。

“东川摔了。”至仪沉声道。不顾舜美的惊呼，又说：“这几天我都在新竹。”

除了至仪说要解除婚约，舜美再听不见他还啰里叭嗦了些什么。舜美破口大骂，把所有知道的难听话都说了，用各种角度描述雪燕那个货腰的妖精，骗了她姐夫的钱又看上小白脸，才死了男人又出来抢别人的未婚夫，世界上再没有比应雪燕更不要脸的女人！

啪！舜美被至仪一个巴掌打得一个踉跄，脑子还嗡嗡叫着，只听到至仪片片断断的怒声："是我自己……关她什么事……亏你还是个小姐……骂人比老妈子还……"

金家谁不是老妈子带大的？至仪是没听过陆永棠的正头妻，大房大小姐金兰熹的腔调才会嫌弃自己未婚妻的风度。

"舞女的风度好啊，你找舞女去呀！"舜美气极，拿起手袋砸至仪的头。至仪两只手铁钳子一样箍住发了狂的未婚妻，让她打不到。

舜美两条手臂上清清楚楚一边五个手指印很久很久才消散。两人结婚后舜美每次挨打就悔，那时候就该知道至仪会打她。可是两人订婚后那样大闹，也没有吵散。舜美事后想起来，觉得并不是像她嫂嫂后来跟她邀功，说是安政去找了至仪舅舅出面劝和奏效，反而是她去新竹找雪燕谈判发挥了关键性的作用。她永远都记得那只狐狸精那天穿了一身白。

"小妹，你误会了。"雪燕跟她说，"没有的事，就是他们哥们儿重义气，想帮东川照顾我。我都跟他们说了，我的心是跟他去了。我不会嫁了。"她的脸上一片平静，一滴泪也没有，反而舜美哭得像死了丈夫的是她一样。雪燕心不在焉地站在旁边看着她，半天递过来一条白缎子手绢，上面还绣着白色的梅花。

我呸！舜美后来想想，真那么伤心，说是穿着孝，一身白旗袍，白色缎面鞋子，哪里不像这条手绢一样暗暗绣着同色的花？后来说是到台北开了公馆，做着交际花还穿一身白，看不出来的讲究就是存了心地要勾摄人。

舜美瞪着那条手绢，那天被她不小心捏在手里一路抽抽搭搭地带回了台北的。她确信自己洗了以后本想哪天还给雪燕，却就再没见过。虽然那以后就忘了有这么条手绢，可她绝对没有带到美国来！怎么会在至仪放勋章的小木匣里跳出来？

那时候舜美小孩都生两个了，至仪还打她。她把扯得稀烂的手绢丢在他脸上，用刻薄的话骂那个两夫妻几年没见过的贱货。至仪一边动手一边动口："你疯了！我在美国，她在台湾。你赖我你也要找个搭界的！"

恨呀！没见没联络都能藏一条手绢偷着想，舜美的嫉妒让她心痛到连至仪落在她身上的拳头都成了解脱。"你打呀！你打死我好呀！"舜美披头散发，像斗牛一样地冲向她的仇人。至仪狠心地把她一推倒地，说："我怎么就摊上你这么个泼妇！"

第二天舜美搽上厚厚的粉遮住脸上撞到地板的青紫去双橡园参加酒会。穿着晚礼服，拿着香槟酒杯站在一身戎装、英俊挺拔的丈夫身边，夫妻看起来还是一对璧人。可是两人为了那个不在场的第三者常打架的事还是造成影响，至仪当届任满奉调返台。

至仪离开台湾几年工夫，雪燕当家的应公馆已经是台北有名的地下娱乐场所，不少原先沪上的达官贵人都喜欢到这个类似现在私人会所的地方来打牌吃饭。

雪燕算起来早过了三十岁，可是她的年纪却好像从她变成寡妇那天起冻结了。她还是一身绣着暗花的白色旗袍，婷婷娉娉地走近牌桌，停在至仪身后，柔荑轻弹他的肩头算是拦住了他正想打出去的那张牌。至仪头侧仰，笑看雪燕一眼，手指挪到另一张麻将上面，感觉雪燕难以察觉的笑意，手指一弹那张牌飞入海底，安全过关。

散局了至仪过去找雪燕道谢。雪燕微笑道："你本来不打牌的。"

至仪深情地望着她说："我倒想跳舞，你这里不跳。"

"舜美跳得好。"雪燕说，"哪天带她一起来我这里玩？我们姐妹也多年不见了。"

至仪心想，舜美可没把你当姐妹，有些舜美提到雪燕用的形容词连他一个男人也骂不出来。至仪想着微笑了。他其实是个顶有幽默感还有点爱耍宝的男人，只不知道为什么他的笑话在自己老婆跟前一个都不想说，他在家里根本连笑脸都难得有一个。

"你这个跟自己傻笑的毛病——"雪燕说着自己也展颜一笑，道，"回家吧，那桌几个打得大了。"就转身要走开。

这番风情看在至仪眼里却感觉有对他的怜惜，就大起胆子，一把拖住雪燕的手，说："你不答应嫁给我，我就天天来——"

雪燕一只小而柔软的手就随他握着不抽回来，口中却说："你是东川的兄弟，我把妹妹嫁给你啦不是？"

"东川要我照顾你的，"至仪放正经了说，"他不会要你出来做生意。"

"唉——"雪燕叹口气，轻轻挣开手，道，"东川把我托给你和其他三个，难道都去嫁？”说着雪燕把头一歪，像年轻时那样带点俏皮地道：“不要看我这里排场不大，也要养四五口人呢。”

“是，应老板。”至仪也说笑道，“你这里的麻将都怕我打不起咧。”

事实是至仪确实已经打不起了，连舜美都晓得他闹了亏空，薪水袋拿回来是空的，家用要动到积蓄，舜美当然不依，夫妻又打闹起来。舜美找了安政太太一把眼泪一把鼻涕哭诉：“他赌呀！不让他出去搓麻将，他跟我吵，要打我呀。”

“要是你们那个时候不回来就好了。”做嫂嫂的半天不说话，最后小心地说了句废话。俗话说得好，救急不救穷，不要看舜美和至仪去美国几年回来，自己房子买了，儿女都送贵族小学，排场摆得蛮好看，可赌却是个无底洞呀。安政太太决定把话先说死，亲兄嫂不比人家是夫妻，哪个会替妹夫扛赌债？

“哪，你看我们有家回不去，到台湾都几年了，看起来花园洋房住得挺阔气，只有你做妹妹的晓得我们的老底。”安政太太皱起鼻子做出为难的样子，“你晓得的，笃姐夫花嚓嚓，香港好娶姨太太的，台湾就不行，笃阿姐想来个釜底抽薪，搬到台湾来，他们房子收回去，我还要出去借人家房子。像你多好！美金赚一次，房子现在涨价又赚一次。”

舜美倒不担心房子，房子写的是自己的名字，她也相信至仪不会那么糊涂。问题是至仪原来不喜欢打牌，牌技比她差得远，出去老输钱，真让她不甘心又担心，怕他碰上的是老千。偏偏打牌的地方他又不说，问急了还翻脸。兄嫂靠不住，舜美只好自己想办法。

除了舜美，还有一个人也不喜欢至仪打牌。

“不要跟他们几个玩麻将和梭哈了，”赌局散后已是凌晨，雪燕送告辞的至仪到门口，柔声劝他，“找几个朋友到我这里玩玩桥牌、吃吃饭——”

“朋友都死了，”至仪打岔道，“就剩你一个了。”至仪不忍看见雪燕脸上忽然黯淡的神情，又说：“那你还不让我来看你？”

“我只想和你再跳一支舞，”至仪牵起雪燕的手，“这样我跟兄弟们一起走了都瞑目——”

雪燕轻轻地挣脱，道：“快回家，舜美在等你了。”

“唉——”至仪叹口大气，心想回家去了又是一场硬仗，教他怎么不流连忘返温柔乡？他有感而发道：“我最近想，人早点走也不是坏事。”

“你才四十岁，男人最好的时候，又有妻有小，多好！”雪燕微笑着替至仪打气，“暂时委屈一阵，迟早还会派你出去的。”

果然至仪外放的命令下来了，不过这次派驻非洲。舜美想再去美国，要至仪去活动活动，夫妻在家讲得都动了肝火，至仪就赌气出去了。舜美急忙拿了皮包尾随，前后两辆三轮车没跑多远，来到四维路一栋小楼前。

舜美虽然一肚子气，等至仪进去后先还迟疑了一下，心想万一里面有他的同事或长官，怕会影响他的前途。正在沉吟，看见两个生意人模样的一前一后坐司机开的私家车来，进门时候前一个站在打开的门口等第二个，还用沪语大声地招呼。舜美站得不近，却感觉那边门里有白色旗袍身影，她像母狮感觉猎物近了一般地兴奋起来。

舜美强作镇定，心里很快地想了几个方案：报警抓赌怕会让至仪受牵连，自己闯进去怕只身吃亏。她决定去搬救兵，虽然安政夫妇不比笃姐夫是狐狸精真正的主人，起码受到主人托管却看守不周，让人从他们手里跑脱。想到这一层关系，舜美简直觉得里面的瓮中之鳖只是她娘家一个逃走的丫头。

没想到哥哥叫她算了，说笃姐夫是对自己喜欢过的女人多大方的人，“你不要搅了！”

安政告诉舜美，陆永棠听说雪燕找到归宿，起先当然生气她不告而别，把没当好差的内弟痛骂了一顿，气消后却要安政代为补送了份大礼。再听说不到一年雪燕做了寡妇，还亲自从香港打电话致唁，要接她去香港，正式娶雪燕做二太太。安政酸溜溜地道：“后头没有人，她拿抚恤撑得起那个场面？”他想到自己做忠心家臣还不如一个逃妾的待遇，偶尔也会气难平。

舜美又惊又怒，哭道：“你们早晓得这个事？就瞒我一个？你们是我的娘家人呀——”

安政太太双手乱摇，撇清道：“我不晓得的呀！男人外面的事我哪里晓得呀——”她男人的职务包括帮自己姐夫处理各种狗皮倒灶。做这种事很重要一个才能就是嘴巴严，连对枕边人也不八卦。

舜美心知嫂子说的是事实，可是自己兄嫂胳膊不朝里弯真教她伤心，她哭着说：“你们不帮我，我只好打电话去香港请笃阿姐来替我出头——她总不能看我们两姐妹的男人都被一只狐狸精迷走了呀。”

安政夫妇对望一眼，默契立生。安政把脚一跺，怒声道："叫你不要搅——"一面走出房间，留下姑嫂两个。大家庭的人对这些身段都不陌生，舜美知道这个任务是落到了嫂子身上，就耐心地等待安政太太换出门衣裳。姑嫂一起上阵。

舜美一到小楼门口，听见里面欢声笑语，麻将哗啦哗啦，想到自己刚在兄嫂面前哭断肝肠时，狗男女正在这里寻欢作乐，不免怒向胆边生，叫门的时候已经像在叫板。安政太太就心头有点不安，事后她跟安政说："那个心就一直跳到喉咙口，想我又不是去抓你，怎么这么紧张？现在想想就是觉得要出事体——"

事情过去了许多年，说是终身不嫁替东川守寡的雪燕都嫁到美国去了，金家的亲友都还在讲，舜美害死了自己的男人，才年纪轻轻的就做了寡妇。

那天要不是舜美进门就推家具、摔摆件，看见雪燕过来就冲上去要动手，至仪不会着急到心脏病发。要不是她坚持至仪是装死，不让有车的牌友马上把人送急诊，至仪那天也许还救得回来。

不管闲话怎么传，最大的苦主是舜美。她失去了自己此生唯一的爱人以后，收起了金家幺妹的娇气，母兼父职，一手带大两个孩子。她从没说过要为至仪守节，可是对别人介绍的对象却都一概谢绝。她凭英语能力考进"外务"部门，从雇员做起，后来参加公务人员考试扶正，做到退休。孩子的工作和婚姻都很美满，不要她操心。舜美把退休金放在银行里，领着让人羡慕的十八趴优利。儿孙为她过了八十岁大寿后，老太太卖了房子，把钱捐给家暴组织，搬到养生村去。从前让人背后叫"十三点"的上海闻人金八爷的千金小姐最后变成了一个健康独立、对一切有规划的老人。没有人知道，人人羡慕的老太太从二十八岁做了小寡妇以后就再也没有真正地快乐过。跟舜美同时辈的人多数因为内战而失去至亲或至爱，抱憾终生。舜美想，她却是为了自己的成长付出了最惨痛的代价。

红柳娃

红柳娃是智慧有限、长不大的新疆山中精怪或野人，传说出没在乌鲁木齐一带的深山中，老少身高都如孩娃，会用红柳编成花冠戴在头上排队跳舞，口中嗷嗷出声好像唱歌。到人类的帐篷偷东西吃被捕捉到，会下跪哭泣求饶。

一九六〇年台北建寺的时候，对面没有后来的森林公园，而是一大片低矮的违章建筑。往台大校园那个方向去，还有稻田和阡陌。台大农学院的实习农场也在那一带。从寺内二楼女祈祷室的楼梯间窗子看出去，台北这一片除了台湾大学的红砖楼房，入眼尽是田野风光。

韩家的人到台湾后和教门一直没有联系，很久了也不知道台北有了这么个可以礼敬真主的神圣地方。几年后才经来清真小馆吃面的教亲熟客一再介绍邀约，全家开始去做礼拜，参加活动，认识了更多的教门。

韩家最虔诚的教徒当然是外号“花大姐”的韩太太翟古丽，她虽然不识汉字或回文，可是家里祖祖辈辈传下来的信仰，她是从来没有过一丁点怀疑的。唯一的麻烦是她离开家的时候才二十一岁，记得的传统除了食物上的禁忌，其他都不甚了了。古丽的先生韩国清是汉人，娶妻随妻信的教，老婆就是他的宗教导师，所知更有限。到了寺里，人家做什么，他做什么，虽然认得汉字，却对教义、教规的真正精神所在一窍不通。两个人的独生女儿韩琪曼生在这样的家庭，也是除了猪肉因为没吃过，觉得肮脏，坚决不碰，连自己是穆斯林这个尊贵的身份在同学之间都不会主动提起，更别提了解或遵守伊斯兰教律了。

古丽年轻的时候在没有长老和家人的祝福下自作主张跟了个汉人，一直觉得自己有罪，原先并不敢去寺里礼拜。后来因为她挪用了朋友寄在她这儿的一笔款子开店，人家要的时候她拿不出来，造成朋友之间的误会，后来虽然钱还上了，友谊却不保存。讲义气的古丽为了这件事，吃不好睡不好，才下定决心去寺里祈求真主给她心灵的平安。没想到台北教门包括阿訇在内，对所有来归的教徒都热烈欢迎也不追究底细，非常亲切。这下就让古丽有找到了家的感觉，心也安乐起来。从此虔诚礼拜，遵守斋戒，重拾她背离了二十多年的宗教信仰。而且古丽心思单纯，经过了人生的悲欢离合，人到中年不但未达不惑，还更觉得世事难明，就比年轻的时候更加尊敬圣人，崇拜真主。她想自己的错误绝对不能在女儿身上重演，琪曼将来一定要嫁一个真正的穆斯林。

琪曼是公认的大美人，明眸皓齿，修眉入鬓，曾经有个偷偷爱慕她的台湾男人非说她像奥黛丽·赫本。可琪曼却不是赫本那种骨感美女，她前突后翘，身材好得衣服穿紧点就会让异性看了怦怦心跳。琪曼二十二岁了，高职毕业以后就赋闲在家。家里面馆生意好，她却嫌店小二的工作破坏形象，等闲不上店里去。她理想的工作是当电影明星，还在高三那年去报考过演员训练班。可惜那时候台湾的电影走健康写实路线，把身材傲人的琪曼归入艳星候选人一流。她去报考的那年高分录取的是身材平坦如飞机场、长相像邻家女孩的唐宝云。所以琪曼就一心想去香港的演艺界闯天下，整天留意有没有哪里招考演员，只要有点风声，就满怀希望地把自己好好打扮了送过去碰运气，结果却都是竹篮打水一场空，无意之间倒成了有点知名度的台北社交场合的伴游女郎，现在的新词叫“饭局妹”。

古丽整天在店里忙，先生国清做私家车司机，因为工作关系一周只回家一天，琪曼既不上学也不上班，白天晚上去了哪里，父母也不知道。只知道没有工作的女儿应酬还挺多，每次都还有叫得出头衔的人物，什么导演、制片、华侨大老板、投资商的，邀了出去吃饭。虽然琪曼还要父母贴钱买化妆品和行头，却也间歇有人送衣服鞋袜，约出去拍照、试镜。反正琪曼过的是没有进账却忙碌的日子。古丽觉得女儿像免费交际花一样，老跟帮男人出去吃饭很不高兴。可是如果质问，母女就吵架，真教做妈的烦心。所以当白鹏在教会举办的青年活动中认识琪曼，还又追到店里来的时候，古丽马上成了越看女婿越有趣的准丈母娘，她在第一眼就真心接纳了女儿的这个穆斯林男友。

白鹏是艾海提·巴克的汉文名字。他有着漆黑卷翘的头发，唇上留着一样卷翘的小胡子，眉睫浓密显得深邃的眼窝迷迷蒙蒙。跟人说话的时候，略略低着头，琥珀色的眼珠透过长长卷卷的睫毛向上看，让人有点捉摸不定他的心思。他的面容瘦削，笑起来两边面颊仿佛有长形的酒窝，不笑的时候却成了电影里杀手一般冷峻的线条，好像随时可以抽出一把深藏在腰间的弯刀向来人砍下。

可是他来到花大姐小店的时候都笑得很温暖。他跟着琪曼叫古丽妈妈，这两个汉文字对他的意义有限，也不过就是个称呼，听在古丽的耳朵里却感觉是自己生命中缺少了的那个儿子归来，立刻就回报给白鹏无私的母爱。甚至有一两次，当琪曼对男朋友乱发小姐脾气，或者因为无谓应酬跟妈妈怄气，古丽觉得琪曼的行为不是一个好的穆斯林，还竟然会错觉这个叫自己妈妈的维族青年才是她的小孩。

白鹏到底是个多虔诚的教徒很难说，反正在台湾他的维吾尔人样貌让人不会怀疑他不是个好穆斯林。然而他的身世就像他从浓密睫毛下面望出来的眼神一样飘忽神秘。二十七八岁的他持土耳其护照，以新疆人的身份在台湾政治大学边政系挂名做学生，却又每个月去美国新闻处领取奖学金当生活费。在那个没有手机，甚至连电话都不普及的年代，作为女友的琪曼是找不到他人的。他总是说来就来了，说走又走了。有时琪曼到他住的地方去找他，却常常扑个空，两人就会吵架。

白鹏跟另外两个和他背景相仿的朋友住一起，那两个超龄老学生一个倒是正正经经地在读台大，另一个叫伊利亚的却周游列校，转来转去，没一个学校混得下去。这会正在休学期间，每天在家或出去闲荡不一定。听说他也想像白鹏一样，搞点美新处的固定资助，却因为些什么原因一直没办成。伊利亚就靠着张外国脸孔到处骗点吃喝，拿着本不受台湾戒严时期出入境限制的土耳其护照到香港、东南亚一带买些东西带回台湾倒卖跑单帮。那天伊利亚开了门看见是琪曼来找男朋友，就说："白鹏不在，不知道去哪里，你要进来等吗？"

琪曼进去这个单身宿舍一样的民宅，看见一地堆了纸箱装的东西，就搭讪问道："你要回去吗？"

伊利亚过来摸摸琪曼的头发说："妹妹，我们都要回去。台湾小小的，家乡很大很大，被汉人偷走了。"琪曼看见他一脸于思，还没过中午就像喝了酒的样子，心里害怕起来，就说她不等白鹏，告辞走了。她后来告诉白鹏，伊利亚好像要对她动手动脚，白鹏就笑："他就是这样，他中文讲不好。你头发让他摸一下又不会少几根！"

这样奇怪的一个女婿候选人也只有古丽看得上，还宝之爱之地为了人家叫了声妈妈，就有时候把独生女都排到他后面去。白鹏常常带了他的两个朋友在店快打烊时到小面馆吃饭，从不付账。三个人在那儿嘀嘀咕咕说的也不知是维语，还是土耳其话。帮厨下班了，古丽在旁边亲自替不速之客擀面切面，听见三人聊天那个腔调，虽然一句不懂，却觉得亲切无比，想到自己的维族外婆。

古丽满满地煮上三大碗面，浇上厚厚的浇头，再端出两笼牛肉蒸饺，说："一定要吃饱啊。"

三个男人都谢谢"妈妈"。

"妈妈煮的最好吃。"汉文较差的伊利亚怪腔怪调地说，"你还有女儿给我好吗？”

大家都笑了。小店里既热闹又快乐，完全弥补了古丽没有儿子的遗憾。

等到一年后琪曼来告诉妈妈她怀孕了的时候，古丽虽然很惊讶，却不是那么生气，只觉得是自己做父母的疏忽，女儿虚岁都二十四了，早就该替他们做主结婚了。古丽想，好的穆斯林应该在婚前守贞，可是她又想到自己年轻时候和琪曼她爸的为爱痴狂，就不忍苛责。反而是韩国清觉得女儿受了欺负，始终愤愤然，想把占了女儿便宜的臭小子揍一顿才解气。

即便这样，韩家还是兴头地筹备起婚礼来。古丽问白鹏的父母会不会来参加，白鹏却说："妈妈，我的父母都在老家没有出来。你们就是我的父母。"古丽很确定以前听琪曼说过，白鹏的父母都在土耳其东部的一个城里而且可能会搬到美国去，怎么现在又说留在新疆没有出来呢？再问白鹏，他还是那个留在老家没有出来的答案，古丽就想是自己记错了。而且白鹏告诉她，生的孩子既然要报本地户口，就让姓韩，这让原先一肚子气的老丈人也高兴了起来。

白鹏没有家人，没有钱。可是讲义气的古丽不看这些。她出钱在隔壁租了房，置办了简单家具，做小两口的新房。婚礼就在自家小面馆，来贺的都是教门，长老也来了，虽然简单，古丽觉得这是一个受到祝福的穆斯林婚礼。

这当然不是琪曼心中的梦幻婚礼，可是她与白鹏相爱着，甚至对肚子里不在她这时人生计划中的胎儿，她也爱屋及乌，充满了期待。事实是，韩氏全家都对这个会延续他们姓氏的宝宝充满了期待。待产的琪曼像皇后一样地被父母照顾着，只是她的新婚夫婿，即将升任人父的白鹏却依然我行我素地天天神出鬼没。琪曼理想中的夫婿是时时刻刻都围绕着她，如果她看一眼杯子，他就知道她想喝冷水还是热水的那种男人。绝对不是像现在这样，把大着肚子，哪也不能去玩的老婆一个人丢在家里，自己跑得无影无踪。小两口连蜜月都没过完，就大吵起来。

住在隔壁的岳母来劝架。白鹏说："妈妈，琪曼不让我去上学。我一定要大学毕业，才能赚钱养她。"

岳父母对大学很尊敬，觉得是自己女儿不懂事，就数落女儿。

琪曼说："你听他说谎。他去木栅上课，怎么口袋里有去基隆的火车票？"

白鹏说："妈妈，那不是我的，是伊利亚的。我借来看看。他去基隆进货，他卖舶来品。我也想卖，我要赚钱养琪曼和小孩。"

琪曼骂道："放屁！谁会借人家的车票来看？你撒谎也撒得像一点。"

古丽却说："白鹏要做爹了，想着赚点钱买奶粉也是应当的。"

"奶粉很贵的，"白鹏赶紧搭上这个话茬，涎着脸对琪曼说，"我不要你喂奶。你美丽的胸脯会扁扁的。"他做着有点猥亵而可笑的手势，母女俩就都笑了。

国清做佣工，很少在家。古丽店里忙又不认识字。琪曼原来没怀孕的时候就懒，怀上了就理所当然地更加只吃吃睡睡，拿着歌本唱唱歌，连结婚和生了小孩报户口这些事都交给白鹏去办。

等两人生的小女孩都三岁了，白鹏才把读了七年的大学读毕业。他带着孩子和老婆穿着学士服照了一张全家福。然后说他在伊斯坦布尔已经找好了工作："妈妈，我先回去，那边弄好了住的地方，再来接你们去。"

古丽不想到人生地不熟的外国去，可是也舍不得女儿和外孙女，女婿就说等去了，还要带妈妈去麦加朝圣。那是古丽想都不敢想的天大福缘，古丽原先坚决不同意小两口去土耳其的思想就软化了。和丈夫、女儿都再三地讨论，不知道该不该去。这些年都靠她一个小店养一大家子，国清那点工资就够他自己喝酒，古丽想，也许就跟去享享女儿的福？

古丽都还没决定要不要出国呢，白鹏已经摒挡一切要成行了。临走他紧紧抱着琪曼和女儿，琥珀色的眼珠一闭，眼泪从浓密的睫毛滚落，大家都很感动。他跟琪曼说："我走了，你要耐心。不要去找伊利亚，他不好。"然后偷偷交给古丽一个鼓鼓的密封信袋，说："妈妈，谢谢你。这个上面是我的地址，你收好，里面的东西着急的时候才拿出来。"

等白鹏走了，古丽当着丈夫和女儿的面打开信封，里面是三千美金现钞。三人没看过那么多钱，兴奋不已。可是除了钱和信封，汉文不佳的白鹏没有写下只字片言；韩家猜这是留给古丽、琪曼和孩子的路费，就静等白鹏在土耳其安顿好了来接她们。

个把月后的一天老韩回来告诉她们一个坏消息，他从他的东家那里听说台湾跟好多国家"断交"了，里面就有土耳其。这一家不看报纸的人对断交的影响一无所知。连老韩东家问他女婿什么时候撤侨，琪曼跟孩子算哪国国籍，统统搞不清楚。老韩请了假去区公所查问，赫然发现琪曼的户籍上还是单身，不但配偶栏空着，孩子根本连户口都没报过。养了几年，小名韩宝宝的孙女竟然是个户籍誊本上没有名字的私生娃娃。

韩家全家陷入愁云惨雾，古丽给大伙和自己打气："再怎么样，日子还不是要过下去？"

韩国清带女儿去土耳其"大使馆"打听，那里大门都锁上了，边门走进去也乱糟糟的没人管他们。可是就算找到人问，他们连白鹏的土文名也写不周全，在伊斯坦布尔的单位更不清楚，手上只有一个白鹏留下的所谓土耳其地址，请人看了却说只是个邮箱号码。

老韩和古丽商量，不到万不得已不能去找教门替他们出头，万一白鹏真是存心欺骗，那琪曼的名声不就完了。可是婚礼是公开的，琪曼和白鹏生了孩子的事很多教友也都是知道的。现在男人跑了，带着个孩子的女儿才二十多岁，下半辈子要怎么办？

琪曼不死心，自己抱着孩子又去了土耳其"大使馆"。这次她在离"大使馆"还有一条街的地方看见了一个熟悉的身影。

"伊利亚，伊利亚！"她像看见亲人一样地喊着跑过去，拉着伊利亚的手臂，急切地问，"你有白鹏的消息吗？我写信去他留下的土耳其信箱他都没有回，是断交了就收不到信了吗？"

伊利亚灰色的眼珠有点呆滞，甚至冷漠地看着她，半晌回握住琪曼的手说："他没回吗？那有可能收不到信了。我回去替你找他。"

琪曼说："我和宝宝算不算土耳其人呢？你能作证我们是白鹏的家里人，跟'大使馆'的人说，让我和你一起回去找他？"

伊利亚和长得像个洋娃娃一样的小女孩对望一眼，目光柔和了一些，说："你是汉人，可是她像我们的人。"他歪着头想了想，道："你可以跟我去家里，我找人想办法。"他把小孩抱过来，牵起琪曼的手就走。

琪曼隐隐觉得有些不妥，好像记起白鹏的什么交代，可是目前没有比打听得到白鹏下落或能去土耳其找他更重要的希望了，琪曼就按捺下心底那飘飘忽忽、模模糊糊的不安，随着伊利亚曲曲折折地走到不远处巷弄中的一间小公寓房子。

伊利亚一进屋就开始用家乡话打电话，打完一个，就对琪曼做些挤眉弄眼的表情和手臂飞舞乱摇的手势。琪曼不知得来的消息是喜是忧，就把宝宝像个盾牌一样地抱在怀里，母女各自寻到了安全感，累了的小女孩就伏在母亲的肩头睡着了。

伊利亚放下电话走过来，他抚摸着琪曼的头发，说："没有人知道白鹏在哪里。你知道他真的回家了吗？有人说，美国人接他去了美国。"

琪曼被伊利亚的消息吓到了，大眼睛里汪上了水。她紧紧地抱着女儿，可怜兮兮地看着自己丈夫的族人。

伊利亚的大手移到小女孩的头颈上，脸却贴近琪曼的脸，一面用琪曼听不懂的话说了一个简短的句子。琪曼不知道他说的是"叛徒的女人"，可是却听得出他声音里的恶意。

琪曼闻到伊利亚身上那种她熟悉的、白鹏那族男人的气味。

她战栗起来，哭着声音道："求求你不要伤害我女儿。"

伊利亚没有，他只是轻轻地把熟睡的小女孩抱起放在旁边地上的软垫上，然后粗暴地侮辱了琪曼，像一个东突勇士对付叛徒家属或汉人俘虏那样地没有留情。

孩子醒了。伊利亚告诉琪曼可以走了。琪曼哭着说："你会帮我找白鹏吗？"

伊利亚为她的天真笑起来，轻佻地说："你去美新处问吧，他们给他钱，他是美国人的狗。"

琪曼不敢再多逗留，带着宝宝和她用身体换来的情报就去了植物园旁边的美国新闻处。

母女在传达那里就被拦下了。除了丈夫每个月都来这里拿奖学金，琪曼没有其他的资料可以提供。她不甘心就此离去，在门口哭了起来。

美国南方庄园式的大楼梯上优雅地走下一对男女。男的是白人，冷漠的蓝眼睛看到像混血儿的宝宝时变得温柔了一点，停下脚步问怎么回事。当听说是拿奖学金的土耳其学生家属，来打听一个汉文名字叫白鹏的下落时，就恢复了高傲的姿态，皱起眉头对旁边的美女说："安小姐，你处理一下。"顾自扬长而去，跳上了等在大门口的黑头车。

安小姐看来也就是琪曼的年纪，却穿着当时年轻女人早就放弃了的合身旗袍，她披着一头长而卷曲的头发，脸上又红红白白地化了妆。她那打扮有点像中山北路做美军生意的上班小姐，偏偏举手投足却又显露出相当良好的气质和教养。

她牵起宝宝的手，微笑着说："妹妹好可爱，像个洋娃娃。喝汽水好不好？"她把母女带进了大门旁边的一间小会客室，开了两瓶可乐给她们。她问琪曼怎么回事。琪曼不知道安小姐只是这里的一个特约聘雇人员，还不在正式编制之内，平时做的不过接接电话之类，以为遇见了青天大人，就一五一十地把自己的情形说了。

虽然穿着旗袍，看起来态度雍容，安小姐专科毕业才两三年，实际年龄比琪曼还小，她表现出同情的样子，还像个闺友那样替她出起主意来："听起来只有他那个朋友知道他在哪里。"她指的是伊利亚，"你丈夫如果毕了业就没有奖学金了，就跟我们这里没有关系了。"什么也不知道的她，只是奉命处理来闹场的本地人，能把人从美新处送走就是完成使命。辜负了琪曼的信任，临走她还信口开河地一再叮咛："去找你丈夫那个朋友，他一定有办法！"

琪曼竟然接受只是看起来像有权威的陌生人建议，第二天又独自去找伊利亚想办法。伊利亚没有放过送上门的肥肉。完事后，他忽然笑着说："有美金吗？有的话可以帮你买护照，一千美金一本。"

"不行！"古丽严词拒绝了女儿从伊利亚那里带回来的路子。她和老韩商量过了，拿白鹏留下的美金顶个像样的店面，让琪曼上店里做做收账带位的事情。好好地把快要上幼儿园的韩宝宝带大比什么都实在。

古丽说："谁知道他是真的还是假的？三个男孩子里面，伊利亚最不老实！现在就指望着这几个钱养宝宝。怎么样也不能拿去打水漂！”她说着想起抛妻弃女的女婿，口中骂着伊利亚不老实，却连自己都不相信还能有比白鹏更缺德的人。

琪曼尖叫道：“那是我的钱，你们不要打主意！小孩他不养，我为什么要替他养？我要带小孩去土耳其还给他，他自己去养！”

古丽听了女儿这番狗屁不通的说法，忍不住怒道：“好歹宝宝姓韩！你弄个护照就能去找到他，把随我们老韩家姓韩的孙女给他？你肯，我和你老头也不肯！都是狼心狗肺的东西！吃了老娘多少牛肉面也没给过钱！”

母女各说各话，完全没有交集，更没有逻辑。与其说她们想要以高音量或气势折服对方，不如说她们更想发泄被所爱之人背叛的情绪。她们各自把嗓门喊到最高，歇斯底里地吼叫着。通常这种吵架如果在平辈之间就可能要打一架来定输赢，如果像她们这样都还节制着不动手，就会是气长的得胜。

这场吵架的结果是琪曼揣着两千美金巨款再入虎穴。伊利亚收了钱，说：“妹妹，钱也要，你也要！”就不顾琪曼的拒绝，又强迫了她。

伊利亚像情侣一样揽着琪曼送到门口，还深深地吻了她，跟她说：“妹妹，三天你来拿护照。”

琪曼连办护照起码要填张申请表和收两张相片的普通常识都没有，只盲目地以女人的直觉相信着伊利亚是爱上了她才会一连跟她睡了几次。虽然身上几处留下的青紫都还在痛，琪曼却充满希望，几乎是心情愉快地回家去了。

晚上古丽店打烊回家，听说女儿送出去两千美金却连收条也没拿一张，气得全身发抖，母女大吵起来。琪曼眼看不拿出证据，没法说服古丽为什么自己那么笃定伊利亚会出死力替她办事，就终于说出：“用不到收据，人家他喜欢我！”

古丽敏感地把双眼睁圆道：“你这不要脸的跟那个伊不利思睡了！”说着就欺身向前推打女儿。“你说，是不是？你男人才把你丢了多久？你就这么忍不住！”琪曼一面回嘴分辩，一面用双手抵挡母亲不留情的巴掌，楼上睡着的宝宝被吵醒，哭叫起来。

被一路推出了门外的琪曼看见几个还没睡的邻居跑出来看热闹，又羞又气，就排开众人，向楼下跑去。夜已经深了，除了口袋里几个零钱，她什么也没带。能去哪里？没有多想，也没听说过什么“斯德哥尔摩症候”，她叫了个出租车去了伊利亚的小公寓。

伊利亚只耸了耸肩就接纳了深夜自己来报到的女人。三天后伊利亚没有拿出两本外国护照交给琪曼，可是对琪曼回去取了衣物并且抱了女儿搬进他家的行动也没有拒绝。两个人就这样简单而糊涂地开始了同居生活。

老韩夫妇对女儿的行径既失望又伤心，可是古丽打起精神跟老韩说：“女儿不争气，咱们日子还是要过下去不是?!”

古丽愿意让琪曼把宝宝带过去，是暗暗希望她和伊利亚能长久，虽然她不喜欢这个男人，却不知为什么觉得即使她看不上伊利亚，还是想女儿有个男人，孙女有个爸爸。古丽知道女儿的脾气，心想琪曼迟早会回头来找她要剩下的美金，不如趁手上有钱周转，又没有孙女绊脚，赶紧先把店里的事办了，如果将来琪曼这个不让省心的孩了又有事，店是能养活一家人的活水源头。古丽也是一个想到就去做的脾气，就抛开烦恼，认认真真地开始找人看店面，着手搬迁，扩充营业。

琪曼走了三个月，爹娘早都坚持不住，偷偷地去找过好几次了，可是只大概知道个方向，没有确切地址，去了也没找到伊利亚的住处。这天老韩放假回来，古丽一把眼泪一把鼻涕地又哭女儿心狠，明明住得没多远，几个月了连小孙女也不带回来见见。

老韩叹口气说："反正她跟白鹏也没有登记，宝宝领回来我们带，她就嫁给伊利亚吧，这次好歹正式登个记。"

他们这里居处窄小，除非天冷或者没人在家，大门一般都是敞开的。老韩夫妇两人正在屋里叹气、说话，门口跟个鬼一样地走进来披头散发牵着小女孩的琪曼。老韩喜出望外，还没开口就原谅了女儿所有的作为，正要笑脸相迎，门口的琪曼却痛哭起来，含糊的话语只大约听清楚几个字："……伊利亚打我……他不要孩子……他打我……"

琪曼口中还在呢喃，却忽然把拉着女儿的手一松，仿佛双腿发软，人就缓缓倒在了地上，鲜血从她的裙摆沿着大腿内侧流到了脚踝。明显长高了的宝宝在旁凄厉地哭叫"妈妈"。古丽上前扶持痛哭，老韩赶忙到外面叫人帮忙救命。

伊利亚在琪曼肚皮上狠踢的几脚不但踢掉了他不想要的胎儿，也踢得琪曼大出血，紧急动手术拿掉了子宫。韩家原先不愿善了，可是等到不想承接涉外案件的管区警察踢完究竟这算家庭纠纷还是蓄意伤害的皮球，再转到"外事部门"，持非邦交国护照还逾期居留的伊利亚也已经跑得不知去向。老韩夫妇只好忍恨尽心照顾女儿和孙女，在新址重新开张的清真小店果然成了一家人最后的依靠。

老韩辞了他的住家司机工作，在自家店里帮忙，也方便照看孙女。一家人搬离原先租住的中华商场，就在清真面馆上面的阁楼起居，晚上中间拉起一张布帘，老少三个女眷占了里间，老韩寂寞地睡在帘子外面。

琪曼调养好了身体，虽然一百个不情愿，可是找不到其他工作，也只能将就地在店里有一搭没一搭地带位兼收银。这样平静无聊的日子一天天地过去，老韩夫妇开始担心宝宝报户口和上小学的事，琪曼却不怎么操心，每天揽镜自照，觉得自己还是一向的花容月貌。可是随着宝宝的长大，不但越来越少客人跟她说玩笑话，而且再没有男人送衣服鞋袜，找她出去吃饭、试镜了。

“花姨！你们搬到这里多久了？离我办公室这么近都不知道，一次没来过！要不是今天同事说要介绍一家好吃的牛肉面——”店在新址两年再度打响名号以后，十二年前的熟客许志贤忽然跟着一堆人来到店里，惊喜交集地跟韩家人打招呼，“咦！琪曼？琪曼！你是琪曼！长大了，长大了！头发长了认不出来了。上次见你才高二还是高三嘛？”志贤像个大哥哥一样地亲切，好像完全忘记了自己说过琪曼像心中的女神奥黛丽·赫本，当时二十几岁的他还曾经找过各种机会接近琪曼，引起在韩家寄居、对他先有意的古丽好友女儿不愉快的往事。

志贤这十来年变化很大。在花姨小店做无薪帮工换吃白食兼泡妞的时候，他刚从家乡高职毕业当完兵，考进台北的公营事业单位做雇员也才两三年。和韩家失联的这十二年来，他不但夜间部大学毕了业，还曾经奉派到美国短期进修，又利用几次出去的机会半读半买了一个洋硕士头衔。一九三九年出生的他，刚巧赶上蒋经国主导的“催台青”政策，拿公费跑了不少地方，见了很多世面。他原生家庭的家境虽然一般，可是许家在南部却算是一个大家族，他的岳家更是殷实的富户，看中他上进有前途，不但把读过家事专科学校的女儿嫁给他，还厚厚地陪嫁，让小两口赢在起跑线。

外省人官员在两蒋时代，除了过得了硬的“夫人派”，多数并不敢投资房地产或实业，否则一旦报告打到小蒋那里，被贴上爱财的标签，或者扣了不思反攻的帽子，就等着丢乌纱帽或坐冷板凳，仕途可以戛然而止。反而本省人官员没有祖产可依的也有人头可靠，像志贤这样家有贤妻懂得利用岳家的财力和婆家的人脉，配合夫婿那里听到的产业开发消息，很快自家就成了社会新贵阶级。昔日那个纯朴的南部青年，也脱胎换骨，和琪曼重逢时已经是一个颇有身家和地位的台北官场明日之星。

可怜昔日少艾琪曼所遇非人，不满三十岁却已历经沧桑。即便琪曼素来自恋，又从来不是一个聪明自觉、思想复杂的女人，可是一和妈妈古丽吵架，就要被提醒一次曾经行差走错，现在已是残花败柳。母女二十四小时一起生活和工作在郁闷狭小的店兼家中，几乎日日都有龃龉。琪曼和父母的关系变得非常差，她天天都盼望有人能爱上她，带她离开这个家。

她觉得志贤就是那个来救她脱离面店苦海的人。可是她不知道怎么爱回去，她是只懂得爱自己的琪曼，唯一爱过的白鹏狠狠地负了她以后，她就变得更自私，连对父母和女儿都不愿付出。幸好她还懂女人有青春和身体可以交换，她想也没想志贤现有的家庭，一点没有思想挣扎地就跟了这个愿意豢养她的男人。而志贤，却永远记得的是他相逢未娶时，因为家庭责任回乡相亲就夭折了的，他这一生从没开始也没得到过的爱情。他用一间登记在他母亲名下的郊区公寓安置了琪曼，达成情人脱离阁楼蜗居的愿望。

两人在一起的时候，他会跟琪曼说一个他在美国进修时学到的英文词组："Love at first sight！ 我们是一见钟情。"他看穿她的沧桑和憔悴，眼睛自动捕捉到每一个琪曼看来还像十八岁他初次看见，她穿了件红色高领紧身毛衣，像团火一样从巷口向他走来的定格剪影。

琪曼为他剪回学生时代的男童发式。志贤亲吻着琪曼裸露的肩膀，摸着她短短的头发，在她耳边低语："你剪短了头发真像奥黛丽·赫本。你记不记得你穿过一件春天女神装拍杂志封面照？"

"香港电影公司替我拍的那一组更美，你没看过，我最喜欢了，可惜他们不给参加招考的人。"琪曼把一条大腿跨到志贤的身上去挑逗他，"我不愿意脱光拍照，就没被录取，后来你看那些去了香港红了的都拍了裸照。我都是我妈害的，这也不行，那也不行！"

即使不是灵和肉的结合，如果男女之间相互吸引，肉体也尽够维持一段长远的关系了。

时间拖得够长，沧海都能变为桑田，何况是家里没有第二个孩子可以溺爱的老韩夫妇。跟独生女怄气冷战不到半年，古丽和国清就接受了琪曼成为志贤外室的现实，再度原谅了女儿所做的一切。琪曼向来懒理家务，遑论主持中馈，伺候良人。不久就对父母的心软得寸进尺，以舍不得宝宝不在身边为理由，把老小都接来同住。老韩夫妇只好城中店里和郊区公寓两边奔波操持。

上世纪七十年代去古未远，台湾的风俗是清朝的闽南底子加上五十年日本殖民文化的熏陶，有办法的男人三妻四妾不算稀奇。政治圈风气更差，外省官员还遮掩一二，本省官员习惯不带妻子出席社交活动，闲话之间竟会让人觉得没有外室不算成功的男人。志贤听惯、看惯了身边长辈和同侪的作为，对自己还不到四十岁就能把少时的梦中情人金屋藏之，真有说不出的得意。爱屋及乌，他对长得像混血洋娃娃一样的韩宝宝几乎也视如己出，反正志贤元配生了三个儿子，自己家里没有女儿，他就一直喊宝宝女儿。

女儿长大了。这个没有一纸婚书的家庭能维持下来，甜美乖巧、学习优异的女儿要居首功。琪曼虽然年轻的时候是天生尤物，可是随着年龄增长，过了四十岁以后，跟妈妈古丽有胡人气概的脸孔越长越像。不但头发渐渐枯黄稀疏，昔日明亮迷人的欧风大眼，也眼窝更加深陷，原来挺直的鼻梁又有点出钩，薄而小的嘴唇更是提前干瘪了，不知是不是因为边疆民族的血统影响，琪曼整体看来竟比同龄的纯汉人显得苍老。幸好她因为挑食，又喜欢买零食吃，不好好吃三餐，把肠胃搞坏了，虽然这也弄得原来白皙的肤色变得混浊，却幸而没像古丽一样中年发福。

志贤的官职高升，把家都搬到和老板住的名宅大厦比邻去了，这个不大像样的金屋也越稀罕来到，可是一旦“回家”，女儿宝宝的种种才艺和学业上的成就就是家庭闲话的焦点，一家子谈谈笑笑，看起来也很温馨。关门熄灯以后，琪曼主动的态度和玲珑的身材也还是能激起早已在元配那里高挂了免战牌的男人的热情。

然而男女之间的种种终有让人生厌的时候，尤其是当激情退去，彼此的期望开始产生落差，对话总说不到点子上，在一起只是相互的习惯和责任，没有法律和道德的约束，却还断不了。明明是香艳浪漫的小调，被时间磨成了荒腔走板却天长地久的哀歌。

志贤其实对琪曼一家人不差，他比照前辈们的做法，在给琪曼固定的月费之外，把韩家住的房子也转到了琪曼名下。他和琪曼之间没有子女，能把一个欧巴桑情人安顿到这个地步，志贤觉得自己是讲感情、有良心的男人。

其实琪曼并不是一个容易安抚的情妇，她喜欢跟志贤出去，哪怕是到附近街上走走，摊子上吃点东西，也好过在家里待着。原先还没有路人认识志贤，而且志贤觉得手腕上勾着一个大美人出门，满马路都是羡慕眼光的时候，志贤也常常如她所愿。可是等志贤官越做越大，琪曼的艳光也越来越黯淡，他就不带她上街了。

志贤坐了几年产业单位局长的位子，就以台籍精英的背景被党部辅导回乡去参加民意代表的增补选。他和家族评估过收益以后，志贤接受了参选安排，而且顺利当选。离开了公务员的身份对志贤而言真是大解放，民意代表能够运用的资源让他大开眼界，只要设立一个什么法人让老婆或小孩去主持，他就可以摆脱可能吃上的贪污罪，他的家族就可以名正言顺地捞得风生水起。其他细节尽管放手让“知礼数”的厂商去处理，他这边就由夫人去银行点点数就行。比在自命廉洁的小蒋底下当公务员风险小，利益却大得多，更别提其他各种好康。

上世纪八十年代台湾交际场合流行起了酒店文化，和传统酒家女相较，酒店美眉更对志贤这种新派政客的胃口，少壮民意代表和商人利益交换的场合就从酒家移樽前往。志贤就在酒店里又结识了几位相好，都由相熟的商人朋友替他买单。这样一来，分给琪曼的时间就更少了。志贤太太是典型受了日本殖民文化影响的传统台湾闽南女性，除了家庭经济和子女，其他丈夫的作为一律不去深究；做丈夫的也知道自己的花花草草都在大门之外，只要他进了门，换上太太摆好的拖鞋，他就进了她的地盘，唯她是从。

志贤也把家这个城堡维系得很好，子女和老婆都对他这个一家之主很尊敬，渐渐他连在家也摆着道貌岸然的官架子，对子女也打起官腔，老婆看他在外面步步高升，就觉得一切理所当然，对身为要员的丈夫工作忙累非常体谅，从没有抱怨，一回家就替他进补，为他的健康把关。志贤起先没太在意冷落琪曼，接到琪曼要宝宝打电话催一两个月不见人的爸爸回家也用忙累做借口。可是琪曼不但不懂台湾官太太怎么做，她连如夫人怎么做也不明白。她知道自己是小，可是她的心里却自有一套先来后到的标准。志贤太太的道她让，比如逢年过节志贤都得留在“那边”，连妈妈古丽跟女儿斗气的时候都要说一句“人家那边有儿子”的风凉话。可是等琪曼怀疑“丈夫”在自己之后又有了新人，这个气她可不忍。她反正长日无聊，又不识大体，唯恐天下不乱，就跟踪、监听的什么都来，还亲自去酒店闹场。弄得猪朋狗友都知道许委员有一位厉害的老二。琪曼竟然就这样闯出名号,成了半公开的“二夫人”。

韩宝宝大学最后一年的时候，蒋经国死了。台湾没乱，国民党里乱成一团。接班的李登辉刚上台还不得不重用外省人，可是讲浙江“国语”的人总让人不放心，老李要和讲闽南家乡话的抱成团，他一面用官位让几个外省官迷内斗，一面在闽南人中间培植羽翼。志贤的机会来了，他做过事务官，有丰富的文官经历，又受过选战洗礼，有群众基础。他这边才被报纸说有可能被延揽入阁，那边在野党就开记者会揭发他的婚外情，二十二岁的韩宝宝也被说是他的非婚生子女。这个负面消息断送了他的仕途，幸好他还能继续做民代。可是民意代表是有任期的，台南又是国民党的艰困选区。到了选举，就有幕僚出主意，说二夫人的事情瞒是瞒不住的了，一定会被对手攻击，不如将错就错，要她出来公开剃光头，表示向元配的忏悔，这样才可以赢回因为外遇而流失的妇女票。

闹出绯闻后，志贤太太从头到尾没有过问丈夫一句，也不知道是生性冷静镇定还是早就知道他外面有人，所以不大惊小怪。记者堵到她问,她就避走,实在避不掉,就说一句:“我相信我先生。”

她这相挺到底的态度让平素在家像包公一样威严的志贤也有几丝惭愧，某日就忽然对老妻说:“那个查某婴崽不是我的。”志贤太太冷冷瞅他一眼，轻声说:“我知样。”就走开了。留下在屋里的志贤虽然放下心来，却觉得自己老婆真是高深莫测，反而那个跟他吵吵闹闹了十几快二十年的琪曼让他感觉亲切，也更有把握一点。时间久了，他的身份不一样了，他忘记了年轻时曾经的一见钟情，以为还留着黄脸婆情妇全是自己仁义。

可是琪曼对要她剃光头的事却吵闹得过了头。她先把来游说的幕僚骂了出去，再打连环电话把志贤威胁到家里来闹："你这个死没良心的，老娘跟了你多少年？你到了选举，你叫老娘剃光头？你怎么不叫你酒店里认识的美眉排成一排去剃光头？叫你的女人都去出家做尼姑啦！"

古丽就出来帮腔："我们是信真主的，你叫我们琪曼去做尼姑？你良心黑不黑？你吃了老娘多少牛肉面？老娘把女儿给你做小老婆，自己还给你做老妈子！"

韩国清也发怒了，虽然晚了快二十年，他还是说了："我早就想把你这小子揍一顿！"

志贤没口子地解释这都是幕僚的主意，这不正和大家商量吗？选情告急，可是还没决定不是吗？他一面申辩，一面感到琪曼和古丽两母女各方面的相像，琪曼可不也到了他初到花大姐清真馆时候古丽的年纪吗？他跟他们吵着吵着火也上来了，这也算他养着的一家人呀。志贤的声音大了起来："我对你们有什么不好？你们帮我不也等于帮自己？我垮台了，你们有什么好高兴？"

"你们不要吵了！"宝宝忽然从里间冲出来，大声压制了争吵不休的众人。她转过身正视志贤，道："爸爸，你们不要吵了，我去剃光头！"可是她有一个条件，剃了光头以后她在台湾也待不下去了，她要志贤经济支持她出国去读研究所。

美丽的宝宝在扎得像戏台一样的竞选场子里当众落发，她垂着泪，替她的母亲向元配赔罪。台北下来的键盘手被宝宝和地缘所在激发灵感，弹奏起主旨八竿子打不着，可是歌词中提到混血美女在台南海边痴等情郎的《安平追想曲》。台下婆婆妈妈哭成一堆，幕僚几乎是快乐地在一旁偷偷评估可能回流的妇女票。被迫站上台接受谢罪的志贤太太却在丑闻发生后首次当众痛哭，平素冷静到不动声色的正宫在这个荒诞的时空里哭得真实而凄惨：多么残忍啊，他们不准她不承认丈夫对她和家庭的不忠，还要她上台公开表演大度。

下台的时候记者依惯例凑上前去问白痴问题："夫人，夫人，你为什么这样伤心？"官太太一面抹泪，一面得体地回答："小孩是无辜的。"那根本就不是她丈夫志贤的骨肉啊。

韩家除了宝宝这个当事人，其他都没去现场。宝宝用一方丝巾扎起她的光头回家了。古丽看外孙女的样子，说："我以前也剃过光头，再长出来的头发可好了。"宝宝笑一笑，说："姥，以后我出国发财了，带你去麦加。"

琪曼在客厅看电视，见女儿进来只家常地说："回来啦！丝巾新买的啊？"就没心没肺地转头回去等她要看的连续剧。

除非志贤事前吩咐要看有他英姿的电视新闻，否则这个家里一向只收看娱乐节目。这天这家人就这样轻易地错过为了琪曼而在南部上演的悲情大戏。琪曼把电视音量调大，听她喜欢的连续剧片头曲《潇洒走一回》。她知道韩宝宝去剃了头，可是那又如何？

反正没要她去。何况宝宝头发也没白剃，原先志贤一直不如对自己儿子那样大方，始终不肯痛快答应出钱让女儿也出国留学，现在也肯了。

“不管怎么样，日子反正都要过下去！”琪曼想起妈妈古丽常说的话。她从来不是个听妈妈话的女儿，这句却记住了。

朝圣之路

都说安太太不会生，安家就两姐妹，姐姐安静和妹妹安心差了五岁，中间并没有个一儿半女。安先生到台湾以后还在原来的国营单位，虽然职位高升，业务范围却从中国三十五省缩减到台湾一省外带点福建省原来的零头。他私底下自嘲是从芝麻升成了绿豆，外面搞不清楚的说起来却是官运亨通。地方小，走动方便，年节来家送礼的人竟比在南京的时候还更多。安先生仪表堂堂，又是实业专才，到台湾的时候才四十岁，有嫉妒的人酸他，说像他这样的怎么可能外面没有儿子？台北社交圈还时不时地无风起浪，传一下他的风流韵事。可是安太太很笃定，跟其他官太太们一面搓麻将一面聊天，说起安先生的时候鼻子里喷气，道：“哼，我对我们安先生可从来没有不放心的！”

安太太金舜蓉是大家出身，说话有分寸，换了个口没遮拦的女人，就会干脆澄清问题出在先生这边。不过有眼睛的人也该看得到，就算有过几次桃花，还只有她金舜蓉能替他结果。可不，安先生留在乡下老家照顾公婆的元配辛贞燕也多年无出，当初休书上用的理由就是这一条。没有那封休书，安太太娘家就算到了民国朝中无人，金家也还是沪上富户，她老太爷金八爷也还是租界里的绅士，哪怕是个老姑娘，金家也绝不会答应给户乡下人财主做二房。

手上有张前房的休书，金舜蓉应该稳坐安太太的位子，没想到造化弄人，国民党撤退到台湾的时候，安先生老家靠海，安家两个老的听说原先在南京的儿子去了台湾，也不知怎么神通广大地在国民党都迁到台北以后，还能从原籍雇了条船，带着从未真正下堂的儿媳，和同族过继给辛氏、才满周岁的儿子安亦嗣，以及几条不知道从哪里来的不怕死的黄鱼，毅然投奔怒海私渡寻亲。

这样一群乌合之众，老的老，小的小，居然福大命大地一路躲掉两岸的枪子炮弹,平安登陆戒备森严的台湾海岸。这下糟了糕，安太太在台北忽然上面冒出一双公婆，鼻子跟前多了位大姐，原来有女万事足的丈夫膝下还多出个儿子。这种事情安太太怎么能答应？幸好国民党那时候要建设复兴基地，重用技术官僚，安先生步步高升，靠他高级公务员的薪俸在物价低廉的当时竟然也养得起两个家；安家老太爷、老太太一方面明白家和万事兴的道理，一方面也离不开晨昏定省的孝顺儿媳，就跟着认命替负心郎孝亲的辛贞燕，拖着长孙亦嗣，一起搬到市郊中和乡一间农舍改建的洋房里，分爨而居。

两老搬过去后，安老太爷用红纸写了祖先的名讳往墙上一贴，中和乡这边就成了正牌安宅。两老在的时候安先生每周两天一定要过去省亲，周六还要奉慈命在那边过夜，回到台北济南路这边家里，安先生都说是陪着父母打了一晚的牌。安太太虽然一直有点狐疑，却也自信了解丈夫的那点能耐。只是过年的时候躲不掉全家大团圆，舜蓉这个安太太一定要过去向公婆拜年，两位安太太必须要济济一堂扮姊妹，舜蓉得叫崴着两只解放脚，上海金三小姐眼中的乡下女人大姐，听着女儿喊梳了个巴巴头的土婆子大妈。

声称是过继来的儿子亦嗣一年年长大，男孩会说话了，婆婆让叫舜蓉“小妈”，更让安太太气在心头。舜蓉看见亦嗣越长越像贞燕，就越来越怀疑不是过继来的儿子。算算时间，如果怀胎十二个月是有的事，就有可能是安先生来台湾前最后一次回乡省亲时播的种。安太太自己心里疑神疑鬼，虽然找先生吵过，却不敢盘问深究，幸好看见安先生对元配的儿子冷淡，远不如对自己两个女儿的疼爱，才心里好过了一点。

安家两老过世以后，中和安宅中枢瓦解，安先生不用再去请安定省。最让舜蓉欣慰的是，丈夫不等吩咐，就主动彻底自绝于那边，甚至对继承安氏香火的儿子亦嗣也不理会了。这时反而是又稳坐安太太位的舜蓉感觉过意不去，就动用当家人的权威，只把往昔月费比照二老在世时减半，可也还是按时送去。只是她自己当然不会再去喊大姐，送现金这种差事又不放心交付给司机或女佣，这个舟车劳顿，还要跟那边说话打交道的苦差事就落到当时刚刚上高中的安静头上。

安静那时也就每个月从济南路家里转车跑一趟中和乡，并不是什么大不了的事。安静也弄不懂，为什么在离开多少年后都还梦到自己走在那个荒草蔓蔓的院子里，去给大妈送钱?

那个黑瓦灰墙的房子前身是农舍，改建后院墙一围，连院子有将近三百坪。前面的铁栅门永远是虚掩的，推开后的那条小径无论四季，总是布满落叶枯枝，踩在上面一步一声“吱嘎”，怎么小心走都像后面有个看不见的人跟着。正房重修时上了石灰，换了黑色厚瓦，可是原先安老先生一度用来养花的偏房还是早先土砖薄瓦的农舍。偏房才失修几年，已经看着有些墙倾圮，整个院落清冷残败的模样像极了小说里描写的冷宫。

安静从十五岁起去那边送钱，一直送了五年，到她要出国的那年，这个任务才移交给了小她五岁的妹妹安心。安静最后一次到那边的时候带着妹妹一起去，算是任务交接。那时安亦嗣已经十岁了，剃着光溜溜的一个头，贞燕要他喊大姐姐、二姐姐，他也不叫人，眼睛溜溜地转。

安静照例说:“爸妈问大妈好。”然后把装了钱的信封放在桌上，大家静坐一会，再问:“大妈还有事吗？”这就是要告辞了。贞燕也就指着桌上一瓶早先预备在那里，自己做的豆腐乳或是冲菜，要她带回去，说:“你爸妈喜欢吃再来拿。”

头两年贞燕还会多问一句安静父母身体好吗，后来就连这个虚套也省了。安静有点想告诉大妈下次来的只有安心，可是那样就要谈起自己出国的事，说来话长，又好像跟大妈太亲热了会对不起自己的亲妈，就只如往常一样地站起来浅浅鞠躬道再见。

两姊妹出得院门，才向公车站方向走了几步，安心吐了一口大气，用力推姐姐一把，一面抱怨:“中和这里搞得像个鬼屋一样！这地方晚上叫我来我绝对不来，吓都吓死了。”她学自己妈妈，用地名代替人名，喊中和不喊大妈。

“阿爷、阿奶不在以后都是我一个人来，你才第一次就吓死了！”安静说着，轻轻推回妹妹一把表示嗔怪。

安心怨道：“爸自己都不来，妈还要我们来。以前来这里妈就不高兴，觉得自己被爸骗了，好像做了小太太。现在叫我们来，那我们觉得自己是小太太生的就会高兴呀？真是的！”

“妈说人家也孝顺了阿爷、阿奶一辈子，还有个亦嗣，再怎么样也是我们的弟弟。”安静替安太太讲话。

“亦嗣越人越讨厌！你看他那个鬼鬼祟祟的样子，哪里像安家的人？妈就是人太好，才被爸骗了，现在还帮他养中和这一家。要是我才不干，又不是欠她！要钱叫她来拿呀，要我们送什么送！反正妈那种从前的女人就是太可怜了！”安心感叹道。她初中刚毕业，事理明白得不多，一味同情被爸爸骗了的自己妈妈，对幽居抚嗣的大妈满腔怨愤，却没想到中和这位跟她同情的自己妈妈一样，也是个从前的女人。安心青春正当时，虽然上个月才因高中落榜好哭了几天，这两天又因为五年制专科发榜，考上外语学院，做了姐姐的学妹，心情雨过天晴，自我感觉前途是时代新女性的一片光明。

“做现在的女人难道就容易？”安静轻叹一口气。她今年夏天五专毕业，生日月份大，明明才二十岁，照年头算起来却快叫二十二了。同学有找到工作的，也有发了喜帖要结婚的，她却在补习烹饪、英文口语和学习驾车。照说她一个外语专科学校的学生，读了五年商用英语还补习什么口语？可这都是应她在美国的那个对象的要求。

对象叫黄智舒，和安静通信已经一年了。黄氏也是江南望族，清末以来子弟不再参加科举，相信工业救国，渐渐满门经商。黄家老太爷在家族中不算发达，只帮衬做大生意的族兄，人家吃肉他喝汤，却自己定位是个儒商。黄家跟他们一些做生意的宗亲都在国共内战时去了美国或香港。安太太觉得两家门当户对，就男方比她理想中的女婿大了两三岁。黄智舒满三十岁了，已经在美国拿到了理科博士学位，有工作，有美国身份，还在工作的国立研究单位附近小镇上买了房，和父母一起住着，确是不可多得的理想女婿人选。

上世纪五六十年代美国的中国留学生不是从大陆本土直接到美国，就是从大陆到台湾再考取留学考出去的，除了少数公费留学生，多半都是世家子弟，而且阳盛阴衰得厉害。虽有少数排除歧见，打破藩篱，华洋通婚，多数留洋的男生都留成了大龄光棍，就算自己潇洒不着急，父母也都到处寻求华裔闺秀来替儿子们解决婚姻问题。这些过了婚龄的男青年不少算得上是名门子弟，大陆老家的门让共产党关起来了，这下只能指望小小台湾的官小姐来远水救火。

一九四九年离开家乡时候还是小学生的，像安静这种名门闺秀刚刚长成，含苞待放。有点办法的女生父母也在太平洋这头削尖脑袋替女儿们想门道出国。

“气死了！气死了！”安太太到家的时候简直弄得一个鬓乱钗斜，一面口中骂骂声，一面不顾风度地解开旗袍领上的扣子透气。

她这天和另外三个相熟的太太在几个政府衙门之间奔来跑去地办交涉，用她的说法那是“到处碰壁”。她投诉给安先生听：“那个‘护照科’的帮办最可恶！是，我们朝圣团是去西德，没要你改呀。下面加几个字，‘途经美国’，不犯法吧？就不给你方便。阎王好斗小鬼难缠，陈太太说只能找他们沈部长。呃，你不是也认识沈昌焕吗？”

安先生横她一眼，不耐地道：“你们这叫什么事！还好意思去找部长？人家部长丢了大事不管，来管你们几张‘护照’？依我说就该叫小静明年再去参加留学考，去美国就正大光明去美国，不要凑这个朝圣团的热闹，走什么后门！”

“你宝贝女儿今年没考上，你保证明年考留学就考得上？再说明年考还来得及吗？”安太太自己吃了做老姑娘的亏，当年娘家没有时间细细访查，落得跟人共事一夫，丈夫睡在“那边”的晚上，感觉自己名门淑女却糊里糊涂“做了小”，也滴过几滴怨妇清泪。听到安先生对她爱护女儿的一片苦心撂官话，不免怨气冲天：“你少说风凉话！青春就是女人的本钱！要不是我找到这个路子，就小静那个温吞脾气，她就坐在家里用功再考三年也不一定考得上——咦？小静呢？还没回来？去趟中和也能去那么久？这个小孩做事情就是拖泥带水，慢得让人生气！”

安太太对丈夫的不满转移到女儿身上，虽说手心手背都是肉，可她老是遗憾，其实安静小时候也还好，后来不知道是否到了台湾水土不服还是怎么了，人变得钝钝的，硬就没有小女儿安心机灵，会讨妈妈喜欢。

“安静名字起坏了！”有时候家里人这样开玩笑，嫌安静迟钝。其实安静也不像她的名字那样，光是静静地不说话，她是有反应的，还很听话，只是好像永远带着点受了惊吓的表情，常没办法把别人给她的指令执行到让人满意。比如学习驾车，她上的是要多缴钱的保证班，可是全班就她一人没考过，得回炉去再上一次。安太太带点讽刺地提醒她，小学游泳上过三个夏天的初级班以后，才和比她小五岁的妹妹一起升上中级班，这回可没三年的时间等她考上，朝圣团要去西德瞻仰圣礼，预计的出发时间不会为了她拖拖拉拉的脾气更改。

安太太为了安静参加朝圣团这事算是煞费苦心，不但女儿自己，原来只拜祖先的安太太也在不久前受洗成了天主教徒，在祖宗牌位旁挂了串十字架。这一切布置就为了安静能参加天主教一九六〇年在慕尼黑举行的祝圣大会“中国代表队”。安家原来没有哪个是天主教徒，对于为什么“洋和尚”会组成这样一个几十人都是未婚处女的朝圣团起因并不了解，等到安太太在牌桌上得到消息的时候，已经是晚之又晚，几乎她知道的几家官小姐都入选了，正在办理“护照”。要不是“外务”部门几个不知道自己斤两的小帮办非要按着惯例办事，一开始坚持发给朝圣团员团体“护照”，要如花似玉的团员们只能团进团出，耽误了时间，慢了不止半拍的安静都赶不上补交递件。

不能怪安太太她们后来在牌桌上讲起来要得意地笑。原来折腾一阵，当局还是发了朝圣团员一人一本普通“护照”。坐安太太上家的太太说：“什么团进团出，想得出！‘外务’部门要面子，现在只好说是西德政府不接受团体‘护照’，所以才改发普通‘护照’的。‘外务’部门那几个人就是拿了鸡毛当令箭，找麻烦——碰！”

安太太吃还没喊出口，她下家的太太说：“我也碰一个——真是，不懂事！”

小公务员是不懂事，哪怕国民党都败到台湾来了，官小姐后面还是官太太，官太太后面还是官哪！

“现在的问题是‘内务’部门这边没搞好。”上家太太消息灵通，她女儿参加朝圣，其实是因为大专联考落榜，要去美国读大学，家里都安排好了，这次花了这么多路费，动用这许多关系，已经是志在必得，美国非去不可。“‘内务’部门发的公函里就说去西德，搞得‘外务’部门这边逮到机会刁难，就故意在‘护照’上写只能去西德。”她看着安太太说，“上次去‘外务’部门算白去了。后来你没去，我们又去了两次。陈太太也找了沈昌焕，他说部长不管‘护照’，丢给他的次长。‘内务’部门和‘外务’部门踢皮球，‘外务’部门说‘内务’部门再补一份公函增列朝圣团目的地是西德，可是途经法国、美国什么的，他们就照办。”

安太太说：“‘内务’部门这边我们老安熟——吃！”

“等你们老安？早去过了几次了，有什么用？‘内务’部门那些师爷精得很，一点责任不负，送了公文去上级行政机关请示啦。”另一位太太说，“我们家老爷子还打官腔，说台湾的最高行政机关不是旅行社，管到你们朝圣团的行程？他说养了这些公务员真是有空，写些公文来来去去跑死马——嘿！就等这张！和了！”

安静不知道她参加的这个官小姐朝圣团后来成了台湾史上一

件粉红色丑闻，“外务”部门、“内务”部门很多小公务员都为这件荒唐的公案写了检讨，那时候还没被台湾特务机关抓起来的舆论清流也借题发挥，在报上骂了成个月。这场官太太大战政府在台湾各个衙门的著名战役，娘子军团大获全胜，报上酸的“处女团”几十位千金小姐就跟着大名鼎鼎的“洋和尚”放洋去了。

朝圣团一行除了领队的总主教以及其他有职位的几个人有始有终，回到台湾被报纸继续修理，全体处女团员最后都一如原先家长们安排计划的那样先后去了美国。有美签的几位小姐更是在法国转机的时候就脱队直接去了此行真正的目的地。

安静出发前时间不够，也没想得那么周到先去弄张美国签证，只得随队去了慕尼黑。安静乖乖地在慕尼黑待了七天，如愿瞻仰圣礼，还确确实实地从心底接受了天主，看到主教圣颜的时候还情不自禁地流下喜乐的眼泪。其他的事情她就交给天主，跟着几个有主意的朝圣团里新交朋友到处跑。果然天主保佑，慕尼黑的美国领事不懂自由宝岛人民出入境的不自由，和刀笔师爷在小姐们“护照”上留下的玄机，糊里糊涂地发了签证。有点自卑自己只有五专学历，生性又不活泼机灵的安静，就这样绕道欧洲，不负母亲安太太的苦心，辗转来到了当时的世界乐土美利坚，在满二十一岁的生日那天，顺利地嫁给了家里替她选择的，之前通过信却未曾谋面的黄智舒。

“你那个老婆——”安静的婆婆黄太太本来也是大户人家的小姐和太太，还受过高等教育，可是生不逢时，先在祖国做难民，再到外国做二等公民，颠沛流离的日子一久，看得见的就剩孔方兄上的钱眼了。也是，祖产都被共了，归期渺茫，用美金过着日子不能不精打细算。其实刚开始媳妇过门见喜，甚至接二连三地大肚子，两老都还很高兴家族兴旺，黄氏他们这一房在海外香火不灭。等安静生到第四个的时候却忍不住了，皱眉道："太会生了！你们就不知道要避孕吗？她这样自己不能出去工作，我们也没有力气替你们带小孩了。"

孩子是天主赐的礼物，安静不能不要。生第六个的时候，快要崩溃的丈夫黄智舒就"自行了断"，没有和谁商量就做了结扎手术。公婆这时也熬到了够资格搬进老人公寓的年纪，就不再坚持等待什么地理位置更合理想、房间更大的居住单位，收到通知马上搬离新墨西哥州，把原来出了头期款和儿子合买，打算三代同堂的独立房屋让给儿子、媳妇，算是被第六个贝比吓得落荒而逃。两老想，就为图清静也不能再跟儿子一家八口住了，更何况儿子家里食指浩繁，跟他们一家住，光没沾到，怕自己一点老本迟早都要贴进去相帮养小孩，哪敢再肖想被小孩子缠得不能分身的媳妇侍候。

有条有理的美国日子，比世界上其他任何地方过得快。如果像智舒和安静这样住在沙漠州的小镇上，每天日出而作，日入而息，哪怕不种田，过得也跟太平盛世的农民差不多，十八岁就可以预见自己八十岁坐在摇椅里晒太阳的样子。

安先生和安太太起初也去过那个住了很多博士和科学家的沙漠小镇探过女儿，可是每次都提早打道回府。

"乡下人，小静完全成了个乡下人！"第一次赴美探亲，安太太自己一个人去的，转了几道飞机。安太太费这么大的事，原来也是想替外语专科刚毕业的小女儿探探路，看怎么也能像姐姐一样，读书也好，嫁人也好，反正也留个美，镀镀金。安太太去大女儿家住了两周，回到台北后她脸色惨白，声音发颤地向安先生投诉："他们家大人、小孩的头发都是她自己剪的。"安静还自告奋勇要替她妈妈也修剪修剪，把在台北每个星期由司机车去知名美容院洗头和做头的安太太吓得够呛。

"小孩的衣服都是教会里人家捐的拿回来穿，"安太太说得眼泪都快流出来，"要么就是她自己做的，都是像窗帘一样的粗棉布。"

安先生却联想到电影《飘》里演郝思嘉的美女费雯丽，拉起那块丝绒窗帘就做了件顶合身的晚礼服，就说："蛮好的。美国人就是勤劳，什么都自己动手来。我要有机会，我也喜欢自己动手种种花什么的。"他向往地说："美国人守秩序，开车不按喇叭。那里空气也好。小静住的地方干燥，老了不会风湿。看她寄来的照片说是沙漠地带，院子也是有花有草的。'采菊东篱下，悠然见南山'啊。以后能到那里去退休养老一定延年益寿。"安先生去过美国开短期会议，到华盛顿、纽约、旧金山几个大城待过几天，印象很好，和女婿也在旅馆里见过面，婚后老大肚子的女儿旅行不便却错过了。他一直想找机会到女儿、女婿住的，在他心中像世外桃源般的小镇，也去住上个十天半个月就太理想了。

可是轮到安先生真有机会和太太一起去美国探望女儿、女婿，在少见花树、多见仙人掌的小镇住几天的时候，他却不到一个星期就提出要缩短行程。安先生说多年未见的女儿看到就安心了，他现在反而挂心公务，决定早点回台北述职，归队上班。安氏夫妇那次亲身考察归来，回到台北后，安先生再也不提自己早先对美国桃花源的描述，对要小女儿去美国深造的热心也明显降低。他跟安太太说："安心考得上托福，有学校收她，就去。要她姐夫介绍个朋友，那就不必了。她不嫁到美国去，我们也留个养老女儿在身边。"言下之意听起来是不打算去美国投靠女儿，到井井有条秩序良好的小镇去养什么老了。

娘家人看起来对去美国都失去了热情，安静又是家里和教会里两头忙，连信和电话都要等到年节才通。只是安太太到底是做妈的人，一想起来就像海峡对岸有儿女下放在大戈壁里的父母亲一样大包小包地寄慰劳品。安太太所寄包裹的内容随着台湾社会的渐趋富裕而有所改变，从一开始的中国食品到后来的衣服鞋袜，等到孩子里有四个都在上大学的时候，就干脆寄美金汇票了。可是不管台湾娘家里寄来的是啥，安静在沙漠小镇上的岁月，却只是连潺潺水声都没有似的静静淌过。

除了孩子一个个长大，安静的日子一成不变。白天生活自然有一定的轨道，可是她连夜里做梦也一再重复，或者大同小异。安静不记得自己十岁到台湾以前的任何事了，出生地上海和童年所在南京的人与事从未入过她的梦。她在梦中老是回到台湾，有时候走在中和乡那个像冷宫一样、落叶堆积的院落里，小径蜿蜒，看不到尽头；有时候在淡水雾气茫茫的学校教室里考试，铃声响要交卷了，可是她只写了名字，其他一片空白。安静在沙漠小镇中已经住了大半辈子，在这里带大了六个子女，送他们到大城市里开始属于他们的人生。她自己留在这里，从少艾到初老，都在这个鸟不生蛋，却制造出了世界上第一颗原子弹的地方。她从二十一岁初为人妇就来了这里，三十年一晃眼就过了，日子过得太快太平稳，安静做梦都来不及梦这个她住得最久、最熟悉的地方。她也没有梦到过她一生中最重要的福地慕尼黑，可是在那里瞻仰圣礼毕竟是她一生中的最高潮，这个难得的经验在教会里被多次当众提起，让她想起来都热泪盈眶。那短短朝圣团的七天，是她的新生，是她人生离乱和安稳岁月的分水岭。她始终感激朝圣的福缘所带给她的终生信仰和一世平安。

安静也去子女工作和居住的加州、新泽西州这些地方住过。她几次去帮儿子带孙辈、帮女儿坐月子。美国华人聚居的大地方虽然生活便利，可是物价也高，甚至连教会都有华洋之分，这让终生都参加白人教会的安静不自在。仰望神父，环顾教友个个都长得像圣父、圣子更让她觉得身处圣堂，接近天主。她习惯自己住了一辈子的小镇。她很知足，美国就是美国，是当年她踏上朝圣之路的终极目的地。到了圣地，哪个州不是国境之内？她从来没想到离开这个沙漠州到别的地方去。

本来和太太安静一样，智舒也很知足，他工作的单位除了地处偏远，世界顶尖的设备和同僚却使一个科学家的美梦成真；何况他也不知道美国还有哪里、做什么，可以让他养活这一大家子。智舒在沙漠皓首穷经一生，直到空巢，尽了延续生命的人生目标以后，才从实验室里探出头来，竟看见小镇上不知何时开始，不少华裔同事穿梭两岸，亚美两大洲之间跑得风风火火，世界渐平，科学家也融入世俗的熙熙攘攘，活得比从前热闹和兴头呢。

智舒和台湾行政当局素无渊源，六十五岁退休以后倒一直有祖国方面的研究单位透过以前在大陆的老同学来邀请去演讲，这对退休的科学家真是很大的诱惑和荣耀。智舒虽然是名校博士，可是在偌大的美国国家研究机构里，同事哪一个不是发表了很多论文的专家？专家精英中升得上去做主管拿高薪的往往不是精英中的精英，而是能从政府要到研究经费，会耍嘴皮子的半吊子。多数做高端精密研究的科学家反而没时间练废话，是锯嘴葫芦，虽然下了班也等着薪水付房贷，可是在实验室里却放眼人类福祉，不屑去华府向外行政客画那些像好莱坞科幻片道具一样的大饼。

渐渐智舒对祖国的邀约开始心动。他看着比自己少了十年以上资历的同侪被邀请去北京吃香喝辣，个个穿上西装俨然人物，还拿回来和祖国领导的合照炫耀，他却像个小老头样地穿着牛仔裤在院子里修剪仙人掌，担心自己落伍。智舒几次跟安静商量，说他们也接受邀请回大陆看看，就当是免费观光。短期的演讲做了两三个，夫妻对让自己感觉是人上人的祖国印象很好，起码比上世纪九十年代暴发代工财的台湾让三气具备——花钱小气、说话洋气、穿着土气——的黄氏夫妇更喜欢。

后来果然就有大陆单位来长聘。那时中国不富，公家单位也只有甘词无厚币，强调的是“民族感情”和“为祖国人民服务”。智舒虽然没忘记中国话，毕竟在资本主义的国度成长，知识也有明码实价，对待遇比较计较，就显得有些举棋不定，一再问安静和子女的意见。

安静反正是个慢性子，除了年轻时被妈妈逼着参加过处女朝圣团远嫁美国算是冒过一次险，做事最不喜欢为天下先。智舒如果没有和她打商量，像当年结扎那样，做了也就做了，既然问她的意见，她就说等等吧。他们家儿女多，事也多，安静在先生退休以后这个小孩家里、那个小孩家里轮一圈，帮帮忙，大半年就过去了。等到安静到每个小孩家里都去过，个个子女都谈过，知道大家也都很赞成，说是父亲退休了去中国讲学，是应用所学，说不定还能开创事业第二春云云，这也就几年过去了。见机得早、决定果断的同事都已经发了几张有一串中国专家头衔的名片给黄氏夫妇了。

等到全家，包括小孩配偶在内的意见都一致了，安静终于同意丈夫受聘到大陆去讲学的时候，智舒都六十九岁了。两夫妇这才收拾了房子准备搬到中国去。朋友和教会的惜别宴吃了好几摊，那天还正在继续打包，已经停了有线电视服务的电视只看得到当地无线频道，忽然插播和中国来往密切的同事以“窃取国家机密”的重罪被逮捕。华裔科学家戴着手铐被带走的画面回放了好几次，记者旁白说联邦调查局从一九九五年就开始布线，追踪了四五年才决定采取行动。这么大的案子，自诩讲究人权和证据的国家，罕见地未经审判就让个当地的小电视台当场替连嫌疑犯都称不上的华裔科学家定了罪。

安静和智舒看着电视不知所措，感觉住了一辈子的平静小镇忽然谍影憧憧，安静问智舒他们接了聘书是不是也就成了嫌疑犯？智舒说不知道，中国看来是不能去了，可是这里也不安全，听电视台报起来，实验室里的华裔个个都被当成了叛徒跟监了几年的样子。反正机票本来就分两段，他们不如依照计划先到本来去转机的旧金山女儿家避避风头。智舒道：“我受聘去讲学，人还没去。以前去虽然没有报备，可是我已经退休，不接触机密几年了，他们不能赖我勾搭外国政府。何况美国人可能只想制造寒蝉效应，吓得我们中国人都不敢去中国。”智舒越讲越激愤，不小心就分了你我，想起来自己二十岁以前的那个国民身份。不过怕归怕，气归气，终究还是要面对现实。智舒拿出研究分析的专业态度做结论道：“反正我们不去了，我不相信，老美就不讲法律了吗？不过旧金山华人多，那里比较安全，就算要搞麦卡锡主义，FBI 到了加州也应该不敢乱来，那里的老中我看他老美抓得完！我们改机票，明天有位子就走。”

两夫妇在次日清晨连朋友和教会都没有惊动，自己叫了出租车去飞机场。锁门的刹那，安静忽然想起自己十岁时和父母、妹妹离开南京之前，五岁的妹妹什么都不懂，她却因为连着几个月感受到父母的仓皇而一直有着自己世界将要崩塌的莫名紧张。她还得了脱发的怪病，女佣拿生姜在她秃成圆斑的头皮上擦，辣得她泪流满面，却不知为什么她哭不出声音。在那以后，和童年记忆一起失去了的是她少时的机敏，她变成了后来在台湾那个温吞的安静。她也记起来那个从未入梦，却有她快乐童年的小楼，以及离开南京那天母亲一面锁门，一面流着眼泪问父亲：“你看这局势，我们还回得来吗？我看我们是回不来了！”

“那时我还不认识天主，现在不一样了。”安静告诉自己，她握紧手中的十字架，无声地呼唤圣名。她没有听到先生在催她：“还在拖拖拉拉什么？快点上车吧！”

叫了天父的名，安静渐渐感觉圣灵充满。她相信自己从踏上朝圣之路的那天起，就找到了人生的方向。她跟上智舒的脚步，知道他是被派来带领她走过荆棘的使者。上海外婆家、南京的家、台北的家、沙漠小镇的家，无论长短，都只是人生的驿站，安静想到旅途的最终才是她永恒的天家。她感觉勇气百倍了。

人生若只如初见

这天安心比平日忙，上午要到医美诊所打玻尿酸，下午去中医诊所针灸养生，中间还约了室内设计师陈欣玲吃午饭。家住阳明山别墅的安心来到市区总会邀欣玲出来聚聚。

欣玲在住家公寓门上挂了块上书本人芳名的小牌子，这就算在号称台北曼哈顿的东区有个自己的工作室了，她和没事就装修房子杀时间的阔太太安心合作了十多年，主雇关系之外颇有私交。这一带房产在小市民眼中是可望不可即的天价，像欣玲这样没有名气和祖产的室内设计师，能在台北精华区占上这么一席之地，也算成就。不过以亚洲社交圈的标准，自给自足的女性专业人员跟头衔是“董事长夫人”的安心社经地位却没法相提并论，然而年过五十，从前叫半百老妪，现在还叫单身熟女的欣玲没有家累，可以让有闲有钱的安心随叫随到，算是个好女伴。打从初见，欣玲就着实巴结，安心也折节下交，两个女人结成好友。安心有业务给欣玲的时候自然朝夕相见，不然安心每三个月来东区打美容针的时候也一定找欣玲出来吃饭聊天。

吃饭当然是安心买单，欣玲负责提供一些有关房屋装修的产业消息，或者其他客户的八卦秘闻回报。台北地方小，讲来兜去经常会扯出共同认识的人，安心多年不工作，台湾商人生意应酬很少带上太太，安心的社交圈子很狭隘，欣玲算是她的“消息灵通人士”。

“郭董新的办公楼找我学长做，我学长说如果得标会发一部分让我来接。郭太太，你见过你老公那个新的办公室助理吗？”欣玲换了神秘兮兮的语气，“很高，打扮得很妖艳哦，看起来样子很年轻，听说其实都四十了耶。我觉得她不是郭董的型。”

安心不大高兴地说：“不是跟你讲过好几次？我老公的事情都不要跟我说，我只要他准时付我儿子房贷，生活费一毛不要少，其他的我不管。”

早几年安心可不是这样，以前这世界上她最感兴趣的话题就是她的男人。她告诉欣玲她早该想通老公就只是银行，重要的是不倒闭，要钱的时候领得到，其他都无所谓！

欣玲脸上露出无趣的神情，拿起小银勺搅动自己面前的餐后咖啡。两个女人都想起多年前，她们刚成了朋友的时候，根据欣玲提供的消息，安心怀疑丈夫和属下女职员有染，回家把贵妇装一脱，头发一扎，换了牛仔裤和球鞋，驱车直捣丈夫公司，进了办公室寒着脸，并不搭理人家一路喊董事长夫人，登堂入室找到女事主，不问青红皂白，当着一办公室同事就刷地一个耳光拍过去的旧事。

“我现在修养好得像佛祖，”安心打破有点尴尬的沉默，自嘲地说，“可能像我儿子说的，超长更年期二十年总算过去了。他们都很高兴。”

“他们有个好爸爸，房子越住越大。一直搬新家，怎么会不高兴？不像我这种人只能靠自己。大概换我更年期了吧。”欣玲带点凄凉地开着玩笑，“怎么办？以后我没有儿子来安慰，也没人做我的银行。”

“扑哧！”安心本意要轻笑，可是听来只像鼻子里喷口大气，“我们一直换房子，你就一直有生意做嘛。”母子同心，外人怎会明白？安心晓得夫妻做到这个份上，老公是不会多给她一分的了，趁着老子心里还有儿子，她要老大、老二轮流贷款换房是策略运用，主要是避免将来被外面的女人和野种多分了应该他们三人全得的家产。安心感觉无论多少年的交情，一个替人打工的老小姐拿自己来跟她的富贵家庭相提并论也是太不知分寸了。她冷脸叫住走过的服务生：“不好意思，买单！”一面对欣玲说：“你慢慢吃。我有事先走一步。”

午饭以后，安心接下来的节目是去扎针，说是能排毒维持身材。她从医学美容刚在台北兴起时就成了忠诚顾客，什么都敢试。这十几二十年来花在美容上面的钱，像她自己老爱跟人炫耀的那样：都可以在天母买栋房子了。

安心说这话的时候，总是既感慨又得意的；听的人也都羡慕她嫁了个好丈夫，有大把银子随便她花。安心不打麻将，常激光去斑又特别防晒，就也不做任何需要见太阳的户外活动。几十年来唯一的兴趣就是把时间和金钱花在美容上面，至少一个人躺在美容椅上不需要伴，而且特别消耗她手上最多的东西——时间。

钱看起来没白花，今天早上在医美诊所，丁医师就请安心做活广告，让两个第一次上门的客人围拢过来细细在她脸上查看，并且要她们猜年龄。

“六十八！”那两个说是美国来的土包子听到她的真实年纪以后，大惊小怪地叫起来。一个嘴快的就说：“那看不出来，绝对看不出来！我最多猜五十五岁。”

“看不到五十，最多四十八啦！”另一个观察到安心脸上的不悦之色，企图挽回地说，“阿姨看起来好年轻，哪里看得到五十岁？四十八！”

安心不大高兴地离开了诊所，她当然知道动再多的手术或更密集的微整形，也抵挡不住无情的光阴，即使表面上再不显老，镜子里看见的也非昔日容颜。可是那个二百五猜四十八！她这样拼命恶整，也不过回到丈夫不再当她是女人的那一年。这二十年来究竟是为了什么在努力？“女为悦己者容”，她失去悦己者久矣！

安心四十八整生日的那天，连他自己生日都没回家庆祝的丈夫郭银俊，郑重地排出时间全家聚餐，还送了花和首饰当生日礼物。节目最后是一家四口和乐融融，围拢为寿星唱生日快乐。蛋糕上面插了五根蜡烛代表五十岁。她爱娇地抗议：“怎么点五根啦？今天人家是满四十八岁耶！”

儿子们闻言失色，赶紧推托：“都是爸！他搞错了，他说妈五十大寿！”

“什么搞错？没搞错！我朋友才刚帮我庆祝五十岁，你妈跟我生日才差几个礼拜，我五十岁，她怎么会四十八？”银俊反驳，“是你妈搞错了。”他转过头来对安心笑着说：“女人过了四十就该服老，争那两岁不会更年轻。”两个儿子就当听见了个好笑话那样哄笑了起来。

那时两人还同房，可是不行夫妻之道久矣。她对他毫无指望，坦然地卸妆上床。先睡下的银俊却伸臂将她一揽入怀。她埋首他的颈窝，闻到丈夫身上熟悉又陌生的气味，一阵爱意袭上心头，正打算原谅对方稍早对她年龄的不当发言，却听见银俊像从前讲情话那样在她耳边细语：“看我多爱你？你都五十岁了，我还这样抱着你！”他退后一点，抬起她的下巴，像要亲吻她的姿势，半晌却只端详，挪动手指在她脸上轻抚，无限遗憾地道：“看，你的鱼尾纹都这么深了。”又捏捏她腰间赘肉，几乎是爱怜地道：“你以前穿旗袍那个腰多细！怎么一下子就胖成这样了？”

“唉！”未待老婆发作，银俊顾自叹大气，几乎是凄凉地说，“唉，老了！女人到了这个年纪，对男人而言，已经没有性别，不算女人了。你看，像我们多久没有做夫妻了！可是跟你在一起不行，跟别人倒未必。唉，像我这样舍不得你，和你分不开，又做不成夫妻，以后就做亲人吧。”

她哭了一夜，除了鼾声，银俊再没有一言相慰。再以后他就像已经跟她表明心迹，两人达成了共识一般，夜不归营也不再找理由敷衍她了。

安心的孤单从那时起由白天延伸到了黑夜。也从那时起，医美诊所成了她的救赎和希望。可是她每次跟诊所里的医师和护士闲聊，却都声称她在脸上、身上所做的一切努力就是为了每天照镜子的几分钟让自己看了高兴，无须悦己者的赞美。那些赚饱了她钞票的医美从业人员就大表佩服，说："安阿姨真是现代女性！"

安心在中医诊所的化妆间里磨蹭良久，对镜顾影自怜。她喜欢这个诊所的灯光，明明亮度够强看得清楚，却又柔和得恰到好处，保留了朦朦胧胧的美感。她老花眼望镜中人，完全看得出曾有过的花容月貌。安心想：这要带陈欣玲来看看。她考虑把家里的灯全换成这样的。

安心照着镜子，感觉科技万岁，虽不完美，脸和身材却也果然看不出是奔七十的老妇人，只头发日渐稀疏没得救。就她这样，台北最大牌的发型师也梳剪不出好看的发型了，只能劝她考虑戴假发。同间美容院同样的美发师，以前老游说她染发，现在又说是染得厉害伤了头皮才掉发掉得凶。真是废话！早又不说！她四十岁才察觉一点白发星子时，美容院就要她染。哼！十年前或许还来得及喊停，现在怎么能不染发？安心想，现在不染能看吗？

银俊和她同年，头发白得早，才过三十就花白了。可是他从不染发。安心那个时候还不大清楚他在外面的事，她自己一开始需要遮盖几根白发的时候，美容院里要她挑染，用亚麻色把白发藏起来，说是"造型"。她好意要银俊一起去造型，希望丈夫染了头发也看起来更年轻。银俊坏坏地笑道："哈尼你自己去吧，男人比较耐看，成功的男人外表不重要，我就算满头白发，女人也一样喜欢。"

"哈尼"是他们夫妻之间的腻称，英文"蜜糖"的意思，年轻的时候安心在洋机关里上班学来的美国派头，两人开玩笑似的叫起了头，也就坚持沿用了几十年，连吵架的时候都没松过口。安心当时听银俊鬼扯，还以为他说的女人是自己，不知道另有许多在那里排着队，可能个个银俊都叫哈尼，免得哪天喝多了叫错，给自己找麻烦。

中医诊所是安心今天的最后一个节目。扎针维持身材的原理之一是败坏胃口，安心预知今晚不会有食欲，这就要结束一天打道回府了。

阳明山上这幢前后带着院落的大别墅已经住了二十几年，朝晖夕阴，风光无限，入夜站上阳台看得到天母商圈的灯火，确实是好地方。可是安心常常想，银俊把家搬到山上有可能是阴谋，这样他才好把藏娇的金屋安排在办公室旁边。安心觉得自己四十岁出头搬过来时还没有老到让丈夫像后来那样肆无忌惮，认为她人老珠黄没人要，留在家里是他念旧，还说老女人都应该感恩丈夫不弃糟糠。

台北也就这么大，如果自己开车其实家在山上也没什么不方便。可是安心已经十年不开车了，上次出那个车祸把她吓坏了。不过不出车祸她可能还不觉醒，赖在早就没有赢面的婚姻战争中拖死狗。

人家都说八是幸运数位，偏偏她逢八就走衰运，安心想。十八岁她认识了一定是上辈子欠债的郭银俊，二十八岁她嫁给了这个冤家，三十八岁她发现丈夫婚前就不忠，还伤心过度，把生了两个儿子以后一直想要的女儿给流掉了。四十八岁老公残忍地跟她摊牌，说她老了，缺乏吸引力，不当她是女人了。五十八岁她开车翻下山路，独自在生死边缘挣扎，发现自己爱恋了一生，说跟她“不做夫妻也是亲人”的丈夫原来不如路人！

出那么严重的车祸只全身多处骨折，事后人人都说她命大。那天还是安心五十八足岁的生日，儿子都在国外读书。她像平常一样，一个人守着空荡荡的大别墅。早上有祝贺生日的花送来家，可是打印署名“银俊”的卡片上不是往年的“Happy Birthday My Honey”，而是“恭祝夫人六秩华诞”。她打电话去把花店削了一顿，对方一副很冤枉的声气，过了两个钟头居然还打电话回来辩解：“店里没有弄错。”让安心气得追着又骂，骂到自己也肝火上升，连午饭都吃不下，打算晚上和银俊共进一年一度的生日晚餐时再向他抱怨新来的秘书不会办事。

到了下午有人打电话通知，董事长在工厂开会走不开，行程更改，晚饭取消。她就心情更差。傍晚时独自喝了点闷酒后想出门血拼，要用一贯败金的手段来填补她心里的那个空洞。车一开出车库，她就拨手机给银俊说在去珠宝店途中，她会替他买份给自己的生日礼物，预告她要狠花一票让他肉痛，没想到才讲了几句两个人就一如既往地吵起来。她怪银俊不关心她、冷落她，她生日也不回家，连叫秘书送束花的卡片都乱写，谁知道他现在在哪里跟哪个女人鬼混?!

银俊恶声恶气地叫她没事别吵他上班，他不努力工作她怎么当花钱如流水的贵妇？生日？结婚前她就知道他家没有过生日的传统，这么多年，他什么时候要求她替他过生日：“我从不来这一套！谁的生日我也不记得！”

“你知道我们家最重视生日！你以前都帮我过生日！”安心哭起来，“你不来哪一套？你以为我不知道？哪一年外面没有女人替你过生日？你说！你说呀！”

银俊在她益趋歇斯底里的控诉下反而冷静下来，可是他的声音却冷得像一块冰：“哈尼，你知道你的问题在哪里？就是你不知足！”然后连再见都没说，倏地挂了电话。那时她单手握着方向盘，对着手机尖叫：“你混蛋！郭银俊，你敢挂我电话？”人一失神，车子就冲出护栏，翻入山谷。她被抛出车外时，一手还紧紧握着手机。半昏迷中她没想到打三个码的求救电话，只一再按通话键重拨先前那个号码，那边却不接听，她的希望一次次被转接到语音信箱。天色渐暗，初冬的山区寒气渐浓，满面血污和热泪的安心在昏厥前一直对着手机喃喃诉说：“你这样忍心？哈尼，你真这样忍心？”幸好后来有仗义的路人及时发现撞毁的护栏，注意到有车翻下山谷，她才没有死在即将来临的寒夜里。

以前再怎么吵，安心从来不相信有一天银俊会把她当成空气。银俊以前多么爱她?！他们婚前为这段感情奋斗了很久。恋爱谈了十年，安家始终不同意，两个人彼此打气，安心都等成老小姐，没有行情了，才勉强取得女方家长同意让他们结婚。安心为银俊放弃了去美国留学的计划，她一个官小姐，当年心甘情愿地嫁到一个本地小生意人家里做长媳，安太太为女儿的选择哭湿了好几条手绢。

安心年轻时候的条件多好?！人长得漂亮不说，英专毕业以后靠着父母托人情进了美国新闻处做雇员。雇员虽然不是正式员工，美新处却是一块响当当的招牌。上世纪六七十年代的台北，光说出她工作的地方，别人就知道安心会说英语，洋派，有教养。

一开始父母的计划是安排安心像姐姐安静一样，五专毕业就去美国，可是等安先生亲自走访住在新墨西哥州的大女儿夫妇以后，就有点舍不得小女儿嫁那么远。以从不替人关说自豪的安先生费了很大的劲，卖了很多的人情，才把学历一般的安心弄进美新处当临时雇员，希望她跟老美同事天天在一起，能把英语练好，如果在台湾找不到好婆家非得远嫁出国，也别像姐姐那样在美国的沙漠里当家庭主妇，最好还是到大城市进学校深造。所以安心没走姐姐专科毕业就出国嫁人的老路。

安心个性活泼，进了美新处虽然做着像办公室小妹一样烧咖啡、影印、接接电话、打打杂的工作，却别出心裁地订制好多件那时候台北小姐已经扬弃了的传统旗袍，一天一套换着穿，一方面宣扬中国文化，一方面也尽显她青春无敌的好身材，把男男女女洋同事的目光都吸引了。她还学了古筝。圣诞节同欢晚会的时候，安心斜披一头卷曲蓬松的长发，露出半张脸上的黛眉红唇，穿着新裁长旗袍，高叉里露出一双美腿，展现出东方女性妩媚的性感，手下琤琤琮琮弹一曲拍子听起来不够紧张的十面埋伏，迷倒台下一票老美。不到新年，家里就有洋人来送花。

安太太虽然想女儿去美国，却矛盾地不希望女儿嫁洋人。她听说洋人很多只是跟这里的女孩子玩玩，以后拍拍屁股走了那怎么办？觉悟到有女长成，安太太就问女儿有没有男朋友可以带回家来让父母看看？

安心那时候已经和银俊交往五六年了。专三那年寒假两人同时参加了英专女生和工专男生的联谊活动，初见那天正好是安心十八足岁的生日，银俊和她同年同月，生日各在月初和月末，同学们起哄要他们一起庆祝生日。两个寿星被拱出去一人出一只手同扶一把刀切块小蛋糕，银俊的大手包起安心的小手，双双感觉触电一般，就一见钟情，谈起了甜蜜的初恋。

虽然一开始是两小无猜的“小狗爱”，两人却连银俊服役期间都没闹兵变，爱情算是经过了考验。可是男方家庭毕竟不是安太太从小教育女儿要找的、跟她家世匹配的官宦世家，安心就一直不敢让父母知道她已经情有所钟。很快两人到了适婚年龄，安心又进了洋机关，天天打扮得花枝招展，口吐英语，银俊却只在自家工具厂跑业务，骑着机车风吹日晒，有时候还碰上老派客户敬烟、敬槟榔，粗言秽语博感情，那时他也自觉口中吐出的方言不上档次，不免对天天上班要讲洋文的女友越来越不放心，就也老催着要把两人感情过明路。安心两边受压，听见妈妈问起男朋友的事，就把银俊给带回了家。

“名字不好听！郭银俊。银俊？什么典故？”客人前脚才告辞，屋子里的安太太已经皱眉扬声表示看法。

“人家长得英俊嘛！父母可能想谦虚一点，所以借个同音的字叫银俊。”安心抢白妈妈，“那安静、安心又有什么典故？我和姐姐的名字老让人开玩笑。”

“什么英俊？桃花眼！男孩子唇红齿白不好。我不喜欢，眼睛太灵活了，你以后会吃亏的。”安太太看着丈夫，用目光催促安先生发表意见不果，就直接点名，“爸爸说呢？这个人也不打算出国。”

“学历差了点。”安先生说，“在家里做事情，一个小工厂，出息不大。”

安太太得到丈夫支持就拍了板：“女孩子出嫁以前交几个朋友，多挑多看没有错。这个姓郭的男孩不要走得太近了，也不要再带到我们家里来玩。”

银俊第一次到安家就被“毙”不但没有打击他的追求之心，更激起了斗志，加倍热情进攻，转入地下的约会反而愈加危险刺激。银俊血气方刚，对女友不停地试探，要求更进一步的关系来保证他们的爱情。安心外形冶艳，家教却严，虽然认定了良人，在婚前却一直紧守最后防线，不许银俊逾越雷池。

“这事不能怪我，你又不肯。”后来爆出婚前就发生的婚外情时，银俊面无愧色地说，“我是个正常的男人，你都让我等到了三十岁，我难道没有需要？”

银俊对年龄的算法永远和安心的兜不拢，他算的虚岁总比安心算的实岁多二。可是不管安心守贞到她算的二十八还是银俊说的三十，反正外面的孩子比安心和银俊的老大都大了四五岁是铁打的事实。那个女的是银俊家工厂的小会计，比安心还小四五岁。这两个人的关系和孩子的存在，除了安心本人，郭家全家，包括老员工和走动得勤的亲戚都知道，根本不是秘密。一开始安心的闽南语哑哑乌，小两口婚后住在外面，偶尔造访婆家，也有粗心的亲戚忘了要瞒，就在安心面前提起那对常在眼睛跟前转的母女，安心居然有听没有懂。渐渐地郭家人就松懈了防范。安心做了十年的台湾本省媳妇，就算不和公婆住在一起，对闽南语也渐渐有所领悟，这种事她能上十年说不知道就不知道也真不可思议了。

最后穿帮靠的还是婆家内部矛盾。那时正好是她第三度怀孕，高龄三十八的产妇做了穿刺检查，早早就知道是在生了两个儿子之后盼望着的女儿。银俊对她特别好，她一想到一个好名字就打电话到公司找他，多忙他也接电话，跟她有商有量的。

说穿秘密的人是银俊的小妹。这个小姑因为分家产的事情正跟身为长孙，在祖父去世分地产时独得了所有好处的银俊怄气。小姑于后来辩解自己是一时说漏了嘴，可是也不能排除当时在气头上蓄意报复，故意揭发陈年旧案，要把兄嫂家闹得鸡犬不宁。

“你哥最喜欢女儿。”那个时候安心工作的美新处已经因为台美断交关张大吉，两个儿子也都上小学了，安心做了一阵子的家庭主妇正感觉无聊，兴高采烈地准备迎接意外之喜的老三。她一面织着将来要给女儿的粉红色小毛衣，一面和来家串门子的小姑话家常。

“算了吧，”小姑不屑地说，“郭小美小时候他抱都没抱过，说女孩子小便在他身上他会倒霉。”

“郭小美？郭宝珠的女儿？”安心立刻留了神，那女孩小学要毕业了吧，不久前还在婆家见过，五官长得跟眼前的小姑可不是像？怎么没留意到她也姓郭！是从母姓，还是丈夫也是郭家的什么亲戚？是啊，怎么没有听见提起过她的丈夫？

安心婆家原来是台北近郊的菜农，后来就成了小地主，又托福国民党败走台湾，台北地价飙涨发了家。原先是黑手学徒的老太爷后来又开了工具厂，工厂就盖在祖传的菜地上，占地甚广，住房和工厂共着外围墙，年轻的会计小姐碰巧也姓郭，不知道有没有点瓜葛亲，却常常见到带个小女儿过来东家住家这边走动。安心记得好像小美小的时候，郭小姐上班，安心婆家的帮佣还替她带小孩。安心很少去婆家，去了看见会计小姐的孩子在屋里跑还以为是东家特别照顾忠诚的心腹员工呢。

小姑见她惊愕的神情，马上站起来告辞，走到门口还再三说："嫂嫂你别胡思乱想，我没说小美跟我哥有什么关系。"

安心越想越奇怪，拿起电话就打到公司找郭小姐，劈头就问："小美的爸爸是谁？"那边一片沉默。

"小美的爸爸是郭银俊吗？"安心用发抖的声音问，"你丈夫姓郭吗？是我们家的亲戚吗？"

"我不知道。"郭小姐的声音也发抖了。她听起来挺心虚地说："我很忙,你自己打电话给郭总。"那个时候银俊已经接管家族生意，还扩大了规模，把原来父亲留下的一个厂做得蒸蒸日上。

这跟说是有什么不同?!安心自己哭了一会，想想又不敢立刻去投娘家。别说这会安太太正在牌桌上不能被打扰，她妈妈这丈母娘就从来没喜欢过这个女婿，要是听说结婚前可能就有私生女，那还得了？安心抽着鼻子打电话找银俊，那边接电话的秘书说郭总开会，过一个钟头打，他还开会，再一个钟头，都该下班了，那边还说他开会。她打到婆家找婆婆，帮佣说头家娘不在，不知道什么时候回来。安心感觉那边警报器响了，上下警戒全员备战，只有她是孤军。

银俊很晚才回家，看到坐在客厅等着兴师问罪的大肚老婆，亏他还能微笑以对。“哈尼，”他喊她，“还没睡？想吃宵夜吗？我出去买给你。”

安心委屈地说：“今天你小妹——”

“听那个疯婆子胡扯！她晓得个屁！”银俊忽然换了一副凶神恶煞的嘴脸骂起自己妹妹，“要听她讲的话，屎都可以吃！哼！依照她，我工厂和公司都要分她一份，她老公还要进董事会呢！对她已经够好了——”银俊整个儿地转换了话题，持续数落妹妹，说是别人家的女儿都只能分点现金，他们家对女的已经够好了，连房地产都给了她一份，现在居然工厂的地、厂房、公司都想染指。

“好了，好了！我们家的事你就别管了。”银俊最后用极不耐烦的口气总结，“我不像你，有时间整天在家胡思乱想，我在公司累了一天，我要洗澡去睡觉了！”一边说，一边向卧室走去。

安心不依，跳起来扯住丈夫大叫：“不要走！你告诉我，郭小美是不是你和郭小姐生的？”

也许一辈子都不该问，知道了又怎么样？也许就像银俊后来跟她说的，很多事不知道比知道幸福。如果那是她捅的第一个马蜂窝，后来她才发现身边人岂止招蜂？她根本就嫁了个养蜂的人。

她哭闹了很多天，明知道对肚内胎儿不好，也止不住悲伤和心痛。他们结婚才十年，他却有一个十三岁的非婚生女。结婚前三年不正是他们恋爱的最高峰期？她还记得那个时候他们有多要好，除了她要为婚姻守贞，她哪里不让他温存？

“笑死人了，哈尼，”银俊挑起一双浓眉，痞里痞气地告诉她，

“摸来摸去最后却什么都不能做对男人只是折磨，你懂不懂？是我在克制牺牲耶，我太爱你了，不忍心强迫你、伤害你。你不是小女孩了，我问你，这种事做一半是谁在爽？”

所以依银俊的逻辑，他是被对她的爱情折磨到去找了刚好在身边的倒霉会计小姐来解决问题，副作用是出来一个大活人，等她发现的时候已经十三岁了。银俊还说自己父母当时给了郭小姐一笔让大家满意的遮羞费，还答应以后出嫁时替郭小姐另外添妆，小美反正将来要嫁人，这之前谁家养都一样，如果姓郭，郭家在养育费之外，还会负担日后的嫁妆。后来人家郭小姐果然带着小美好好地嫁了个门当户对的丈夫。郭家出的养育费不薄，是一笔当用的额外收入，夫家认为小美带财，没人把小女孩当拖油瓶歧视。小美从小一直知道自己有两个家，两边都对她很好，成长得很健康，都要上初中了，真是一切圆满。

安心不是省油的灯，这个结果并不让她觉得圆满。她又吵又闹，威胁要动用她娘家关系去查银俊公司的账，又说要叫自己弟弟安亦嗣来揍姐夫一顿。银俊起头还哄哄她，后来就跟她对吵，再后来就神隐不见，连电话都不打回家。闹了两三星期，正在安心不知要如何收场的时候，她忽然大量出血，紧急送医，大人还好，四个多月的胎儿流产了。

银俊对这件事表示很生气，他说自己一直期待着这个爱情结晶，现在没了，安心也已高龄，他和她这辈子是注定没有女儿的了。不顾安心已经伤了身子更伤了心，他自顾自地描述他们那个永不会诞生的女儿会有她的脸型和嘴唇、他的眼睛和鼻子，本来会是一个迷倒众生的大美人，可是这下全没了！他们今生的这个莫大遗憾都是因为她不是一个好妈妈，没有小心呵护腹中胎儿！安心非常迷惑，这一切的不幸竟然是她的错？她心里痛着，不知道银俊这样在两人的伤口上撒盐算是怎样的爱？

流产以后需要调养，夫妻遵医嘱暂停房事。安心心里恨着，就故意冷落丈夫，摆出冷冰冰的脸色。可是这架子一端好像就下不来了，而银俊竟始终没来求她。事情一下过了一两年，安心感觉她杯葛[①]丈夫的时间已经长到她没办法不讲和了。

那天晚上安心厚起脸皮，穿着新买的薄纱睡衣依偎过去。银俊一面皱眉一面笑着闪躲，看她面露不豫，又迎向前抱住她，先在她脸上亲亲，又摸摸她的背脊和头发，压低声音在她耳边说："哈尼，跟你说个秘密，我不行了。"

安心惊疑不定，喃喃地说："怎么可能？你才四十岁……"

银俊把笑容一敛，叹气道："过年我就四十二了！"他放开手，侧身仔细端详安心，研究了一下她的表情后又叹一口气，一面将头枕她肩上，用凄凉的调子迹近撒娇地道："可能的，怎么不可能？这种没面子的事情怎么会骗你？哈尼，哈尼，你会不会这样就不爱我了？"

安心痛心地回搂住丈夫，说："怎么会呢？怎么会呢？你把我看成什么样的人了！"她连本想建议银俊去看医生，和抱怨他爱应酬、喝多了酒的唠叨都心疼得说不出口了。

---

①boycott（抵制）的音译。

安心原先对银俊婚前就有私生女，还全家一起隐瞒她的事无法消气。哪知这么一件大事竟被突如其来的流产悲剧盖过。流产康复后安心故意不和丈夫亲近，处罚银俊的不轨。谁知一切心机又都是白费，她的片面杯葛完全无效。她才勉强接受了小美存在的事实，收起对未出世女儿哀悼的眼泪，居然就来了个丈夫不能人道的坏消息！

真是一波未平，一波又起。可是夫妻在床上成了君子以后，床下也越来越客气，从“相敬如宾”进展到了“相处如冰”。像海浪冲击岩岸，大石被磨成了沙滩上的细沙，再又被海水带入大海，不知所终，时间也把两人之间的冲突、矛盾、忧伤、龃龉和原有的恩爱一起逐渐化去。

丈夫和安心之间的对话越来越简短，到后来除了安心偶尔想到新仇旧恨，会算总账似的发作一番，双方基本不拿对方当聊天的对象了。银俊借口公忙，一星期有六天不在家吃晚饭，不过那时孩子小，基本上还感觉爸爸是住在家里的。

银俊的事业随着台湾经济发展,越做越大。俩儿子上小学以后，他说小孩喜欢游泳，大手笔买下有私家泳池的别墅，把原来在安心娘家附近的家给搬了过去。

装修那个二手大房花了安心很多时间和力气。房子大，总是这里要修修、那里要弄弄，虽说是富家，家里却几乎长期有修缮工人进出。银俊在家是甩手老爷，除了按时把家用打进账户，大小家事一概不理；安心虽然无须外出工作，管理偌大一个房子和接送那时还上学的两个儿子就够安心忙的。忙碌也是一种过日子的方法，在两个孩子出国读书之前，安心生活的重心就是这个家，她并没有时间想太多。直到孩子先后出国读书，已经习惯家里男主人只是个影子的安心才在美容院看到妇女杂志上说：有外遇的丈夫回家会提高戒心，和妻子能不互动就尽量不互动，免得话说多了会泄露蛛丝马迹。所以不忠的丈夫在家会像整个人包了一层防护膜，让妻子感觉疏离。

安心想：银俊是什么时候开始不主动和她说话了呢？她和银俊的爱情像一只在锅中待煮的青蛙，等到锅子里的冷水逐渐加温到沸腾，早已不知不觉地死了。

台湾多雨，山坡上的房子建得再结实，地基微移的情形也会随时间恶化，如果不幸引起管线破裂一类的基础问题，就要拆屋大修。就在银俊跟安心表示只能做亲人以后几年，一家人住了快二十年的房子也破败到需要推倒重建。安心透过银俊也认识的建筑师，找到了做室内设计的欣玲。

那个时候安心进入更年期，脾气开始有点阴晴不定，不像以往待人亲切，本来女性设计师单只未婚一项就犯了安心的忌讳，幸好接触后感觉也就是个快四十的老小姐工作狂，不足以惧。加上银俊特别不喜欢欣玲的设计，看见草图就挑得一无是处，见了本人也冷淡得近于厌烦。

欣玲不像安心从年轻时候起就是银俊向来欣赏的高挑艳女，她是个肉感的小个头，不过面容长得算清秀，玲珑的五官安在一张圆圆的小肉饼脸上，猛一看像个小女孩，日光下看就发现泄露实际年龄的眼袋、粗大毛细孔、皱纹一样不少。欣玲第一次和安心见面，就嘴里甜出蜜来一般盛赞女东家保养得宜，说是看起来比小了不止一轮的自己还年轻，更表示羡慕安心的高个子和细白的皮肤。安心看她羡慕得由衷，添了几分好感，最重要的是欣玲态度巴结，收费合理，不摆艺术家派头，随安心把设计图纸改来改去，安心就决定聘用。偏偏平常对家里事情不插手的银俊对欣玲的设计表示反感，才瞄了一眼图纸就打枪否决。

安心不耐皱眉道："我到处比价比设计，和多少设计师开了多少次会才决定用这个女的。家里这么大的事情你什么都不管，现在已经做了决定你又来啰嗦？"

银俊几近冷笑地说："不要我管那我就不管，你做的事你负责，记住是你不要我管的，以后不要生气找我麻烦就好了。"

银俊自此对家里重建和装修的事避之犹恐不及，还没开始施工就提前搬去在市区的郭家跟母亲住。他吃准老婆不会愿意跟他回去做媳妇,还故示大方要安心一起搬。两个儿子那时已经在国外，安心五十几岁的人了，平常和婆家也不亲，这时候当然不肯去做老媳妇，就也暂时搬回娘家，借机陪伴自己父母。

房屋重建工程边建边改，拖了两年多才全部完工，夫妻在那段时间里等于分居，双方父母除了早一步登仙的安老太爷，其他几位也在那两年内先后老病归西。银俊事业版图也扩张到大陆和东南亚，岳家的事情他自然全不操心，甚至丁母忧也没有让他放慢脚步。安心留在台北，又要修房子，又为了婆家、娘家两边老人轮流跑医院、赡养院，后来又逐个办丧事，忙得脚不沾地。

自愿把朝夕相见的期望从婚姻中抽离后，安心感觉和丈夫之间竟然重新得到久违的和平。两人虽然还是难得见面，需要知会的家务事却不少，就常常通电话。话题一旦跳脱见面时间分配、关心与否，和丈夫爱家爱妻的具体表现，安心也就如银俊所愿成了他要的那个没有性别的亲人。他们不再一说话就吵谁对不起谁，谁爱不爱谁。他们只各司其职，张罗家务，活在当下的琐碎之中。

在为了修屋而分居的非常时期，安心和银俊的夫妻关系达到一种升华的稳定，安心郭太太的位置固若磐石，不受任何外面女人的威胁，几十年来她首次有足够的自信，感觉自己在丈夫的生活中无可取代：她是郭家讣闻上"泣血稽首"的孝媳，他是安家讣闻上"拭披顿首"的孝婿。而且夫妻既然不住在一起，安心也就不觉得有必要像只猎犬那样嗅着、闻着、追踪着不回家的丈夫行藏。两造从二十几年前"私生女事件"爆发以后首次真正地冷静下来，如是也就达到银俊理想中老夫老妻的关系：不论风月，只谈家庭。他们不再像红了眼不能和对方好好说话的仇人，有名无实的夫妻之间最容易引起共鸣的话题是孩子，其次是父母的大事、亲戚对红白事的反应和评语。甚至他们那个正在翻修中的"家"，银俊以前从没表示过兴趣的，现在既然不必每天回去，就也能勾起他一二谈兴：

"他们真不怕花我的钱啊！拆了盖，盖了拆。不过还好有你跟他们去打交道，不然换我就抓狂。现在只要告诉我什么时候可以算做完，我就谢谢了。"银俊听起来心情不错，他最近跟模具同业合作，跨行电子加工，扩大了生意规模，很是志得意满，重修房子算花小钱，早不放在心上，只不忘嘴上念叨几句点出自己是金主。

“设计师说主卧本来的设计是整层楼，现在盖完却发现中间的梁柱太大，天花板到那里降低太多，建议建筑师把主卧盖成两间打通，中间天花板低的部分做成男主人和女主人的更衣室，”安心向银俊报告，“建筑师说这样设计很好，可以省很多任务。”

“好呀，欺负我们老夫老妻，叫我们分房？”银俊没个正经地怪笑道，“是不是你告诉人家我不行了，和你不一起睡了？”

“你无不无聊！”安心对丈夫自以为的幽默一点不领情，不高兴地说，“分成两间可以当成男女主卧，也可以当成主卧和书房、运动房。人家设计师管你分不分房？你如果有意见就早点讲，没有意见我就叫他们做成男女主卧了。”

设计师陈欣玲说两边一分差不多等大，像安心原先想的那样一间做成运动房可惜了，装修成对称的两个男女主卧是欧美贵族的流行。欣玲拿来很多杂志给安心参考，一直怂恿她采用“他的”和“她的”房间，中间重重隔开夫和妻的是“他的”和“她的”衣帽间，以及一个硕大的主浴。

“我可以拿图纸过来给你看。”安心告诉银俊。

“不必了，你办事我放心。”他明显打算结束谈话，说了句闽南语，“好了啦，你欢喜就好！”

“喂，等等！”安心却还不舍挂电话，又扯一个话题，“陈小姐买家具把设计师的折扣都让给我们了，叫我自己去挑，这样省了不少钱噢。她这个人真的不错。她跟我说她要是以后能住这么一间房子，她这辈子做人就没有遗憾了。”

“哈尼，做夫人要有做夫人的命格，”银俊似乎还在开玩笑，可是声音里却带起一丝严厉，“你叫她别做梦了！不是每个人都像你这么好命。好啦，不跟你啰嗦了，再见！”

“讨厌！”安心啐道。可是那边已经嘟嘟嘟地断了线。她心里空落落的，房屋重建的这件大事已经到了尾声，搬回“家”以后她还找得到这个让她做“夫人”的丈夫吗？她想起安太太从前为小女儿“下嫁”本地菜农家庭而痛哭，不晓得地下有知看见她将入住崭新的大别墅，会不会高兴女儿“嫁得好”？

别墅落成入厝的那天，银俊回来了。他开了辆新买的英国牌子越野四轮驱动车，大声吆喝要人帮忙，看见安心走过来，从车上拿了几套西装给她，一面说：“这车怎么样？住山上就要开这种。”

安心感觉收到丈夫会搬回家的暗示，喜滋滋地抱着西装上楼去挂，厚毛料摩挲着她的下巴，像初吻时扎着她娇嫩脸庞的银俊的胡楂子。

“就这些？其他的呢？”安心看着空荡荡“他的衣橱”中她捧上来的几套西装和他自己拿来的几件衬衫、内衣就问丈夫。

“不够吗？还要什么？”银俊以问代答后就四处游走参观新家，一面发表评论，“弄起来以后还不错。你那个陈什么总算做了件好事。”他走进自己的房间，笑嘻嘻地说：“这我房间啊？咦，这边跟你那边还是通的嘛，你晚上假借上厕所就可以随便过来哦。”他试了试两间主卧中间的浴室门，一面说：“我安不安全呀？这个门能不能锁啊？”然后为自己的幽默大笑了几声。

安心听了就不大高兴，还来不及变脸斥责，银俊忽然把笑容一敛，说：“没事我走了。”

“晚上回来吃饭吗？”安心脱口问道。

银俊茫然望住老婆，一会说：“虽然让我花了不少钱，这两年还是辛苦你了。你就好好享受这个大房子，也算是苦尽甘来。哎，我哪有你命好？我不赶快回公司努力上班，谁让你住豪宅？”

以前银俊一星期还有一天在家吃饭，别墅重建后，他沿工程期间两人分居的旧制，连那一天回家吃饭也免了。不过既然新房子里有他一间房，他也就偶尔回家睡觉，只是她的主卧和他的主卧之间做分隔的浴室实在太大了，哪怕难得的哪一天他睡在家里，安心都感觉和银俊离得像中间有条没有喜鹊来搭桥的银河一样遥远。等到她冲动地去丈夫公司打了人女职员耳光，像是处罚她撕破脸，夫妻吵完那一架之后，银俊就把偶尔回家住住的一条也给删除了。后来儿子们从国外回来，先后也只在新修的大别墅里住了一阵，结婚后就搬出去在市区自立门户。安心费心费力地为家盖了一栋金屋，结果只是把自己给关在了里头，年复一年，寂寞地过着。

车祸让安心在病床上躺了很久。她那个时候真是心灰意冷，想哪怕快六十了，这种丈夫有和没有有什么不同？还不如离婚干脆！可是银俊在她住院的时候却常来探望，并不比两个儿子少殷勤。回家以后虽然请了两个看护轮班照顾，银俊也每天回家，有时还让行动不便的老婆坐在轮椅里亲手推进推出。可是安心感觉一切都太迟了，她的心被伤碎了，她算了总账，牢记他的一笔笔无情债，感觉再爱这个男人也绝不能原谅他了，就几次硬起心肠提要离婚。

银俊把脸凑近，看着她的眼睛，严肃地说："哈尼，我知道你是爱我的，我也不是那种没良心的人。离婚的话不要随便说。你虽然这么老了，放心！我还是会留着你的。"

以银俊自己的算术，他可不是个六旬老翁了？那张曾经清俊的脸庞胖成了一张打着横纹的烧饼，满头白发下原先英挺的眉形虽然未变，可是长出了几根长长的白色寿眉像垂柳一样随讲话的节奏无风自动。他老拿女人脸上的鱼尾纹说事，怎么不看看自己呢？原来俊秀的双眼皮下垂了，把年轻时被岳母嫌弃的桃花眼尾一遮，成了两只有点凶的三角眼，象征财富的悬胆鼻头上面毛孔已经粗大得成了酒糟，以前让异性心跳的潇洒笑纹成了深刻的法令纹。

"只有我老了，你没老？"安心反击，"你早就不把这个家当家了，你留着我做什么？"

"做大老婆呀！多少人想要这个位子？"银俊像年轻时那样坏笑起来，"六十岁的人了火气还这么大！不要担心，你永远是我儿子的妈，我的发妻，唯一的合法配偶。"

如果是车祸之前，安心又会被气得哭，现在她听见这些赖皮话，只觉得面前样貌陌生的老头无耻，脱口骂了句："不要脸！"却再想不出什么更厉害的话了。

银俊看老婆日渐康复，又有力气跟他吵嘴，就单方面恢复他不回家的"正常作息"，招呼都没打一个就不见人影了。安心还是这个男人合法配偶的证据剩下一个由他公司会计按月转账，帮老板把家用钱打进去的银行户头。

安心的姐姐安静利用随夫在大陆讲学的机会，特别绕路回来台湾探望受伤初愈的妹妹。安心向姐姐哭诉自己嫁了个不回家的人，说自己跟她们以前叫大妈的父亲下堂妻一样是在守活寡。

安静表示大妈当年替父亲尽孝，奉养公婆，经济大权又在其实是二夫人的她们母亲手上，是值得同情的空闺怨妇，安心却是清静贵妇，令人欣羡。安静诚恳地说："我嫁给你姐夫四十多年，感谢主，我替他生了六个，洗衣煮饭养小孩，一辈子跟他伸手，花每一块钱都要他同意。现在你先生不来烦你，你要买什么或去哪里他都不管，感谢主，这样的 job 到哪里去找？"

安心呆呆望着一回台湾最喜欢逛夜市找便宜，十足十是位华侨老太太的姐姐，张口结舌，不知道要应什么。姐夫是比姐姐大很多的旅美学人，本来在国家级的实验室做研究，退休以后常常应聘到中国开会讲学顺道旅游，姐姐家虽然不如妹妹家富裕，可是老夫老妻日子过得好不逍遥，尤其到哪里两个人都是俪影成双，让安心一直很羡慕。她没有想过姐姐把做人家老婆看成一个 job，说起来安心的这份工作工资比较高，老板又放手，竟是姐姐心中一份优差。

幸运地安心这场大车祸没有留下后遗症，婚也没有离成。原来她是铁了心要离开不忠实的丈夫去追求现代女性的独立生活，可是她本来也就独自生活着，不是吗？像那些拖着不结婚的恋人对问婚讯的高调回答：结婚不过是多张证书。安心想自己的离婚也不过是多张证书而已！难道有了那张纸就能禁绝她对负心人的牵挂吗？何况，留着她郭太太的身份也算是个社会地位。安心算想通了，她决定对丈夫放手，把心思都放到儿子身上：什么都是假的，替儿子好好争取，钱到手上才是真的。

“你能花多少钱我不知道？一个鳄鱼皮包再贵要不要一百万？”银俊虽然发了财，毕竟是从中小企业起家的精明生意人，“不要跟我来那一套！该给的不会少，我不会让自己老婆没钱花，你别自以为聪明做得太过分就对了。”

可是儿子是他的弱点，听说他外面生的都是女儿，只有一个还小的是儿子，根据安心的“消息灵通人士”，也有谣言银俊怀疑那个不是他亲生的。知道银俊看重子嗣，安心就用儿子名义买豪宅，还替他们包装修，全部弄好了，再要儿子过去看，怂恿他们住新屋。

“又替老大买房子？老大买完，你又说对小的不公平，又要买。台北的房价就是被你这种人推高的！”银俊在电话里吼她，“他前面那两栋怎么不先卖掉？你不是说会卖了再买吗？”

夫妻不见面，她现在连他今晚睡在哪里都不知道，只能在他愿意接她电话的时候堵住他，提出要求。既然有所求，安心就耐下性子跟他解释，说政府打房，课奢侈税，房屋滞销。她正在找陈欣玲重新装修儿子搬出后的空房，一面等待市场复苏，他们能卖好一点的价钱。

“你和那个陈欣玲倒是情同姐妹，你真听她的话呀。”银俊冷笑道，“告诉你，你去把房子退了，你等房屋市场复苏，我等哪里复苏？我会告诉陈欣玲离你远点，不要为了赚你几个设计费，叫你一栋接一栋地买房子。”

“房子是我买给儿子的，你去跟陈欣玲讲什么？”安心说着自己感觉有点心虚，“你们又不熟！”

“哼，你去问她熟不熟？”银俊的声音更冷了，“好了，你不要烦我了。你知不知道现在全球不景气？把上亿的房子当皮包买，你们以为我印钞票吗？”

那边电话突然断了。安心很生气，可是银俊摔她的电话已经是家常便饭，亏得她从前还为了被他挂电话，气愤狂乱到开车冲入山谷。现在她不跟自己过不去了，她知道马上打电话过去他不会接。等明天，她会磨到他拿钱出来的。安心告诉自己沉住气，自言自语道：“你跑不掉的，等明天再打给你也一样！”

第二天天还没亮，家里电话催魂一样地响起来，是医院来的紧急通知，银俊中风。她和儿子们赶到的时候，居然看到陈欣玲焦急地守在急救室外面，两个女人远远四目一交，安心感到一盆冷水从头浇下，可是心中忽然雪亮：怎么从来没有怀疑过她！

医护人员向母子解释有多年高血压病史的病人脑血管破裂，情况危险，需要插管，请她在同意书上签字。安心镇定地说：“我们夫妻都签过放弃急救。”

欣玲忽然跑过来说：“请你一定要签字，你要救他！”

安心很想像以前打银俊其他情妇那样给欣玲来一巴掌，可是她老了，按照银俊的算术，她已经是七十岁的老妇人了。也许夫妻真的是一条被不盖两样人，安心听见自己冷冷地，像极丈夫常对她说话的那种语带不屑的口气：“他昨天晚上在你家过夜？”

欣玲啜泣着说：“他很少来我家。每次来都只是怪我叫你买房子那些的。”

安心恨极，想这个女人居然利用自己母子去激怒银俊，好让他去找她？口中却问：“你工作室的房子是我们家的？”

欣玲哭道：“你们赶快签字救救他吧！房子我可以不要！”

这时候两个儿子也大概猜到是风流老子收编了母亲的设计师女友，可能他们老爸还吃了什么不该吃的药，凌晨奋战以致倒卧香闺，情妇送医却无权签字，通报家属赶到，桃色纠纷就在医院走廊上揭了锅。儿子赶紧过去说：“陈设计师，你先回家吧。这里我们家自己会处理。”

“你们在一起多久了？”安心记起银俊十几年前对她首次找欣玲装修房子时的警告，想到欣玲不但背叛朋友，根本当初接近她都不怀好意，一下失了理智，怒声道，“你们一起骗我，难怪他叫我自己负责，说我找你以后生气活该！”

“你放心，他早嫌我老了，我认识你的时候他已经不想理我了，”欣玲哭得更凄惨，“他只有要骂我的时候，才会来找我。郭太太，我们也是十几年的朋友了，女人何必难为女人？他是你丈夫，我什么都不是，连做女朋友他都说我年纪太大了！你就救救他吧！”

安心忍不住了，奋力一个巴掌甩过去，疯狂地喊起来：“你们叫她滚！”

欣玲借势跪下，拒绝了安心儿子要把她拉起来带走的手势，继续哀求：“你签字救救他！你签字我就走。”

“你跟谁演戏？你自己不要脸，我们家还怕丢脸！”安心狂怒，“他昨天晚上在你家里出的事，我们要追究你的法律责任。”她转过头来骂医院的人，“这种闲杂人等你们医院怎么让她来？还让她一直在这里打扰病患家属！”

有儿子和医院警卫双重护驾，安心成功地在打了一巴掌解恨后，赶跑了那个假装跟她做了十几年朋友，其实意图染指她男人的资深狐狸精。

可是那不是安心身为银俊元配的最后一役。虽然不十分清楚银俊外面那本风流账，可是安心一手送走娘家、婆家几位老人，办丧事有经验。她布下天罗地网，绝对不让任何没有法律做后盾的女人、孩子来到银俊的灵堂向她示威。人活着的时候她固然不知道今晚丈夫夜宿何处，现在那个冰在盒子里的尸体却绝对要完全属于她！

安心不是不讲理的人，她把郭小美的名字加在讣闻上，让银俊身后有儿有女，有内孙、外孙，还让小美和媳妇、儿子轮流守灵，顺便防止不相干的人靠近。银俊是她的初恋，也是唯一的爱人，本来应该悲痛欲绝，可是她的整个婚姻生活都在和外面那些看得见和看不见的第三者缠斗，现在上风终于吹到了她这边，她必须打起十二万分精神来确认自己的最后胜利，安心只能暂时把悲伤放下。

丧礼很低调，不但家祭的地点和日期保密，连墓地所在讣闻上都隐秘未提。到了公祭那天，公司员工和各界人士都要来致祭，报上也刊登了公告，照理说应该难以防范，安心却设立了三层检查哨：礼仪公司的人员先要求来客出示白帖，核对姓名，然后保全公司再负责拦下看起来形容特别哀戚的女人，尤其带着孩子的更属可疑人物，最后安心再派出自己的弟弟去逐个盘查有嫌疑的客人身份。失礼事小，她不求“勿枉”，可是要求务必做到“勿纵”。她告诉儿子和他们的舅舅，如果一切的防堵失效，有来路不明的女人哭灵，她立刻就打手机报警，告那个女人和她的亡夫通奸！她听见弟弟离开休息室时跟儿子们耳语：“你妈疯了！伤心到头壳坏去——”可是她当天要办的事太多了，没有时间计较闲言闲语。事实上丧礼整天安心的神经都为提防可能来犯的情敌绷得很紧，连哀悼的情绪都没有。

等到出完殡，安心回到家，打发了儿子们后四顾一望，家还是那个她亲手修建，一几一椅挑选回来的大别墅。她前后走来走去，完全没有发现会触动她未亡人心情的角落。她想自己早就在过去的三十年里分期预付了今日的冷清和伤心，现在反而算是难过到了头，感觉也就是比平日忙的一天罢了。

安心信步走上楼，想起重修落成，她曾亲手替银俊搬进来几套西装，可是那些衣物放了几年未动，已经被她捐掉，好空出地方放她自己的东西了。偌大一个容人更衣的“他的衣橱”被她这些年心情不好就出去血拼的成果塞满，一件男人衣裳也没有都多少年了。

安心幽幽地叹了口气，有可能是终于忙得告个段落开始思念起亡夫，却更像累了一天如释重负。不管怎样，自认守了多年活寡的安二小姐，在六十八足岁时成了名副其实的寡妇，她虽然感觉若有所失，心里却又很踏实。余生她会继续信守毕生唯一爱的承诺，却不会再为背叛而心碎流泪了。

独梦

安家刚在中和住下的时候，台北市的公共汽车只开到永和镇的大桥边，日后号称全台湾人口密度最高的“双和”区——永和和中和，是市公交车都不通的偏远地带。利用大众运输系统来往当时还叫“乡”的中和，要先到台北车站转乘跑长途的公路局班车。交通不方便，明明是都市近郊却成了偏远地区，安家老小搬到中和乡以后，拜客轻易不来访，住户等闲不出门，安老太太心情不好的时候就抱怨儿子安居圣从南京到台湾几年，官越做越大，却领着二房住台北官舍，把二老和元配母子放逐在中和乡，形同幽居。

虽然只是一水之隔，这一带和台北市比起来的确像乡下，除了长途巴士站牌旁有零星商店，公路到了这里，基本走入稻田。离开站牌，沿着大路下去百把米右转，远处看见丘陵起伏，放眼望去低矮的山头一片绿意，脚下信步走，柏油路面变成了黄土混碎石的乡村小路。路的尽头孤零零站着一幢黑瓦灰墙的平顶洋房，铁栅门上挂了一个黄木信箱，上书两个大黑字：安宅。

安宅和周遭坐落田中，离大路更远几步的闽南式红砖农舍看起来明显不同。其实这里原先也跟邻居一样，是块带着小小四合院的菜田，经过易手翻修，看得出曾经朝变身别墅的路上努力过，不知怎么却功亏一篑，成了个平顶灰墙混搭土砖薄瓦的四不像。安居圣从前任唐山业主手里买下来安顿后他一年多来台的父母和大房妻儿时，产业已具眼前规模。安家接手后变动不大，主要增修了围墙，把三百坪的基地整个围成一座大院；灰色院墙上面还毫无必要地仿效台北官舍区住宅，粘了一圈褐色的碎玻璃防盗。院子里有前屋主保留下来的小部分菜地不动，沿着房屋四周另外培土，广植果树花木。自诩儒商的安老太爷第一次看见这院子的时候可高兴了，说是当今天下不太平，“反攻大陆”前他可以在这里“采菊东篱下”。

喜欢莳花弄草的老太爷却没住多久，孙子刚满三岁，老人就一病不起。安老太太和媳妇辛贞燕，一个是小脚，一个是小脚放大了的解放脚，活动力有限，一园春色乏人照顾，很快就成了满眼秋色。虚掩大门后面的那条小径无论四季，永远布满落叶枯枝，人走在上面一步一声“吱嘎”，再怎么小心走都像后面有个看不见的人跟着，弄得在安老太追随丈夫归西后，每个月从台北过来给“大妈”送生活费的安家二房两姐妹老嘀咕；姐姐安静感叹中和大妈这边像冷宫，妹妹安心根本就叫大房太太辛贞燕带着她们弟弟安亦嗣住的地方鬼屋。

冷宫也好，鬼屋也罢，反正公婆升天以后，丈夫再没踏进贞燕院里一步。当家的二夫人金舜蓉按照人口比例减了大房一半月费，虽然没有因为公婆不在了特意克扣，却也没有按照物价波动调整供给。幸好贞燕和亦嗣的日子过得冷清而简单，每天早上贞燕崴着解放脚送儿子上学，回程经过大马路边的临时小市场带回一点自己张罗不出来的生活必需品。她在院子里养了鸡，饭桌上摆出来天天没有肉也有蛋，菜地即便早就荒了，畦上的土还是比较肥沃的，贞燕就学着看节气撒点菜种子。在物资艰困，台湾靠美援“反共抗俄”的年代，母子的日子虽不富裕，却也不比一般人家显得拮据。

贞燕个性务实，虽然没读过书，数目字和自己名字都会写；知识谈不上，可是江南一带流传的民间故事、乡野传奇中阐述的男尊女卑和三从四德，她都烂熟于心，这些封建教条塑造了贞燕的人生哲学，她信自己这套的虔诚度直逼二房女眷口中不停的感谢主。贞燕娘家是沿海县城近郊的小地主，家世学历比不上安居圣后娶的城里太太金舜蓉，说起来是前朝官宦之后，上过洋学堂的上海小姐。贞燕敬爱丈夫，感觉金氏才配得上做官的安居圣，一直以来都很认自己做乡下太太的命，不但来台湾以前从来都没有吵过要去南京随夫上任，反而自愿留在家乡代夫孝亲。即便到了台湾，也无声地幽居中和，继续侍奉公婆到终老。这样一来，金舜蓉反而不忍心赶尽杀绝，逼丈夫和前房划清界限。早年安居圣拿来向新人输诚的一纸休书形同具文，只在去金家提亲的时候当过一次道具，后来就成了老婆的相骂本——只要夫妻吵架，金舜蓉就骂安居圣骗婚，害她上海千金小姐糊里糊涂地做了小，赶着叫乡巴佬大姐。

上海开埠百年以来，国境之内哪块在沪人眼中不算乡下？贞燕这个二房口中的乡下人在定居台湾省台北县中和乡之前，却没做过地里的活，她在家时精的是烹饪女红，并不懂得耕作施肥。贞燕带着儿子像玩家家酒一样，把种子撒在菜畦上，天天浇点水，结果长出来的菜多数喂了虫，葱长出来也像针一样细，幸好颇有葱味。反正就母子俩，一切将就。早上鸡窝里摸两只蛋，把发育不良的青葱切了一炒，再把自己灌的香肠蒸熟切片，铺在新成的米饭上，每天亦嗣带到全校只有三个班级的乡下小学里的便当已经丰盛得称霸全校，连当时待遇菲薄的老师也闻香垂涎。

除了亦嗣自己，家里人——包括他两个台北姐姐——都知道亦嗣不是亲生，是安老太爷找同族过继给从新婚就被丈夫冷落的大房太太贞燕做养老儿子的。可是孩子一天天长大，眉眼越来越像贞燕。婆婆说亲不如养，谁养就像谁；公公说吃的东西一样，人就会长成一个样。

母子实在太像，连舜蓉都怀疑是丈夫和公婆联手骗了只有女儿的自己，亦嗣其实就是丈夫和乡下老婆的亲生儿子！安居圣为了自清，在父母过世以后就主动和大房断绝往来。丈夫做得这样绝情，掌握经济大权的舜蓉反而要故示大度，过年前都派司机去中和送点年货，还把“弟弟”接来台北的家里玩两天。

亦嗣幼时眉目清秀，五官和贞燕像一个模子倒出来的，越长大越显粗壮黝黑，和清瘦白皙的安家人大不同。公婆还在的时候，大房、二房两头大，安家做什么都两套，买什么也要两份，除非重要应酬，丈夫每周末例行要去中和省亲，并且被强迫留宿。老的一走，安家定于一尊，金舜蓉原来喊的大姐背后就被地名中和取代。不过舜蓉没有忘记这对母子姓安，逢到汰换台北家里的家具、电器，舜蓉会让司机把还堪用的送过去中和。贞燕也都来者不拒。到了实在破败无用，女人、孩子没有力气处理，就任由堆积，渐渐原来宽敞的地方成了旧货仓库，室内采光越来越差，连白天都显得昏暗。幸好屋外的荒凉和屋内的零乱都是日积月累，不是一天造成，母子习惯成自然，不以为怪。只是亦嗣懂事以后，每年过年到台北二房向安氏祖宗牌位磕头的时候，也留意到姐姐们的安宅总是窗明几净，花木扶疏，可是她们那里规矩也多，亦嗣并不羡慕，高高兴兴和母亲相依为命，做他快乐的野孩子。

安老太爷走了以后，中和就没买过报纸，书房里虽然有老太爷留下的书，贞燕和儿子的文化也未到看书消遣的程度。母子二人通常各自为政，同桌吃饭也常相对两无言，即使对话，也不过是："饱了？""多吃点！"晚饭后贞燕会一个人缝缝补补，顺便听听收音机，亦嗣白天玩累了，通常早早入睡。亦嗣小六要升初中之前，二房汰换彩电，送过来一台八九成新的黑白电视机，母子就一起看上了，很快到了入迷的程度，也不管演什么节目，反正天天把电视开到谢谢收看才关机。第二天亦嗣上学打瞌睡，乡下小学确实履行义务教育，人来了就算尽义务，不注重升学率，老师不像一水之隔的台北那样流行体罚，除非家长特别拜托，基本不打学生，时候到了就发张小学毕业文凭，家长认为自己孩子该去工厂、该下田，悉听尊便。

亦嗣初中落榜以前，孩子自己不会想，做妈的天天盯着儿子也只管吃得饱不饱，香不香，没操心过儿子的前途。直到学校发榜，暑假都过了一半，贞燕才恍然大悟亦嗣此后没有书读了。等到星期天，贞燕装满两玻璃瓶自制的冲菜和豆腐乳，抓了院子里一只肥鸡，把鸡脚缚了。十年来第一次，带着儿子搭上长途客运去台北安家。从中和乡到台北的车里，母子俩和鸡都还感觉自在。等到了台北车站叫出租车，司机却对活鸡会不会在车上拉屎有疑虑，接连两辆都拒载。母子只好带着瓶瓶罐罐和鸡一路问到正确站牌去乘公共汽车。巴士不算拥挤，路程也没有几站，贞燕把鸡塞在座位底下，用脚定住，也不碍着谁，可是旁边的乘客却都嫌恶地看着他们二人一鸡。这短短的一段旅途就此让少年亦嗣永铭于心，多少年后还会想起。

到的时间不巧，安家已经有先到的访客，正把大包小包的礼品摆上茶几，看来是来请托办事的。舜蓉和居圣看到佣人领进来的是贞燕母子和一只活鸡，脸上都露出几分按捺不住的惊异，舜蓉站起来一面呵斥佣人把鸡拿下去，一面招呼新、旧客人，她含糊地略过亦嗣，简单替双方介绍是李先生、李太太和安居圣大姐，迅速把母子延进书房，低声跟贞燕说："坐一下，人很快就走。"临去还带上了门。

等母子被从书房中放出来的时候，舜蓉问："怎么没先打个电话？我叫司机去接你们。"看着亦嗣加强语气道："亦嗣呀，小姐姐出去玩了，你们下次来一定要先打个电话，我叫姐姐留下来陪你。"再转头对贞燕说："李太太是我一个老同学，嫁得不好。先生关过留了案底，出来几年一直找工作。你知道居圣的脾气，他哪里帮得上忙？欸，等下我几个朋友过来玩牌，你们留下来吃饭？"

贞燕说："不了，来就跟你们说一件事……"

安居圣听贞燕说完两手一摊，打了几句官腔表示联考延续中国科举考试，是最公平的制度，考不上就是考不上，姓蒋的也讲不进去，他爱莫能助。安居圣维持礼貌要太太留母子俩吃饭，自己却皱着眉头往外走，口中一面喊“老杨，老杨”叫司机备车，说要去办公室看公文，一副戮力从公、等不到星期一的样子。穿件黑色宽松旗袍梳个巴巴头的贞燕忽然就着椅子一滑，跪坐在地，一边伸手把原来也坐在沙发上的儿子拽下来并排跪着。

安居圣和舜蓉吓了一跳，都喊：“起来！起来！这是做什么！”安居圣脚一跺，骂声：“胡闹！”就夺门而出。舜蓉很生气丈夫把烫手山芋丢了就跑，心中阴暗的一角却不无得意看见大房母子跪在自己客厅里。舜蓉款款过去拉起贞燕，好言安慰，最后还拍了胸脯保证不会让姓安的儿子出去做小工当学徒丢他官老子的脸。

舜蓉动用官太牌友团的关系，把亦嗣讲进了刚在台北成立的私立初中，还要母子不必担心学费，允诺如果好好读书，会负责把亦嗣栽培到大学毕业。

懵懵懂懂的亦嗣经过了这场风波，虽然还是不大明白过继的意思，却开始意识到自己在安家的地位微妙，兼之在电视上看了一个叫晶晶的女孩子找妈妈的连续剧，就问贞燕他是不是父母亲生的。

贞燕拉儿子到被旧家具摞起来遮住了一半的挂镜前面，要他自己看两人长得有多像。镜面同时容不下两张脸，贞燕让亦嗣先照，再用肩膀轻推示意儿子让让，自己入镜。两人并排照镜的时候，一人剩下半张脸，贞燕凝视着镜中儿子道：“长大了，都高过我了，你像外公。”说着流下了眼泪。她举手捂住双眼。

亦嗣把母亲的手扳下，不解地看着母亲忧伤的眼睛。贞燕说：“十几年没回过家了，我想我阿爸、阿嫲。”她用家乡话说思念自己的父母。

“阿嫲你是我妈妈，”亦嗣坚定地告诉母亲，他对是她亲生儿子没有疑问了，“可是阿爸是我爸爸吗？”

亦嗣感觉到母亲的手在他掌中颤抖。贞燕轻轻回握住儿子，说：“每个人都只有一个爸爸，你姓安，是入了祠堂写在家谱里不会改的了。”

亦嗣似懂非懂，他更愿意相信妈妈给他的是一个肯定的答案。绝少谈心的母子这天的话已经说得太深、太多，就很有默契地就此打住。

贞燕这才发现，深藏的秘密并没有随公婆逝世而消散，她会不会有一天还要面对亦嗣再度提问？她原来答应把她收为义女的公婆，儿子既然姓了安，他的身世之谜会在他们三个死去的时候一起埋进坟墓里。

一九四八年的冬天来临前安居圣排除万难回了一趟家乡，他对父母透露国军刚不久前丢失了东北，共军长驱直入中原，正在山东和江苏一带和国军对峙，大战随时可能爆发。他虽是政府技术部门的文官，可是身近中枢，冷眼旁观国民党里你争我斗、尔虞我诈，哪怕老美给的装备精良，军队却是一盘散沙，胜算不大。政府许多部门都在悄悄打包，准备因应最坏状况。走是一定会走，可他还不确定自己单位会转进西南还是南下广东，甚至渡海去台湾都有可能。时局多变，前途茫茫，安居圣特为来接父母大人跟他一起去南京待命，却又说不出他追随的国民党政府究竟要到哪里。如果有那么一架南京起飞的最后班机，凭他安居圣今天的地位，自己和家眷又挤不挤得上去？安老爷听儿子说得这样不靠谱，就和太太决定留在老家，以不变应万变。安太太乐观地跟儿子说，当年跟日本人打仗全家也不过到乡下去躲过一阵子，现在中国人自己打一打，很快就会过去的。

安居圣无法说服父母跟他同行，只能郑重地把老人托给已经离婚，可是抵死不回娘家的下堂妻："阿爸、阿嫲不肯走，就只能托给你了。"安居圣深深一鞠躬，低下头去的时候正好看见前妻旗袍下面那双令他痛恨的解放脚。

贞燕赶紧避开，不敢受礼，慌乱之中也没想到如何回礼。幸好老太爷大啐一口，转移了大家的注意力："咄！我们不需要她照顾，我们还会替你好好照顾她！"安老爷从来不承认儿子和媳妇已经不是夫妻，只承认儿子有个"外面娶的"，不过外面那个多年也才生下两个女儿，又没有回来拜过祠堂，在他心里连两头大都还算不上。"抱着儿子再回来拜祖宗"是安老爷给已经二婚近十年的儿子二房太太订定的门槛。

在家的最后一个晚上居圣被父母从书房里赶到贞燕房里去过夜。已经离婚的夫妻并头躺下，各自紧紧裹着被子，不言不动，都睁着眼睛等天亮。终于听到外面鸡叫了，睡在外床的贞燕悄悄翻身坐起，轻手轻脚地正想下床，居圣忽然从棉被中伸出手来把她一拦，贞燕吓得嘴唇颤抖，嗫嗫嚅嚅地道："我……吵到你了？"

"时局凶险呀，阿爸、阿嫲不肯走，我担心！我替国民党做事，共产党来了怕是连你也不会放过的。离婚证书你收着吗？说不定用得上。”居圣手上用了点劲让贞燕倒回枕上。最后一夜了，还要把父母托给她，他谢谢她，在这一刻，他想跟她交交心。

虽然从一开始他就抗拒这头在他念书时候家里瞒着他包办的婚姻，可是新婚燕尔时期，他也曾经尝试过去喜欢这个女人。那个时候十几岁的两个人什么都不懂，看过风月小说的他却把自己的先天不足都怪在她的不解风情上，他坚信自己血气方刚，是女人条件差才激不起他做男人的欲望。闺房里的挫折感让他总在妻子身上挑眼：过时的发髻，畸形的放大脚，怯懦的眼神和举止，无法平等交流的言语和思想，处处让他倒胃！他放大了妻子的缺点，把父母之命的婚姻无限上纲成积弱中国亟待破除的封建传统，自此出门就不愿意回家。完成学业后，他在南京找到工作，渐渐地更从心理上否认了自己是一个女人的丈夫。他的家书从来只写给“父母大人”，安老爷读信给婆媳娘俩听时，于心不忍，自动加上一句“吾妻贞燕同此”，算替儿子办交代。

居圣三十而立时，成功地追求到了名门淑女、时髦的上海小姐金舜蓉。虽然那时他已经有足够的人生经验明白新婚的鱼水无欢并不完全是元配的错，对于把家乡妻子拖到快三十岁才离婚，良心也有愧，可是想到要和一个没有感情基础、思想不能交流的乡下老婆过一生，自居新派的居圣又感觉人生窒息，生活无望。贞燕代表了落伍，代表了家庭给他的桎梏，他本可以像其他同时辈、同遭遇的青年那样选择去参加共产党，用热血反抗封建社会，把希望放在新中国。可是居圣大学毕业以后考进了政府机关，那里可以让他发挥所学，却也是个保留了中华衙门正统的酱缸。官有官道，居圣在事业上融入了国民党的官僚系统，感情上也算遇到了自主选择的良配。出身名门的未婚妻不介意他的过去，可是言明乡下那个要断得干净，今后要遵一夫一妻。

然而苦守了抗战这些年，代夫奉亲没有半句怨言的贞燕一听丈夫要休妻，就坚定地表示自己没有犯错，要她回娘家，她就一索子吊死在安家门前。就算不怕闹出人命，安家父母也不能允许儿子如此败德，抛弃糟糠。居圣离婚再娶，追求婚姻自主的理想在安家成了一场女主角寻死觅活、男主角被骂臭头的闹剧，居圣只能被动地两边欺骗，新人以为从前已经了断，旧人以为自己忍让成全。居圣无奈地享着齐人之福，继续做他两边不是人的夹心饼干，而日子就来到国共中原大战即将开打的那个月，居圣返乡省亲，要回南京的前夕。

贞燕手臂上被男人轻触一下，先是愣住，看见丈夫缩手，也就慢慢躺回自己枕上。虽然尽量头朝后仰，一张床又能有多宽？两人终究还是睡成了个脸对脸之局。虽然相隔有一尺左右，和之前两人仰面朝天各睡各的感觉却大不同。贞燕头脸发热，自知面上、颈上都现红云，只庆幸天还没有大亮，想是对方看不见。哪晓得昏黑里正好让居圣看见她两颗眼珠子闪闪发亮。居圣后来自主结婚算是有过了心上人，对男女之情也就超越生理层面，懂得了一二，明白贞燕多年对公婆的孝顺虽说是封建礼教使然，终究不脱对丈夫爱屋及乌的心，就不但生出惭愧之意，还兴起一丝难得的怜惜。他挪挪身子靠得更近一点。上十年没有正面相对的夫妻这下近得能闻到对方气息，贞燕屏息静气不敢动作，一颗心噗噗跳动，很怕自己口气不芬芳或者哪里不对劲，就会浇熄丈夫突发的善心。

居圣从被子中伸手出来，挨着贞燕的眉眼轻轻掠过，沿着她的面庞滑下至颈后，贞燕心情荡漾，身子却一动不敢动，连呼吸也暂时停止。居圣手指叉入贞燕发根，温柔地顺向发梢，拨动长发，披散枕上，罗帐内一时风光旖旎。不想入秋后许久未洗的女人头发发出酸味混着桂花油香的刺激气味袭入居圣鼻腔，他抽冷子就打了个惊天动地的喷嚏："哈——啾！"

贞燕受惊，本能地向后一缩，脑勺在雕花床栏上敲了记响的，也是脱口一声惨叫："哎哟！"浪漫得冒泡的暧昧就被两人先后发出的怪声戳破了。

"哈啾哈啾哈啾！"居圣接连又是几个大喷嚏。贞燕在他换气时赶紧插话，忧心自责："昨晚应该记得加床被子的！"

"哈啾哈啾哈啾！"居圣猛摇手，想解释近几年常这样，西医说是不明原因过敏，无关风寒。可是喷嚏打得他眼泪鼻涕齐流，说不出话来。

贞燕看得更加心焦，忙地起身，讨好道："我去替你熬碗姜汤……"匆匆挽发披衣而出。

过敏原一走，居圣的毛病好了！他爬起来找手绢擦鼻涕，想到这要是在南京家里，太太就带笑拽洋文：不来事唷[①]！可能还

①bless you（保佑你）的音译。

会在他脸上划一下表示亲昵。老家这位却被窝一掀，大费周章去生火煮姜汤。他叹一口气，更加坚信前妻和自己不是一个世界里的人，就自言自语叹道：“不能怨我负你！”

贞燕端着一碗热姜汤回房时，居圣已经自行穿戴整齐，准备上堂拜别父母了。贞燕不敢表达失望之意，只默默退出去打洗脸水，按照她所熟悉的程序完成她今生最后一次对丈夫的服侍。

丈夫报平安的家书是共产党刚在镇上成立的街道组织送来家的。来的人态度都还客气，只要家里写封回信，劝安居圣反正来归，共同建设新中国。老太爷客气地推辞，说自己素来不过问儿子仕途上的事情，恐怕说不动他。可是最后还是依照来人的意思写了信让他们带走。

几个人走了不久，其中一个原先把帽檐压得低低的，始终没讲话的粗壮汉子又独自回头，进屋把帽子脱了，开口就喊姨父母大人：“赛妮，父姨，我阿海啊！”

“阿海！”安太太惊呼出声，这才认出来人是她已经过世的寡居娘家堂姐的儿子。堂姐中年丧偶，家中清寒，安氏长期接济不说，阿海聪敏勤学的弟妹出外读书求学也靠惜才的姨父赞助多年。“怎么是你？这才多久没见，发福了，阿海你这一身，好威武，不认得了！什么时候到镇上来的？不先来家里坐？弟弟、妹妹呢？家里都好？”

“家里都好。妹妹在上海，阿弟去了北京。我阿弟早入了党。他让我来受训，就要回去。”略略寒暄，阿海就开门见山说话，“父姨，表哥去了台湾吧？”

安氏夫妇相互一望，老太爷暗忖信都是人家送来的，虽然儿子好像刻意写得语焉不详，却哪里瞒得过明眼人？决定相信来人，沉吟了一下便道："你是自己人。你表哥应该是去了台湾，我们也是你们送信来才晓得他平安。"

"父姨想去找他吗？"阿海问。

室内空气顿时凝结，没人应声。良久阿海打破沉默道："我阿嬷有遗言，她要我们一世记得父姨是我们家的恩情人。"

被当成大恩人的老太爷颔首道："你母亲是难得的啊……去找你表哥吗？本来没有这个意思。可是现在天天有人上门，商会会长昨天抓起来了，你表哥替国民党做事……我们日子难了……阿海，你跟我说实话，如果你表哥不回来，共产党就不会对我客气了，是不是？"看见阿海点头后他更斗胆一问："如果想，有路子吗？"

"乐清那边有人收金条，"阿海说，"不过要等机会。"

老太爷决定与其在家坐以待毙，不如跟阿海回原籍乡下去等"机会"。老家是渔村，靠海近，什么都有可能。一家人就托阿海活动了路条，带上细软和一对当得了用的男女仆人启程返乡。

安家原籍有老宅，本来以为收拾收拾就能搬进去，可是当地虽然还没有开始斗地主，却有人敲掉了锁闯空门。幸好阿海受训回来就算是村子里的正牌干部，一家家敲门把几件马上用得到的家具收了回来，勉强让众人安顿下来。

安太太很忧心，私下议论是不是回来错了？城里虽然抓反动敌人，可是良民、流氓和公差还分得清。人抓了关起来，枪毙以前也都经过审判，镇上的人虽然弄不清每天都颁布几条的新中国法律，可是一般跟国民党没有瓜葛的百姓并不感到解放军比国军更可怕。镇政府的新官们言必称党和毛主席，看起来还讲规矩。来到乡下却就简直是乱了套，好像随便哪个瘪三、刮皮敢挂起一副臂章就好说自己是共产党，几个人一伙拿起棍棒就穿家走户，登堂入室，查人拿东西。安家屋漏还逢连夜雨，原来以为很忠心可靠的一对家仆也趁乱偷了财务逃逸。安氏怕人知道了要盘查家底，财要漏白，还不敢声张，对人只说撙节辞退了管家，硬是吞下了这个哑巴亏。

“乱世！没有王法了。”老太爷也后悔贸然下乡，跟太太商量，“老媪，叫阿海搬来这里住吧，也好对我们有个照应。”

村里原来的村长被当成反动分子给枪毙了，小渔村留不住京官，阿海既是受过训回来的党员，就顺理成章地被解放军长官在部队撤防前指派了代理村务。新旧交替的非常时期，阿海被自己一个小村官手里拥有的生杀大权吓了一跳。恩人想请他当门神，他自己家里人口多，住得挤，也正好需要个地点便利，居处体面的办事处，双方一拍即合。安氏夫妇就把正房让出来给阿海办公，自己和媳妇住到偏房里去。阿海虽然和其他村民一样是渔民出身，可是他上过几天私塾，略识之无，又有亲弟弟在北京让他靠势，有时候穿上受训时做的一套列宁装出来当差，自觉脱胎换骨，任谁也看不出他去年还是个渔夫。

阿海夫妻带着四个儿子、三个女儿住在村尾，走路回家近三刻钟，阿海在安家老宅办公一般在白天，傍晚还回自己家吃饭安歇，不过办公室里支了张行军床，公忙时候阿海也留下过夜，和姨父一家相处有如家人。

那天安家二老晨起没有看见媳妇烧好洗脸水送进来，想起黎明时好像听见隔壁厢房曾经乒乒乓乓一片响，不免动疑，就踅过去看看，发现屋里一片狼藉，贞燕昏死在地。看来竟是命不该绝的媳妇不会打上吊的绳结，只凭想象把脖子挂在悬在梁上的绳圈中，双脚飞蹬想要踢翻垫脚的椅子腾空之际，失去平衡，头滑出来，身子重重摔落在地，崴伤了双脚，痛晕过去。

婆婆赶上去掐人中、扇耳光，先把人摇醒，然后抱住就哭，一面埋怨："傻呀！你死了，我们两个老的怎么办？"却无力拖动已经站不起来的媳妇。

安老爷自持家翁身份，还在犹豫要不要上前帮忙搀扶，前头留宿的阿海已经闻声而至，双手拨开二老，来了个新娘抱，把明明已经苏醒却口眼紧闭的贞燕轻轻放在床上，顺手拉过枕头垫在她身后。阿海将伤者初步安顿完毕，还不马上撒手，一屁股就斜坐上了床沿。

贞燕痛得全身抽搐却咬牙强忍，泪水从闭着的双眼中不停流出。只穿了中衣的阿海竟然翻起袖口温柔地去揩拭贞燕面上泪痕，又毫不避嫌地低头去察看表嫂脚上伤势。

安家老爷、太太看到这一幕都有些惊疑不定，安太太欲问端倪，期期艾艾地先喊一声："阿海——"

"让我死！"贞燕紧闭的口中轻而坚定地吐出几个字，"求求你们！"

安老爷感觉明白是怎么回事了，对阿海怒斥道："她是你表嫂——你这个畜牲！”

阿海如今是村干部，换到前朝，大小也是个官。挨骂不单不露怯，反而瞪了老头一眼，顶嘴道：“她早就离婚了。现在是新中国，要解放人民，打倒封建。”

安老爷吃一惊，不仅为头次听见阿海打官腔，更感狐疑阿海是从谁那里听说贞燕已经是被休掉的下堂之妇呢？

阿海毫不畏惧的态度让老爷领教到短短个把月官场的历练，翻了身的阿海已非昔日看到恩人就低头哈腰毕恭毕敬的乡下穷亲戚。可是安老爷知道关键时刻不能让步，就保持着严厉的脸色，只将声音略微放缓，使围魏救赵之计持续攻坚：“阿海，你是有家室的，贞燕我们当自己女儿看待，不能让人欺负！”

阿海惧内，提到老婆，气焰立刻消了一半，他转身低头照顾伤员，温言抚慰，动口动手，只把身后两个老的视为无人。安老爷心中有气，可是想一家人虽在自己屋檐下，却受阿海的庇护，不但眼下的安危靠他，将来寻儿子的路子还要靠他，很难讲到底谁是谁的恩人。安老爷是识时务的商人，一念及此，就把话往回兜，虽然还是疾言厉色，说的话却已尽是示好之意：“阿海你如果做错了事就要负责任！你是我们自己外甥，如果贞燕也愿意，说了她是我们女儿，我可以替她做主。”

“求求让我死吧！”始终不敢张开眼睛，一直咬住嘴唇忍着足踝剧痛的贞燕哭出了声。

看媳妇死意坚决，又哭得凄惨，一旁的阿海却是低声下气，殷勤服侍，安老爷夫妇一时弄不清二人关系究竟是和奸还是逼奸？

就也束手无策。

“皇天三宝！”安太太发出一声惊呼，指着贞燕倏忽之间已经肿成两只小西瓜一样的足踝，“你看她的脚！”

阿海找来把剪刀把伤员袜子剪开，当着人家公婆的面把贞燕两只解放脚从小腿到指头都摸了一遍，一面用庆幸的口气说：“还好，骨头没断！”一面站起身道：“我回家去拿药酒来。”离去前对二老近乎警告地求情道：“这事全是我的错，你们不高兴就找我，不可以为难她。”

阿海前脚一走，安老爷赶忙上前对眼泪流得像打开水龙头就关不住的贞燕说：“贞燕，时间紧迫，你先莫哭。听我说，从现在起你就是我们夫妇的义女，不再是我们的媳妇。如果你想跟阿海，你就明说，我替你做主。如果你是被迫的，你受的委屈我们知道，不会怪你，只是以后饶不了那个畜生。”安老爷说得面面俱到，安太太却愤然指出盲点：“是我自己外甥，做出这种畜生不如的事情还要等到以后才不饶他？”

安老爷叹气道：“出了这种事难道去告官？何况在这里他就是官！现在找到居圣，一家团聚才是最重要的事。君子报仇三年不晚，找到儿子再说。我们如今还要靠那个畜生过这一关，不能翻脸！唉，天下大乱，人在矮檐下呀——”

贞燕闻言，放声大哭，抽抽噎噎只听她翻来覆去地说无颜见丈夫公婆，一心只要寻死。安太太也陪着哭起来。安老爷鼻子发酸，哽咽地说：“贞燕，委屈你了！为了大局，你不能死啊！”

贞燕脚伤严重，别说不能侍奉公婆，连自己上马桶都是阿海抱着去的，家里大小粗细、里里外外也都靠阿海自己或者使唤喽啰来代劳，安家三口如果没有阿海，哪怕安老爷身上还藏了几根金条，恐怕连小菜都弄不进屋，立刻就要断炊。这样倚重阿海，安家二老只能吞声忍气默许阿海把表嫂贞燕当成禁脔。不正常的关系既已揭穿，阿海也就不再守内外之礼，这以后更自由进出，留宿过夜，把安家当成了他藏娇的金屋。

贞燕的足伤逐渐痊愈，私渡的机会却始终没有来到。七个月后连到今天都算高龄产妇的贞燕顺产生下了一个白胖小子。婚外情是瞒着阿海元配的，私生子当然不能公开。儿子生下来安老爷赐名“安亦嗣”，还把名字的意思好好讲给阿海听，最后做结论道：“你家里已经有四个儿子，这第五个你又不能带回家。贞燕是我自己女儿，生了孩子也算我们安家的后嗣，你表哥没有儿子，以后这个孩子是要继承我安家产业的。阿海，你和贞燕是我们安家的大功臣！你让我们安家有后了噢。”

阿海接受过短期干部训练，喊过“无产阶级领导”“无产阶级解放”的口号，可是真谛还在琢磨了解当中，他多少受到在大学参加了地下党、信仰马克思主义的亲弟弟影响，就不像有些村官简单地把穷人翻身理解成清算富人财产，自己取而代之，不过对穷人在新中国的美好前途阿海自然还是充满了憧憬，所以安老爷苦口婆心的一番话阿海很能听得进去。他感觉这个办法好！不必硬起心肠斗地主，心爱的女人替他生出个名正言顺的财富继承人。这个障眼法不但眼下能瞒住他家里的，躲过和泼妇一场硬仗，以后儿子长大了，成了富翁再改姓归宗不迟。立刻大方地应允了，还高兴地说：“亦嗣这个名字取得好。父姨，安家大功臣不敢当，是贞燕肚皮争气。”

夏天来临前的渔村空气中海腥味渐浓，贞燕放下门帘在房中敞开胸襟喂奶，她感觉心中空空的，什么也没想，可是眼泪水却毫无来由地上涌至眼眶。她用手轻轻拭去终于滴落在奶娃娃长着茂密绒毛头上的泪水。

公婆已经向贞燕再三保证，孩子姓安，将来重逢时会告诉安居圣是同族过继来延续大房香火的。贞燕早被丈夫抛弃，过继的故事编得合情合理，将她失德失贞的过错完全遮盖过去。公婆这样爱护她，原谅她，她为什么要为难自己？她已经默默地忧伤了一年多，脑子里没想，内心却总不平静。只有婴儿在她乳房上有规律的吸吮带给她母性的满足和产后子宫收缩的快感。小腹下那种奇妙的痉挛曾让她以为自己受了内伤而暗夜饮泣，可是最初听到靠近房门的细微男子脚步声就害怕的心悸，早就转换成对盘古开天以来人类男女之间最原始温暖的企盼，她的伤由身而心，她的身体越渴望，她的心就越不能原谅自己的淫荡。然而她对阿海那双粗糙的手已经不感惊恐和陌生，这一刻她奶着两人的娃娃，原本空无一物的脑海中忽然就钻进了阿海像婴儿一样低伏在她胸前的毛刺大头。

阿海是个强壮的男人，却对性子暴烈、随时准备拼命的悍妇老婆退让不止三分。除了养大的七个孩子，再算上夭折的、流产的，成婚以来阿海让老婆长达十几年都有孕在身。生养太多，阿海老婆落下了妇科症头，面黄肌瘦，终年淅淅沥沥，脾气愈发狂躁。

为了保命，老婆不许阿海再近她的身，为了保家，她又不许阿海多看村里别的女人一眼。

纸包不住火，虽然孩子姓安，家中大人又深居简出，阿海也小心谨慎，几个月后怀疑的耳语还是传到了阿海老婆耳中。昔日恩人落了难，自己丈夫当了官，阿海老婆心中原来像神仙一般高高在上的安家亲戚也就下了凡。阿海老婆在安家回到原籍之前是没有见过的，来了以后她恐怕见到贵戚不免要低三下四，就托词身体不好，很少走动，照面的机会有限。小孩子刚生下来亲戚们倒也见过一次，当时样貌还看不出来，这下听人说长得像自己丈夫，阿海年来又基本住在那边，虽然没有直接证据，听见闲言闲语已经够她妒火中烧，就找机会逼问，阿海三言两语打发不了，两夫妇先掐了一架，老婆威胁日后要闹上门去，向安家大人讨个说法，表示不怕把作风问题扯开影响到丈夫的仕途，既然有人要抢她的男人，她就跟他们来个蛋打鸡飞，鱼死网破。阿海左支右绌，对付得了今天，对付不了明天，又拖了几个月，所有的缓兵之计都已用罄，只好来个釜底抽薪，忍痛割爱，把一直压下没有透露的私渡船家替安家联络上。

"孩子呢？他还要吃奶，"贞燕问，坚决地加上了一句，"孩子不走，我不走。"

安家两老和贞燕一起望住阿海等答案，直到听见他点头道："让你们带走！"众人才都松了一口气。晚上阿海自己划舢板送他们到港湾去上私渡的渔船。他套了缆绳把舢板定住，陪同上船，套了交情，看着点交事先讲好的金条，又送他们入底舱安顿坐好后，把小亦嗣接过来抱了一抱还给贞燕，对三人有点忧伤地说："孩子姓安，你们会对他好的。"自己爬上甲板，回首俯身望向黑洞洞的底舱，贞燕抱着孩子回望，三张脸在昏暗的光线中一上两下谁也没有看清楚谁，二话未说，没有成为过一家的三口就此分离了。

继而是一段不算长，却艰辛得让乘客后来再不愿意去想起的航程。在污浊拥挤的底舱，贞燕一路紧紧把儿子抱在怀中，感觉像是永远达不到彼岸。最苦的是在台湾外海漂浮的夜晚，因为要等黎明之前海防交班才能在附近浅水海域"卸货"。吐得一身污秽的大人孩子被推下冰冷的海水中自行挣扎上岸，安老爷帮得上自己的小脚太太，就顾不了背上绑着孩子的媳妇。贞燕不但是解放脚，足踝还受过重伤，双腿软弱无力，举步维艰。同行的一位女士，一路没有多加攀谈，下船后却一直拉着贞燕，三番两次靠她紧紧抓住，母子才没有随波而去。难友们上岸后旋即各有接应，很快就分道扬镳，贞燕后来怎么也想不起水中几次对她母子伸出援手的那位太太贵姓——姓张？还是姓金？

历经辛苦，安家三大一小终于找到安居圣团圆以后，这段冒险的经历渐渐随时间过去而被遗忘了。一起被遗忘的还有安亦嗣的身世，安家二老在世的时候信守承诺，把亦嗣当成嫡亲的安氏子孙。后来更把亦嗣的身世之谜带进了坟墓，始终没有把孩子真正的来历告诉自己的儿子安居圣。

居圣和大房过继儿子不投缘，从第一次见面居圣就没有正眼看过这个安家的香火传人。他感觉太太舜蓉老说亦嗣和贞燕长得太像，怀疑是他亲生，是乱吃飞醋没事找麻烦，只能以更加冷淡对待贞燕母子来自清。丈夫的无情倒让自己没儿子的舜蓉愿意善待亦嗣，还动用关系把联招落榜的小家伙送进了台北市新成立的私立中学。

这所初中的女校长崇尚体罚，亦嗣在那里和大家一起被打了三年，有不少同学被打得开了窍，考上名校。亦嗣的成绩也比小学时候进步，可是起步太晚，高中还是落了榜。这次亦嗣不让母亲去找父亲和二妈关说了，他自己拿主意要像姐姐们一样读五年制专科学校。他跟母亲说不知道为什么，他一直喜欢海，他要读海专，毕业以后上船，终生遨游大海。

贞燕微笑地听儿子言志，没有借机告诉儿子，他的生父就从小在海上讨生活，是个捕鱼划桨的好手。亦嗣自从小学毕业那年暑假的大哉问后，完全接受了自己过继儿子的身份。他显然明白了对他冷冷淡淡的官老爷父亲不是亲生的，不指望就不失望，父子谈不上情深，可也绝不是仇人。他再没有怀疑过贞燕是亲生妈妈这件和前一个认知相互矛盾的事实。贞燕也没有细究儿子怎么理解这笔糊涂账，反正儿子不再向她追问身世，素来寡言少语的她自然不会主动提起整个图像里应该存在却缺席的那一个男人。

亦嗣毕业当完兵以后如愿上了远洋商船，从此五大洲三大洋在外长年漂泊，只有休长假时回到台湾。贞燕一个人的日子更加简单安静，除了在家门口的店铺里买东西时和邻居打打交道，就是每个月和送生活费来的二房女儿安心讲几句闲话。其他时候她整天一句话也不用说，没人知道她晚上做梦的时候能聊个没完——就像任何一个白天有男人有家的女人在唠叨家常。

“记得我才跟你说儿子长大了，喜欢海，要去考海专，毕业以后跑船。”贞燕想起从前在梦里跟阿海说过的事，梦里的时间失了准，八九年前的事情谈起来仿佛昨日才提过，“他说不晓得为什么自己就是喜欢海，我差点讲一定是像你阿爸……”贞燕轻轻笑了，“当然不会说，答应了人家的事！”亦嗣身世的秘密将会随她入土，永远埋藏。

贞燕絮絮不休。其实梦里一切依稀模糊，清楚的只有还是少妇模样的她独坐在当日老宅的厢房之中，身边哪见有第二个人？贞燕也不待人响应，自顾自若有憾焉地继续诉说：“这么快就真的上了船，听说现在赚美金呢，这个孩子就是命好，当时我那么高的梁上摔下来，他一点事没有！唉，就是现在到外国一去一两年，今天又给我寄了照片和东西来。”贞燕快乐地叹息着：“好像瘦了，船上不晓得吃得好不好？过几天安心来的时候，要叫她帮我写封信，我们寄点好吃的给他。到底姓一个姓，安心对他还真像个姐姐。上次跟你说安心有男朋友了，上个月带了一起来坐了一下的，我看蛮好，她说她妈妈不喜欢……”她跟看不见的男人聊起亲戚之间的闲话。

梦里她的年龄停住了，一定也在梦里却始终没现身也不出声的阿海可能也没有变老。两人做“夫妻”的时间就那一年多，是贞燕漫长一生中短暂的一段缘分。可是那个短短的缘分却完整了她的人生，帮她完成她所深信女人应该替夫家传宗接代的使命。

阿海果真没有辜负姨父安老太爷喊的那声安家功臣。安居圣重病那年商船行至印度洋，亦嗣接到姐姐的电报，马上请假登上第一个口岸，转了几班飞机赶回台湾，及时到达礼堂披起麻衣跪在灵前替他身份证上的父亲充当“孝子”向吊唁宾客答礼。

不晓得和大半生只吃自己种的无毒有机蔬菜有没有关系，生活清苦的贞燕不但高寿还很少看医生，她活过了位高权重俨然人物的前夫安居圣，也活过了养尊处优、官太太派头十足的二房金舜蓉。过年的时候贞燕住处的里长一早就来拜年，说准备造册，明年重阳要把老太太上报为百岁人瑞，接受表扬。

两岸早已开放，居圣和舜蓉生前都多次到大陆探亲。上一代的恩怨下一代根本搞不清楚，自然谈不到化解或延续，亦嗣和安家姐姐相处如同亲姐弟，还结伴去过自己的出生地旅游。小一辈也曾邀贞燕同行，她却微笑着摇头拒绝了。亦嗣跟和他感情最好的姐姐安心说：“我妈过得像出家人，只差每天不念经。”

“是我们爸爸对不起大妈！”自己也是老太太了的安心感慨地响应道，“可是我看爸爸自己一点都不觉得。是不是男人都是这样的呢？”

“你觉得我妈的日子很难过吗？可是好像也没有耶。她九十九岁了，身体还这么好。”亦嗣说，“我觉得她可能是老得对一切都没有兴趣了。跟你说她好像出了家，不留恋我们这个尘世了。我记得我小时候她还说想她的父母想得流泪，你看现在我问她要不要去大陆老家找亲戚，她竟然说亲戚的名字一个都不记得了！她天天坐在电视前面发呆，问她看什么，她也说不出来。没人知道她在想什么！”

小辈哪会知道明年就够格以百岁人瑞身份参加重阳敬老大会的辛贞燕正在想：白天的人生真是漫长无聊呀，什么时候才天黑呢？她在等待那个时光停止流动，只有她幸福独白的美梦来临。

落花时节

关榕嘉和安亦嗣都是那所一九六二年在台北建校，招生以来就以体罚出名的私立初级中学第一届毕业生。两人都不是考进去的，榕嘉是放弃女中录取名额，卖办学女亲戚面子，被请去捧场、拉抬程度的优等生；亦嗣是初中联考落榜，开学后家里托人套交情讲进去的。

学校管理严格，男女学生不许私相授受，可是一个常常当众被表扬，一个常常当众被处罚，都算校内名人，彼此没有机会交谈也都看熟了眼。曾经一次榕嘉和亦嗣同在校长室课后留堂，榕嘉是因为准备学术比赛，亦嗣是因为犯事被罚打扫。亦嗣拿着扫帚在榕嘉身边打转，偷看模范生垂头用功，少女从耳朵到脖子的白嫩肌肤和柔滑线条竟然激起了少年毕生首次莫名兴奋。良久亦嗣鼓起勇气找榕嘉攀谈，榕嘉不但友善回应，还请他吃了一块饼干，为亦嗣痛苦的初中三年留下了最美的回忆。初中毕业后两人断了音讯，直到高二课后补习晚归的榕嘉在西门町碰到小流氓找麻烦，亦嗣碰巧经过替她解了围，才又重逢。

“第一次重逢是一九六七，在西门町，不对，是一九六六，”

榕嘉说，“我记得我爸爸为了筹备义务教育延长到九年的事情，那时候天天加班。”榕嘉追忆着已过去了不止十年的旧事。英雄救美算是首度重逢，之后两小正式交往，直到大学毕业，她出国留学分手。此后转眼五六年不见，竟在美国和加拿大的边界才二度重逢。榕嘉凭栏深吸一口尼亚加拉瀑布旁带着水汽的清新空气，赞叹道：“这里的空气真好！”

“还好以前没有九年义务教育。否则初中不联招我就不会落榜，不落榜我二妈就不会帮我讲进学校认识你了。”亦嗣完全无视眼前美景，紧盯梳着马尾的榕嘉侧脸，还是觉得榕嘉从耳朵到锁部的线条性感无比。他讨好地用以为榕嘉会买账的文艺腔深情款款地说：“如果一定要在地狱里才能遇见天使，那个时候我被老巫婆打了三年没白打。”

榕嘉想到亦嗣当年剃个光头，朝会时老被叫出列受处罚的糗样，回眸一笑道：“初中的时候我认识你吗？”

“对，你是高高在上的全校第一名，没想到后来会爱上像人渣一样的坏学生！”亦嗣从榕嘉身后环抱着她，四手紧紧交握，身高差不多的两人脸颊贴在一起。他最喜欢这样从后把她抱个满怀，可是双手像桶匝一样地箍住她的人都还是感觉不实在。士大夫教育根植在那代人的脑子里，形成了两个爱人心灵上的天堑。亦嗣有时感觉坏学生的标签像支无形的临刑死囚草标，永远插在他颈项里，要跟着他到倒下的那一刻。

榕嘉轻声说：“是爱上了一个很帅的坏学生。”他穿着靛青色的海专长大衣，一脚飞去把吃豆腐的小流氓踢得趴下去，是她不能忘的经典画面。

“帅吗？你爸爸不是嫌我太矮，要你考虑优生学？”亦嗣貌似说笑，心里却有几分酸楚。亦嗣像母亲，眉目清秀得近乎女相，身材却属矮壮一型。两个人在台湾交往的时候，关家除了学历，亦嗣知道他们也嫌弃他的身高、谈吐，和年纪。

“身高还好吧？我爸最在乎的是你比我小。”亦嗣只比榕嘉晚生三个月，可是虚岁却小一岁。榕嘉笑道：“你也知道我家是我妈说了算。她自己嫁的人也不高，她没嫌过我爸，也没说过高矮是问题。”

可是关太太却冤枉挑剔过亦嗣是庶出。等到后来弄清楚亦嗣母亲是到台湾后受了冷落的元配，安家在场面上陪着官老爸应酬的才是二太太，两个年轻人已经分手，这个议题也没有继续探讨的必要了。

关老太爷、安老太爷都是一九四九年跟随国民党政府从大陆迁台的高级公务员，彼时去古未远，公仆的观念不彰，说起来是两个官老爷家，理应门当户对，可是当年社会，学历挂帅，两个小的身份悬殊：榕嘉是台北第一志愿女子高中的优等生，和以会打架出名的海事专科小混混，连在街上都不该走在一起，何况谈恋爱？

榕嘉在应该心无旁骛准备考大学的时候初恋果然影响了联考成绩，虽然还是上了台大，却没进得去父母期望的外文系。不过她自己还挺想得开，认为只要是学文学都合乎兴趣。反正她从小只负责读书，前途一向交给父母操心，压根儿没想念了四年中文系毕业以后的出路问题。

亦嗣读的是五年制海事专科，榕嘉大三、大四的时候他及龄奉召服兵役去了。那年头男的去当兵，女朋友兵变，感情告吹是很平常的事情。本来烦恼女儿男友条件差的关家二老这才放下心来，哪知两个小的靠通信和假期见面，关系竟然没有生变。那个时候女人的青春比现代女人短得多，调侃女大生的顺口溜是“大一俏，大二骄，大三拉警报，大四没人要”。榕嘉的父母替女儿做的人生规划虽是大学毕业以后出国留学，却也常常提醒女儿，像亦嗣这样的就只能做个普通异性朋友，当不得数，鼓励她另交志同道合、将来打算出国读书的男朋友才是正办。

娇生惯养的榕嘉在父母和年龄的双重压力之下，再不懂得未雨绸缪预想明日，到了毕业前夕也感觉需要正视和亦嗣多年的感情竟要何去何从。

“你以后到底出不出国？”在咖啡厅情人座上的榕嘉躲开亦嗣雨点一样的吻，再度提出严肃的一问。

“我爱你,我好爱你！”从军营里放假出来的亦嗣心里只想温存。

榕嘉薄怒道：“你知道如果你不出国，我们就完了！”戒严令下的台湾，出国不易，除了少数皇亲国戚来去自如，只有留学是一条正道。

亦嗣忙说：“我以后是要上船的，上了船不等于出了国一样？”

榕嘉知道那可不一样，心里很悲伤，觉得和所爱的人没有共同的未来，就流着泪疯狂地回吻男友，在心里道别。亦嗣的热情被女友的主动更加激发，一时血脉偾张，手上就不老实起来。

"不要，亦嗣，不要！"榕嘉尽责地抵抗，"不要这样，我要回家了！"

亦嗣真不甘心，他的每一次放假都得来不易。可是到底是在咖啡馆的雅座上，能做的事情有限。他下定了决心，一定要找个地方，让他们的爱情彻底成熟。

个把月后榕嘉直到坐在亦嗣摩托车的后座，脸贴着他的背，手环着他的腰，都还不敢相信自己有这么大的胆子撒下大谎，告诉随队老师家中有急事，临时退出毕业旅行，任由在中途拦截的男朋友带了走。

双载的摩托车离开台中后一路飞驰，榕嘉的心里又兴奋害怕，又有浪漫的憧憬，以致无暇细顾两旁风景，只知道他们一直向山里跑，经过一个地界，石碑上刻"谷关"两字。那以后天就渐渐黑了。

山里没有光害，旅馆的房间即使只垂挂着薄窗纱也是漆黑一片。先进门的亦嗣没开灯，榕嘉垂首站立房中不知所措。

"榕嘉，噢，榕嘉！"亦嗣且唤且吻，抱起她轻放床上。

榕嘉全身僵硬，仿佛受惊过度，任由摆布。可是既然接受怂恿脱队而行，又经历了拿出身份证登记住宿的尴尬场面而没有逃走，默契形成，一切应该已经尽在不言中。却在两人刚刚肉帛相见，亦嗣深自陶醉的当儿，榕嘉忽然挣扎起来："亦嗣，不要，不要，求求你——"

亦嗣策划良久，在部队打躬作揖，求爷告奶，代了同僚多少勤务，才得以配合在榕嘉毕业旅行的时候放到假，又精算好时间，凌晨即起，赶到半路成功拦截。正是期盼多时，眼见自己的爱情即将开花结果，榕嘉的软语哀求听在耳中有音无字，不但不能发聋振聩，根本起了反作用。于是他也口中喃喃相应："我爱你，真的，我爱你。让我爱你……"一面手上和身上都加了把劲，以求制服。

榕嘉忽然把头一扭，眼泪啪嗒落下。看见爱人伤心，亦嗣立刻清醒，不敢再恃强而进，一面说："你不愿意？我不会强迫你的。"一面睡回榕嘉身边，替两人拉上被子。

良久榕嘉幽幽问道："你生气了？"

亦嗣简短答道："没有！"

数秒静默，榕嘉哭着声音坚持道："你生我的气了。"

亦嗣心中其实一片空白，脑子在胯下还没归位，并不是个能思考和辩驳的时候，闻言只是沉默。

消停数秒后，榕嘉忽然抱住亦嗣，鼻子埋进他的胳肢窝，哽咽道："我爱你！我爱你！"她的理智被心里他俩没有明天的坚决和浪漫掩盖了。

亦嗣感觉温热的处子之身紧紧贴住自己，他的手未经大脑指挥自动游了过去。他痛苦地呻吟了一声，哀求道："离我远点吧，我怕自己忍不住强奸你。"

榕嘉还是哭，身子微微发颤，仿佛下了献身的决心，却又嘤嘤啼哭得极为伤心。亦嗣被爱人发送的矛盾讯息困扰着，心也挣扎着，手在女人光滑的背脊上抚摸，耳中的哭声却在提醒他不可造次，天人交战良久，怜爱克服了欲望，他低头吻吻她的额角，柔声道："你想等到结婚那天对不对？"感觉榕嘉点了头，他就像个英雄一样，慷慨地说道：“放心，我不会强迫你的。”

榕嘉止住哭声，抽抽噎噎地道：“我怕怀孕，然后我们又不能在一起——”

只是怕怀孕？不是生气，不是不愿意？亦嗣有了希望就来了精神，诚心诚意地道：“不要怕！你还不相信我吗？我会负责，怀孕我们就结婚，不，不等怀孕我也要娶你。我爱你，真的爱你，我只想永远跟你在一起——”他的手帮起忙来。

“亦嗣！”榕嘉哭喊他的名字，声音里尽是告饶之意，“不得到我父母的同意，你怎么负责？我们怎么可能结婚？”

“好好好！”亦嗣听到女友提及父母就完全清醒了，口中说着身体也滚了开去，“不碰你不碰你！”

亦嗣汗湿的身子暴露在山区的冷空气中感觉异样舒畅，他迷迷糊糊地有了点睡意，曚昽中还想，既然不能成其好事，就此睡去做个好梦，倒也聊胜于无……

偏偏就在他将要入梦的那一瞬间——

“你生我的气了！”榕嘉又靠了过来。

“没有！”亦嗣觉得自己哭得出来的话也要哭了。他哀求道：“拜托，饶了我，睡觉好不好？我早上三点就起来，骑了一天的车，我们纯睡觉好不好？”

榕嘉不说话，从身后环住他的腰，泪痕未干的脸贴在他的背上。亦嗣叹口气，眼睛虽然还闭着，人已经醒透了。屋里黑，眼睛张着和闭着没差别，她光溜溜的身子贴着他的，脑子里想着更让人受不了。亦嗣伸手啪地一下开亮了床头灯。榕嘉吓了一跳，往后弹开，裹进被里，颤声问道：“你要……干……吗？”

“让我看看你，”亦嗣的声音出奇地镇定与温柔，“只想看看你，什么也不会做。”

亦嗣轻轻地掀开被子，惊叹眼前榕嘉毫无保留的美丽，一面不忘保证：“不要怕，我不会怎样你的……”

榕嘉流着泪喃喃地说：“不要忘记我……我只要你不要忘记今天……你会不会忘记今天？会不会忘记我？”她的底线是为将来的丈夫守贞。她知道，那个人不是自己今夜的爱人！

“啊——怎么会忘记？”亦嗣用痛苦的声音回答榕嘉的请求，“一辈子都不会忘记！”

他以为那夜用唇细品后又在灯下以眼扫描，已经背下了爱人的每一个细节，即便日后不能娶她，做对神仙美眷，也将要终生铭刻在心。哪知一夜良宵苦短，人生却很漫长，以致他们年过六旬才第三次重逢时，他对此事记忆的版本已经去芜存菁，只剩下年轻的自己如何信守承诺，曾经大德高义，是个坐怀不乱的今之柳下惠！

“我永远记得谷关那个晚上的每一分钟！”长年生活在男女关系相对开放国家的经验，和年纪的增长涤除了往日的羞涩，老去的榕嘉温柔而坦然地追忆着青年时的那一夜。七十年代美加边界虽曾二度重逢，缘分却只有短短一天一夜，一别竟又过去了三十五年，两人才在台湾第三度重逢。

看来经济条件甚佳的亦嗣请旧情人上的这家台北法国餐厅可不普通，一客主厨推荐套餐要价近万元台币，不过音乐轻柔，灯光迷蒙，很适合爱人谈心，可是菜都已经上到甜点了，榕嘉还是感觉两人距离没能拉近。她在台停留时间有限，怎能甘心让牵挂了几十年的初恋只成泛泛？情势逼得榕嘉使出杀手锏，罔顾突兀，她主动提起那个有点尴尬，可是亦嗣答应过终生不忘的四十年前“初夜”。“你说你一辈子不会忘记。你好可爱！从床那边爬过来，那个样子，太性感了！我常常做梦梦到你那个时候的眼睛，”她轻叹道，“你的眼睛里有一盏灯，你说就想看看我，什么都不做！”

“老了，现在也什么都不能做了。”亦嗣有招接招，幽默地自我嘲讽。不跑船后，他跟着姐夫转战企业界，赶上了台湾经济起飞的好年头。台北商场应酬频繁，亦嗣烟酒过度，外表看起来比实际年纪大。吃得太好，平时又有车代步，只在周末开着高尔夫球小车登上果岭，看到球了才趋前两步挥它一杆，没有足够运动，人胖了许多，不过多年养尊处优，风度反而变好了，肥肥短短的手指交错捧在自己的啤酒肚上，面向榕嘉，态度从容，眼睛里也还放着光。他并没有忘记自己的初恋，可是男女脑筋有别，不像榕嘉的回忆重点都在小字里，亦嗣的记忆里只有微言大义。起码眼前的美籍华裔老妇和亦嗣记忆中的女神已经对不上号了，连朦胧的灯光下他都看不出哪里还有几分初恋情人的风韵。对面的初老女人虽然看起来身体健康，精神矍铄，可是素面朝天，利落的短发还有藏不住的星星白丝，跟他这些年习惯看见，总是精心修饰过的台湾女人不是一路。一会他说：“美国崇尚自然噢，我也是这样。你看，我也是连头发都不染的。”

榕嘉一面解释如何因为每天晨泳，泳池里的化学药水有漂白作用所以不能染发，一面心中暗自惊觉亦嗣其实已经注意到自己年华老去。榕嘉自从大学毕业离开台湾赴美求学以来，很少回到家乡，即使来去也只短暂停留，却每次都为家乡的变化震惊。尤其近年台北蔚之成风的医美整容，真教她这个美国回来的洋包子瞠目结舌。台北小，社交圈就那么一点大，很容易碰到老熟人，她这次先就巧遇了亦嗣的姐姐安心。安心比她和亦嗣大了好几岁，算算都奔七十了看起来却还比榕嘉年轻！亦嗣的联络办法就是安心给她的。当年两人美加边界一别失联以后，共同熟人间还是间歇听过彼此消息，知道各自有了家庭。二次重逢时未届而立，未婚未嫁，却处理得不好，惨烈分手，榕嘉不敢随便提及。其实要不是听安心说亦嗣现在过得很好，哪怕都是老人了，榕嘉也连主动联系的勇气都不会有。

她这次归期长，节目少，大把空闲需要填补，却还是犹疑到剩下几天就要走了才鼓勇联系。“加起来一百多岁了，不过是和三十多年没见的老朋友通个电话叙叙旧……”她自我欺骗着。然而毕竟是初恋，分手后虽然没有天天想念，确实未尝相忘。还没见着人，她听见亦嗣电话那头的声音像在发抖，感觉时间没有减低她在他心里永恒的地位，虚荣心一满足，顺理成章地就约着见了。她对他的外表倒不觉得特别失望，到了这个年纪，“在不在”比“胖不胖”有意义，头发“有没有”比“白不白”更重要。

“多久了？有没有三十五年？上次见面是在尼亚加拉大瀑布。”亦嗣轻巧说道，一面还笑了，“记不记得，那个时候我就不行了。”

榕嘉轻轻喊了出来：“你还记得！”一面老脸都红了。

第二次重逢出了糗事，榕嘉颇为惊异她以为是今生休提的天大秘密，亦嗣却态度轻率地敞开来就聊。

当年已经分手了的两个爱人千辛万苦地约到第三地去见面。一进房间，两人都想到五年多前谷关那夜的未尽之意。亦嗣就亲吻起榕嘉，心中涌上无限柔情。这次不同，这次是榕嘉主动要他来的。她出国后忙着适应新环境，他跑船收信不便，虽未明言分手，却很快连信都不通了。亦嗣工作的货柜船第一次停靠美东大港，只有短暂停留，他犹豫许久要不要给榕嘉打电话问候。他高兴自己到底是打了电话，毕竟是相恋多年的初恋情人，电话上聊着聊着就感觉旧情复燃。原先亦嗣不抱任何希望，只想问问近况，他想哪怕榕嘉说要结婚了，他也只会献上祝福。没想到她却坦诚地尽诉相思，最后告诉他明天需要出境，去趟加拿大办理“护照”事宜，很希望他前来一会，她会安排好旅馆，先他入住等候。虽然他明知此行有凶险，如果逾假未归就会被当成跳船，可能就此流落美国，成为黑户。前辈都警告他别去边界，他手上那本不大好用的“护照”上面没有加拿大的签证，形同无证旅行，随时可能触法被抓。然而所有的顾忌都敌不过思念的心，亦嗣硬着头皮赴了约。

“还好来了。”在隐约能听得见远处瀑布轰然，伸手不见五指的旅馆房间里，他的唇得以探寻旧地。亦嗣心里想：“一切都值得！”榕嘉比在台湾的时候丰腴了一些，吻着情人柔滑的肌肤，亦嗣感觉如幻如真，唯一踏实的是这里不是他们封建保守的家乡，是远在千里之外，尼亚加拉大瀑布旁边的旅馆蜜月套房。虽然他们还不是名正言顺的新婚夫妻，少了那一张迟早要补上的婚书并拦阻不了他的热情。亦嗣当完兵后上了船，五湖四海漂泊了数年，在世界各大港口经验过各种肤色的伴侣，早非昔日谷关毛手毛脚的吴下阿蒙。他拿出手段，慎重轻柔，慢条斯理，他要给他的女神一个浪漫的初夜。

榕嘉的泪沿着脸颊流下的时候，亦嗣初初以为那是快乐的眼泪。他轻轻地吻去一滴、两滴，三滴、五滴，八滴、十滴……终于有点慌乱地问道："宝贝，怎么了？怎么好好的伤心了？"

榕嘉却从无声的啜泣渐至号啕。亦嗣把佳人抱入怀中，心痛又不解，揉乱了榕嘉的头发，喃喃安慰："我不会伤害你的，我会很珍惜你，我爱你……噢，你知不知道我有多爱你！"

榕嘉把头埋在亦嗣的胸膛上痛哭，断断续续地诉说她出国以来五年的苦况：她到美国的时间正好撞上保钓运动高潮，在台湾戒严令下长大的青年只要还有点热血，对革命的浪漫哪有抵抗力？榕嘉丢下功课参加了保钓社团，又因为长得体面，会说会写，还被推到了队伍的前排，暑假到纽约去串联游行以后就被国民党的职业学生盯上，打了报告回台湾，上了当局的黑名单，有家归不得了不说，还连累了在公务机关任职的父亲。身在异国，内外交攻，学校成绩就落下了，混了两三年，奖学金没希望了不说，早该到手的文学硕士学位也遥遥无期，只好以打工为主，工余转读两年制商科。哪里想到拿到了初级商科证书，没有居民身份还是找不到工作，只得接受一个毕业就能申请绿卡的电机博士追求，办了结婚登记。这次她出境改签后回去就举行婚礼，搬进快要排到号的已婚学生宿舍。她约了亦嗣来相会是要道别，他们只有这一夜的缘分。她不爱那个人，她不愿意为没有感情的丈夫守贞，她爱亦嗣，她应该在谷关的时候就把自己给他，她哭着要他理解，她不能让父母感觉她在美国混不下去，两老还期望将来她能帮助弟弟留学呢。而且别说她回不去了，就是她能回台湾，她父母也不会让她嫁给一个终年漂泊的水手。她怎么忍心让尽心栽培她、送她出国留学的父母失望?!

“你就对我忍心？你就让我失望？”亦嗣感觉凉水浇头，心碎成了齑粉。虽然自从榕嘉离开台湾，他就对和所爱长相厮守不再怀抱希望，而且初分开时的刻骨相思，经过五年也已冷却，可是既然男未婚、女未嫁，爱意不灭就不至于心死。尤其这次榕嘉刻意安排重逢，他也排除万难，冒险来会，就是因为激情复燃，烧得失去理智。谁知今夜他冒万难赴约竟是诀别！亦嗣一下内心翻搅，痛断肝肠，也流下了眼泪。他痛苦地闭上双眼，沉重地说：“为什么不在电话里就告诉我？”

榕嘉没有回答，只在行为上反守为攻，学着亦嗣原先的样子对因为伤心过度而偃兵息鼓的男友痴缠起来。亦嗣心里烦着、痛着，却毕竟是个年轻男子，他的热情和怒火在榕嘉的挑逗之下同时高升，他开始有了反应，口中犹自恨道：“你都要去嫁人了，跟我这样你不怕怀孕？”榕嘉还是没有回答，她的上半身已经睡到了床的另一头。

他的身体享受着爱人的缠绵，心里却愤怒自己的女神怎么可以像个港口的妓女？而她和他竟只今夜，今宵别后她就会和另一个男人在一起，一辈子在一起！

亦嗣突然口中狂喊一句：“我操你！”猛地翻身压住了榕嘉。受辱的榕嘉吓傻了只一秒，旋出死力一把推开亦嗣，放声大哭起来：“我要你爱我！呜呜——你不爱我了呀——”亦嗣立刻受惊收敛，起身道：“算了，算了，我现在就走，免得赶不上船。”

榕嘉哭着抱住他：“不要走！我不许你走！”

“我不走，你嫁给我？”亦嗣没有得到答案。他叹口气，摸摸榕嘉的头发说：“不是你爸妈看不起我，是你自己看不起我。你还是去嫁给你的博士吧。”

榕嘉紧紧地抱着亦嗣，怎么也不肯松手，感觉亏欠他的深情，只能用自己来偿还。她把脸面丢开，继续痴缠，不肯放手。弄到最后亦嗣也想成事，可是太迟了，无论如何努力，他竟雄风不再。

折腾到天亮，两人疲倦得睡去，此生竟然又一次辜负了良宵。比前次还糟的是，这一次两人心灵上都留下了创伤。一前一后离开旅馆的时候，连眼睛都刻意避了开去。亦嗣怕赶不上船，心神不宁，临去匆匆，旅馆钱就挂在了榕嘉放订的信用卡上，后来的丈夫付账单时数落了榕嘉几句，怪她一个穷学生独自住高价套房，婚后几年还用来当成老婆手松的例子以闲聊趣谈的形式在别人面前复述，让件小失误成了难堪回忆，一次次提醒榕嘉没有如愿，以处女之身嫁给了她感觉不爱的男人。此后多年，她偶尔想起尼亚加拉瀑布蜜月套房里疯狂的一夜，也检讨过究竟是亦嗣生理有问题，还是自己太歇斯底里逼退了伴侣？亦嗣离开后则是冒险狂飙，把命都豁出去赶路，在最后一分钟跳上了为他延迟出港的商船甲板。可是终究是犯了大错误，返台后他不获续聘，被迫离开了钟爱的航海生涯，幸好开公司的姐夫收留了他，就从替姐夫提皮包开始学做商人。他的这趟受创之旅除了日后志业上的影响，只证实了爱人瞧不起他，他的女神从此琵琶别抱，再会无期。

然而人生是如此难料，他们初老又在台北第三次重逢。

“怎么不记得？”亦嗣强笑道，“毕生奇耻大辱！还好后来我太太替我生了两个小孩，我才重拾信心。你有小孩吗？”榕嘉摇头说没有，她养了三只狗，也跟小孩一样。榕嘉说完，有点落寞地低下头去专心吃甜点。

“你的发型像你小时候的样子，”亦嗣望着榕嘉垂着头的侧面，黯淡灯光下看见她的耳朵和脖子线条宛如从前，忽然心里一动，唤起了虽已深藏却从未遗忘的柔情，“后来你一直留长头发，那时候你常绑个马尾。”

“还不是因为你说喜欢我那样！”榕嘉抬起眼睛来看人，前额落下几缕发丝，让亦嗣想起她以前老爱从刘海下瞄他的样子。忽然之间，亦嗣的脑子从眼睛收到的讯号开始自动过滤掉岁月，眼前的女人也变得越来越像他年轻时就熟悉的那个人。他伸出手去握住榕嘉的手。

“唉，你还有从前的样子，可是你在路上看见我不认得了吧？都二〇一一了才再见面……”亦嗣叹气道，又柔声问，“这些年，你过得好不好？”两人早在上开胃菜时就相互问过好，可是到吃完甜点以后握住手再问的这一句才让榕嘉感受到情意。

榕嘉的泪在眼眶里打转，摇了摇头，开始细诉：去年有人看见她的教授丈夫和个华裔徐娘研究生在机场拥吻，虽然事后说是女学生已经离开当地，未再出现，丈夫也表示忏悔，两人咨询了几个婚姻专家企图挽回，她都感觉不能原谅。和丈夫正式分居快半年，不去撤销，就算离了。双方虽是协议分开，三十多年的婚姻玩完还是教人难过。独居无聊，她寄情工作，没想到公司遭到年前金融危机冲击，效益大幅滑落，强迫资深员工放假，她从天天加班忽然变成手上有一个多月的假期需要排遣，生活变化太大不免适应困难，怕宅在家里忧郁成病，计划出去散散心。可是无论到哪里去度长假都是笔庞大开销，幸好她父母虽然多半时间都在美国她弟弟家中依亲养老，台湾的老公寓还空在那里，榕嘉回去有不要房租的地方住，台北就成了唯一选项。本来她刚到台北时感觉比在美国还闷，天气湿热，房舍老旧，出去人挤人，满街废气，环境差透了，一点都不好玩。可是等到逐渐联络上昔日同学、朋友，大家聚会串门，一个拉一个，扩展了社交圈，榕嘉的日子就有了生气，虽然还是感觉台北的居住环境太糟糕，可是人情的温暖让她开始流连忘返。再等到亦嗣牵起她的手，台北就是可爱的家乡了。

他送她回家。她下车前像个洋婆子那样凑过去凌空啄一下他的面颊，他就顺势轻轻吻了她。亦嗣感觉自己紧张得像十八岁，在那时还是日式房子的她家门口，扶着榕嘉下巴的手都在发抖。

亦嗣开车回家的时候有点恍神，一路回味着那个阔别了三十五年的吻。想起第二次重逢时榕嘉为他打气加油，说过西洋文化里“性”的意义止于“性”，“吻”却代表了爱情，言下之意是原谅他当时的差劲表现。他在花花世界的台北商场打混多年，跟时常出入风月场所的其他男人相比，算是洁身自好。台湾男人要谈生意很难避免有美眉的酒店，去了还不能正襟危坐，显得不合群，可是亦嗣顶多伸下咸猪手吃吃豆腐，哪怕主人坚持请客，他也从来不带小姐出场。猪朋狗友笑他怕太太，他都说自己跑船的时候玩够了。其实自从经历了尼亚加拉瀑布那个磨人的夜晚以后，他失去了信心，间中和烟花女子的缘分，成功率也不如预期，渐渐就远了女色。直到遇见小他十岁的太太，非常有耐心地对待他，而且很快怀了孕，浪子就定了下来。亦嗣很爱自己的家庭，尤其是他的一儿一女,对太太他很尊重。可是那不是爱情。他爱过，他知道。

让他神魂颠倒的女人又出现了。“都老成那个样了，”亦嗣在心里狠狠攻击老情人的外貌，想让自己死心，“连妆都不会化！头发也不染一下！”可是为什么自己却心神不宁？“还好只来乱一下就快走了！加起来一百二十岁了，也不过是个老朋友……”他一面想着就拿出手机，拨通榕嘉的电话，说要替她饯行。

榕嘉说后天就要走了,冰箱里很多食物要处理,如果他不介意，家里聊天方便，让她来做东，也帮着消化一下存货。亦嗣到的时候才发现，存货都是水果，主食还是外面买来的，她就煮了个饭，开了瓶红酒。两人边吃边聊，谈的都是过去的趣事和熟人的近况。

饭后榕嘉邀他到阳台上去看夜景。老房子的地理位置好，改建成大楼后分给原屋主的一户正对森林公园，白天可能景观宜人，可是入夜黑成一片，哪有什么看头？可是穿着露背大花长裙，身材没大走样的榕嘉凭栏一靠，亦嗣自然而然地就从身后环住了她，亦嗣这个动作熟极而流，像两人之间练熟了配合无间的舞步。可是他旋即生起自己的气，感觉又一度落入了榕嘉预设的圈套。

“老太婆了还敢跟我来这一套！耍我！”他愤愤地想，手却放不开。脸贴着脸，亦嗣还故意去追忆此次重逢后榕嘉脸上的皱纹和眼袋来恶心自己，可是腮帮子上的肌肤之亲却非要让他想起年轻时候爱人像剥壳鸡蛋般光滑的面庞，怀中老妇渐渐幻化成他心中永远的少艾。他的思想一下跳到某次酒店里哪个小姐引述的其他酒客名言：“爱情都是想象出来的！”他恨自己的想象力，勒令大脑停止联想，却停不了。他扳过榕嘉的身子，像年轻时候那样动情地深深吻着她。

她的手伸进他衬衫，抚摸到他腰间层层松垮赘肉时，亦嗣才惊觉今夕何夕。他轻轻推开榕嘉，无奈地说：“很晚了，该回家了。”

在门口送别的时候，榕嘉把亦嗣拉住，主动拥吻道别，她的眼泪流了下来，说：“我爱你。”亦嗣痛苦地说：“别说了！加起来一百二十多岁了，说这个还有什么意思？”

他不知道到了这个年纪，人还能为从前的那点事伤心，发动车子的时候，亦嗣后悔了一下没把降血压的药带在身边。他把冷气调到最高，又把车窗也降下来通风，避免头昏。亦嗣感觉这是另一个挫败的夜晚，榕嘉拿他一个垂老的有妇之夫来证明自己的魅力犹存简直是不道德，而他，哪怕激情不再都偏偏对她一点抵抗力也没有！他安亦嗣是一个什么大风浪没见过的老水手，竟然又着了关榕嘉这个女人的道？难道她这样勾引他，请了他到自宅款待酒菜，以为他会收下一个比自己老婆大十岁，热吻时完全不感觉冲动的老太婆？

可是又一次亦嗣不记得自己是怎么把车开到家的。今夜更甚，他连自己怎么漱洗睡上了床都不明白，身边躺着为他生儿育女的妻子，心里想的全是榕嘉，样貌、声音，短头发、长头发，从前的、现在的，具体形象完全不重要，反正喜怒嗔乐，老了还是那个人！

榕嘉也想着亦嗣，觉得回到了从前的感情。亦嗣现在老胖又不健康的样子并没有让榕嘉倒胃口，反而产生了怜惜，她真想陪在他身边，鼓励他和她一起去晨泳、打球、散步，过健康的生活。接下来两天周末双休，她打他手机没人接听，忽然想到他是有家室的人，周末是家庭日，可能不方便，心就痛了整天。离开那天她一早接到亦嗣的电话："你今天就回去了吧？没有时间替你饯行了，就在这里祝你一路平安。以后……见面也不容易了吧。"

"亦嗣，"榕嘉喊他，声音里已经带着泪，"你保重，我担心你的身体，多运动。"

"你还是跟你先生和好吧，如果你以后一个人，我也不放心。可是我老婆没有对不起我，我想了很久，我不会离婚的。唉——"亦嗣的声音起先很沉重，叹口气后，他尽量轻快地说，"你们也老夫老妻的了，有什么过不去的？我对我老婆的要求不高，她找我麻烦，我就躲远点，我们有孩子，日子过得下去最重要。"

榕嘉说："你能想到要不要和你太太离婚，我就很感动了。是我对不起你，可是当年我上了警总的黑名单……"

亦嗣有丝不耐地打断榕嘉的话头，道："我没有想过要离婚，小孩都那么大了，怎么可以随便离婚？我也不会有婚外情，我爸爸有外遇，娶了二房，我妈妈孤独伤心了一辈子，我娶我老婆的时候就决定绝不能像我爸。怎么说呢，是我们没有缘分，我们的一切都过去了，配偶也是自己选择的。”

榕嘉感觉亦嗣的话说偏了方向，有点不高兴，带着反驳的语气道：“谁要你有婚外情？我怎么可能跟别人外遇？就算你和我都离婚了，我们也不一定会在一起的。”

“你是博士夫人，美国留学生，”亦嗣冷笑起来，“你哪里看得起我们这种落后地区的土包子！”

两个人像小孩一样吵起来，找着对方的语病攻击，话不投机，不久说“再见”的时候已经没有意思要再见了。

榕嘉在飞机上怎么也睡不着，一路想着亦嗣，回味着两人的第三度重逢，觉得三十五年才一见的爱人，居然弄得再度含恨而别，懊恼非常，却又感觉今后自己是拉不下脸和亦嗣保持联系的了。

榕嘉回到美国家中，在她休假期间暂时搬回来，替她照顾狗的丈夫带了她的三只爱犬欢迎她归来。丈夫说她有时差，要她先休息，他会自行收拾东西关门离去。她躺在床上却睡不着，听到丈夫在外面喊着喂狗，后来又进屋来。她的心里想着亦嗣，想着他们在台北重逢后热切却毫无激情的长吻。榕嘉忽然觉得比自己还大了好几岁的丈夫已经算是个老人了，和女学生闹闹绯闻，能做得出什么来呢？哪怕丈夫现在还心里天天想着那个女学生，并不影响他们一起供房屋贷款和喂养三条狗呀。原来人可以心里想着一个人，日子却一天不落地过着。思想是谁钳制得了的呢？接个吻又是什么不可宽恕的罪呢？她想着微笑了，她无法原谅丈夫对婚姻不忠，忘了自己还计划过一个不忠诚的开头，只是亦嗣没能配合。榕嘉感觉漫长婚姻的美满和中乐透一样需要运气，将就一下，一辈子也就过了！榕嘉胡思乱想着更睡不着了，索性从床上一跃而起，走过客房门口时，驻足对正在收行李的丈夫说："你那边的房租不便宜吧？如果你不介意住在同一个屋檐下，不用收了。

蝶恋花

郭小美宣布想改名字的时候，家里人人反对。

丈大说：“谁说超过四十岁叫小美是装可爱？人家我们就是这么可爱不行吗？跟你讲哦，改了我还是叫你郭小美！”

大弟蔡正土说：“菜市场名又怎样？改名证件什么一大堆都要改。你看我，除非有人叫真土，还有谁的名比我屄？我都没改，劝你别找自己麻烦了！”

小弟蔡正火说：“千万别改，你这个名字运气好欸！不然为什么我们家只有你赚美金？我老婆一直怪我名字带衰，说如果不是我叫正火，厨房怎么会失火三次。奇怪了，她不说她妈妈有健忘症，来我家炉子一开就忘记关，还敢叫我改名？我跟她说老子坐不改姓，行不改名，为了维护姓名权，再啰嗦就请她改老公！”

被小美喊老爸的继父蔡有呷冷哼一声道：“我也讲是最好别改，你若硬要改，改姓蔡还差不多！那没你就是吃饱太闲！”

只有妈妈郭宝珠热心参赞，甚至到处代为打听高人，怂恿女儿找算姓名笔画的老师取新名字，还代为预约。到了日子，宝珠更以行动支持，一大早就从台中乘高铁北上，专程陪女儿去求教。

人称田老师的算命先生大隐于市，住办兼顾的SOHO就在闹区一栋老公寓的四楼，主人和地方一样不起眼，作业流程却很专业，不但有一位女助理接电话，更在登录预约的同时就取得客户的生辰八字，让田老师事先排好命盘，节省双方会面时间。小美母女刚才落座，一份打印好的紫微斗数和几个候选名字就摆在了她们面前：

“你把一看就喜欢的名字先挑出来，我给你讲解。”老师把笔递给小美，要她在看中的名字旁边打勾，“靠你第一眼的感觉，所以我都说一见钟情最重要。”

小美瞪着那一列保证好命，却不如她期望中风雅的名字，良久都找不到感觉。其实她不大信这一套，带着妈妈老远跑一趟只是不忍悖逆慈命，有点彩衣娱亲的意思。她做惯老板的人办事讲究效率，习惯马上给个答案，就对老师说：“看起来都差不多，一时之间很难选择。不然这张我带回去参考看看好了。”一面作势开皮包准备取出预先包妥行情价的红包做酬谢。

田老师久经江湖，不怕客人问题多，就怕客人没问题，那才教他心里没底。这门生意完全靠口碑，一定要满意才许出门，就拦住小美，不让拿红包，一面殷勤解释推荐，一面小心察言观色。然而贵客咿哦相应，明显不够热心。这让田老师有些不高兴，就语转严厉地说每个名字都有特点，要配合客人的要求，比如为己求财、为家人求平安、为丈夫断孽缘等等，光拿张名单回去参考是没有用的。

小美心想自己是如同上帝的顾客，来照顾生意尊称一声老师，却并不真想像学生一样听训，就无可无不可地说：“我也没有特别要求什么，就是不喜欢现在的名字，可是我不会取名，想不出什么好名字，其实不改也可以……对了，我姓郭或姓蔡有什么分别吗？我现在跟我妈姓，可是我爸说要是我改名的话，反正要办手续，不如就改跟他姓蔡。不过我不想叫‘蔡小美’，像‘诗萍’这种我比较喜欢……”

田老师把电脑中的数据打开，沉吟道：“你是六九年次，可是你生日是属猴的，属猴的话，姓郭比较好。如果你晚几天生，就属鸡，那就姓蔡比较好。”听见客人追问，田老师觉得自己的专业终于被重视了，就用权威的态度释疑道：“这么说吧，猴子是不吃草的，姓郭或姓蔡没差，如果属鸡，又姓蔡，你看，蔡是草字头，草就是菜，菜里都有菜虫，一只鸡又有菜、又有虫，那就吃不完了。”

小美听说差点笑出了声，什么属鸡的吃菜虫？难道老爸蔡有呷的“蔡”是有机蔬菜？扯到哪去了？如果不怕太无礼，她当场就想把红包里的两张千元钞票抽一张出来。正想付钱走人，妈妈宝珠却开腔了：“老师说得真有道理。我也有一个名字想请田老师看一下好不好？”

田老师晓得自己没有收服小美，宝珠看来却有潜力开发成长期客户，就和颜悦色地说，今天正好比较空，有缘的话，奉送几个名字也无妨，请问八字？

宝珠有点惭愧地说，当年离开农村搬到镇里才补办户口，生年是对的，却从来不知道自己确切日期和时辰，所以多年来找人算命都因为缺少完整八字，以致有些准，有些不准。她心里有一个很喜欢的名字，听说配合生肖，再辅以面相或手相也能行，就斗胆请教。

田老师面上露出遇到我算你走运的微笑，摇头晃脑地说：“术业有专攻，别人都不懂我们这一行是分得很细的，通常摸骨的只会摸骨，相面的只会看面相，最多还会看个手相，像我是难得的样样精通。本来天机不可泄露，你不问我是不会讲的，看来你我有缘！”他要宝珠把现在的名字和想改的名字先写出来。

小美已经坐不住了，就说：“妈，我改名你凑什么热闹？”

宝珠没有理会女儿，径自在纸上写下“郭宝珠”和“杨小蝶”。老师一一算了笔画，又细细地看了她的双手，拿原子笔在她掌上比画几下，又倒转笔头在她脸上丈量，半晌才下结论道：“还好你不叫杨小蝶。”然后就每个字的部首、笔画加以分析说明，还列举五行五格，讲得复杂无比，最后他建议宝珠可以考虑改叫“杨筱蝶”，说是同音，笔画又好，不过如果是郭筱蝶就更好。

小美插嘴道：“我妈属鼠。”本来还想问，属老鼠的姓锅是不是也吃不完？临时咽回去没说出口的调侃，留下了一抹微笑在唇角。

田老师注意到了，把眉一皱，不屑地摇头道：“不是每个人都看生肖。如果我只有那一套，也不敢做老师了对不对？”

宝珠点头叹服道：“我出生的时候就有人算过我姓郭较好，所以我父母才把我送给姓郭的养。”后一句还是特意转过头去，对着女儿说的。

小美受田老师你看吧的得意表情刺激，忍不住捣乱道：“郭筱蝶这个名字命又好，看起来也很美，比我这几个雅得多。我喜欢！”转过头去对着她妈妈说：“如果你不要，就给我好了。”

田老师变色道：“这个名字不是替你算的，不合适！看来你不相信我的话，这样，不信我不能收费，你把名单还我好了。”

宝珠赶忙为女儿的无礼道歉，劈手夺过小美半开皮包中的红包塞了过去，拉着小美对田老师千恩万谢后慌忙告辞。出得门来甫坐进车里，母女就抢着埋怨起对方。

“妈，你是哪里去找来的江湖郎中？什么属鸡的有菜、有虫吃不了？”小美开车技术高超，一面闪开小巷中冲出来的摩托车，一面数落母亲，“我都不知道你这么迷信。名单不给就不给，那些名字土得要命，比小美还差，一个都看不上，不要我付钱正好！你干吗抢着付？”

“啥咪我迷信？你如果不信跟来干吗？是你要改名耶！对人家老师那个什么态度？人当作是你家里这样教你没礼貌！”宝珠气呼呼地说。

“欸！拜托，这么远，我自己哪有要来？是你一直叫我来的耶！”小美喊冤，一想不对，又说，“咦？到底是我要改名还是其实是你自己想改才叫我来的？哎哟，雨下这么大！”小美一面调高雨刷频率，一面继续念叨，“还好，本来差点叫我家老公送车去洗——妈，你怎么想出来要改杨小蝶？是原来在杨家的名字吗？那到郭家为什么要改成宝珠？郭小蝶不是比郭宝珠好听？咦？为什么你不叫我郭小蝶？平平是小什么，小蝶不是还比小美好一点？”

宝珠懒理女儿的一大串问题，偏头望向窗外，做状浏览。偏偏马路上正在施工，设了一长排路障，挡住视线，雨中满眼泥泞，毫无街景可言。宝珠退休后和丈夫参加旅行团四处游览，足迹踏遍中外各大城市，算是见过了世面。这几年她住的台中都市重划，家所在的新区市容比老旧的台北整齐许多。此刻不禁心想：台北真难看！入秋就下雨，马路永远修不完，老是坑坑洞洞。她早忘了四十五年前，十八岁的自己对台北繁华都市的赞叹。

那天一过桃园就下雨，出了台北火车站，四围都在施工，出租车绕来绕去，原本十来分钟的路开了半小时。宝珠初出远门的兴奋感盖过了因为不惯长途旅行而引起的种种不适，可是坐了几个钟头的火车没晕车，短短的出租车程却颠得她反胃想吐。

宝珠强压喉头涌上的酸水，睁大眼睛看着马路上的商店和行人，无意间把脖颈伸长，脸也靠向车窗为了透气留着的缝隙；迎着飘进窗内夹风细雨的青春面庞上顶着为了上台北吃头路①新烫的头发。远处街上的人看不清，还以为里面坐了只好奇的贵宾狗。

“到位了！”替宝珠介绍工作的亲戚大声宣布目的地到达。坐在后座的宝珠连忙拿起身边的大包小包准备下车。

这边的马路比火车站前还泥泞难行，路边一条长洞挖成了战场上的壕沟，旁边散乱地放着一节节水泥涵管，出租车没办法前进，就近在马路上停了。宝珠抬头看见大门口“三福模具公司”的招牌崭新，想到这就是自己将来的工作地点，心中有些激动。

---

①闽南语，意为做工作。

郭家的住房和工厂、公司共着外围墙，走进临大马路的铁栅栏大门后有片原来像是农家晒谷场改建的宽阔车道兼杂物堆置区。上世纪六十年代，原属边陲省会的台北城在一九四九年迎来丢失大陆的国民党，转型“陪都”已经十几年了，可是城市建设需要时间，现在的信义计划区当时还是一片田野风光，三福公司就是个住办合一的郭家大院，四周都是绿油油的菜田和水稻。

雨下得越来越大，亲戚带着宝珠和行李，替自己打了伞就顾不上她。宝珠用身体护住包着礼物的花布包裹，像只落汤鸡一样狼狈地跑进厂房，不及安顿，先去办公室见东家亲戚。

五十岁的老老板郭三福当时已经退居二线，负责管理工厂，把业务交给刚服完兵役回来的长子郭银俊。郭三福的父母年轻时带着儿女北上卖菜，后来勤奋兴家，在山边买了地开垦种植，产销一体，奔了小康。三福不喜欢务农卖菜，做了黑手学徒。出师以后替人家打了几年工，靠家族资助自行开业。数年后不但家里的菜田赶上国民党到台北，地价飙涨，自己的三福工具厂收益也年年增加。

等到儿子银俊工专毕业，父子兵上阵，生意如虎添翼。银俊自己懂专业，还有五专同学、师长带来的业界人脉。社会转型带动百业兴旺的大环境，银俊很快就把父亲的工厂改制公司，扩大规模，车间升级增加业务，承接制作利润更高的工业用模具。大展宏图，当然要增聘人手，去年才从初等职业学校毕业的宝珠就是新请来的会计兼出纳。厂里职工都是中部老家来的乡亲，宝珠虽是养女，说起来跟银俊共曾祖父，算堂妹，是将来要委以信任，培养担负起财务重任的自己人。

以台北的严苛标准，宝珠的皮肤黝黑，薄薄的嘴唇太阔而且不够红润，可是十八无丑女，尤其笑起来像弯月的眉毛和眼睛，让她看来特别友善，那种好商量、不懂拒绝人的样子，能让最害羞的男人鼓起胆子跟她套近乎。初来那天她穿着朴素的白衬衫、花布裙，上半身被雨淋湿，料子成了透明，清楚看见里面是台北女郎已经扬弃了的老式棉质胸围，粗线车出的尖头罩杯包不住发育良好的胸部，腋下一路扣到胃部的保守内衣更遮盖不了充满少女诱惑的腰部曲线；下半身的印花褶裙没有淋透，可是沾湿了的裙摆贴着臀和腿，什么都看不见却让人想得出，更勾起心猿意马。

宝珠和银俊看见对方的第一眼就都感觉惊艳了。

怎么会有这么好看的男生？宝珠在心中惊呼。她只瞥了一眼，银俊那张唇红齿白、眉浓目清的脸，瞬间铭刻少女心头，再也无法磨灭。这个先被介绍为“阿俊”“阿兄”，后来介绍人又说在办公时间要喊“总经理”的年轻男人，有双不规矩的眼睛，从她进屋起就毫不客气地盯在她胸前。她没有感觉被冒犯，只是芳心忐忑，双颊发烫，感觉室内其他人都听得见自己强烈的心跳声，就害羞地低下头去了。

“你那个害羞的样子……真让人忍不住！”银俊的气息呼进她耳中，他用牙齿轻撕宝珠的耳垂，意图逼她抬头，“害我第一次看见就想把你……”他说着痞子的情话，手熟练地伸进她的上衣里，“咦？你换了胸罩吼？”他想到从前让他花了不少力气才解开的长排暗钩老式胸围，有些自问自答地道：“这个扣子在前面的哦……”

银俊得到破解密码般的快乐，手上不停，口中轻笑着说："这个比较方便噢，是为了我买的，对不对？"

虽然晚上住在一个屋檐下，白天又在一个办公室里上班，两个人要在一起弄出点花头却并不容易。几个月来银俊算是煞费苦心，却难得再有像第一天那样的机会——或者是不再有那一天的胆子？银俊事后回想，自己都被那天的大胆行为吓到。什么？虽然早知是个养女，再怎么说也是亲戚，还是良家妇女，连名字都没听清楚就上了？后来一起喝酒的兄弟都认为他吹牛，银俊也自嘲色胆包天是因为"当兵三年，母猪赛貂蝉"，何况那样一个衣不蔽体、鲜嫩欲滴的青春肉体送到面前来？

送宝珠来郭家见工的亲戚自己在台北有家要赶回去，把人带到，略为寒暄后就告辞了。厂里有职工宿舍，可是清一色男性，宝珠不单是女眷，还算亲戚，郭三福要儿子带宝珠回家去让老婆阿卿安顿。银俊就打起伞带人过去还有几步之遥的住家那边。进屋他叫了几声没人应，想想就直接把宝珠领去了客房。

说是客房，却离开了起居的主楼，像通道一样连接起后面的偏间厨房，有门无窗，面积却不小，旁边还有间专用的浴室塞在通往主楼的楼梯下面。通仓式的房间除了门口留着宽百多公分的一长条，靠墙摆放着五斗柜和梳妆台，其余的面积都被铺了榻榻米的台式大炕占满了。台湾热，大炕下面当然不生火，地板架高，一为避免湿气，二为增加储藏空间，如果不是进门处留的那一长条地面造成区别，就是间没有拉门的日本和室。银俊把宝珠的行李分别堆放在地上和炕上，递了条毛巾给她说："你都湿了，先擦擦吧。”

宝珠听话地接过毛巾盖在头上慢慢擦拭，抬手的动作让她的女性特征颤巍巍的更为突显，银俊咽了一口口水，说：“你这样慢怎么擦得干？”不认生地把毛巾接过来代劳。宝珠心跳加快，感觉不妥，可是完全不知道要如何拒绝这个刚见面，却英俊得让人心软的小老板，只把头垂低，眼睛也闭上了不敢看。

银俊专注地擦着少女湿湿的鬈发。空气里除了雨天的潮气，少女发梢残留的刺鼻化学药水气，还有两个年轻身体喷出的微微汗酸气，实在不太好闻。可是最让银俊感觉难耐的却是他处男体内那股无臭无味，四处游走，巨大到要爆炸的莫名之气。他勉强自己的脑子去想学生时期就开始交往，至今已经谈了五年恋爱的女友安心。

安心是台北的浙江小姐，家里信天主教，自己在美国新闻处上班，学着洋同事叫他“哈尼”，说是“蜜糖”的意思。他们走在路上都牵着手，偶尔能在送她回家时找到机会在暗巷里拥抱和接吻，他们的爱情每进展一步都让他兴奋到失眠，他感觉非常爱她，可是两人一淘时却从未经验过像此刻这般的烦躁和压迫感。擦拭着这个陌生女人的头发让他分心想到军中老士官讲的猥琐笑话和他一直向往，却到退伍前都没有勇气造访的神秘军中乐园。

银俊身体里的那股无形之气在乱蹿，脑子里安心的笑颜渐被冲散。他一定开始幻听了，他听见自己跟自己说了句闽南语“冻未条”，如果换成现代流行语，那他说的就是 hold 不住了。银俊丢开毛巾，伸出一只脚像驴那样朝后一蹬就关上了门，身子向前一步，完全没在抵抗的女体就被他压上了榻榻米；他鸡手鸭脚，万般艰难地扯起宝珠湿透的上衣，喘着气说："湿衣服不脱……你会感冒……"

那天两人到底有没有成其好事已经成为疑案，连事主都因为当时懵懂而不敢肯定；不过那也不重要，因为后来两人之间，有长达数年的关系都建立在那天的行为基础上，还留下一个永远的纪念品——郭小美。

和宝珠不"谈"不"恋"，一切付诸行动，也算一种形态的爱。银俊有时候觉得他和安心谈恋爱常吵架就是因为说得太多，做得太少。可是像和宝珠那样，见了面二话没有，直接行动，有时也让他感觉怪怪的。宝珠蹙着眉头、咬着下唇、一声不吭的样子虽然更加激起他的动物性，一旦天良再现，他就觉得自己欺负了人，既惭愧又不忍心。年轻的银俊不懂那就是怜爱，只想到如果他也像对方那样安静，然后完事站起来走人，没有礼貌。于是两人一起之后，银俊也想出些废话跟宝珠说。

"小蝴蝶，你爱不爱我？"他的情话是疑问句，自己并不表态，"你爱不爱我？"

银俊自从十八岁未假思索就对安心说出爱你以后，这个词在他，终生再也难对第二个女人启齿。可是此时此刻，此情此景，好像不能不提那个关键词。他滑头地调转个方向，把责任丢给合作造爱的另一半。如此一来，不但带到必要的动词"爱"，搭配上他心血来潮取的昵称，能不感觉柔情蜜意？此情此景，喊"小蝴蝶"果真比"宝珠"更有气氛，而且一语多关，对着身上哪里都能喊这个好名字，他非常自得其乐："噢，我的小蝴蝶怎么这么乖？太可爱了！真希望我女朋友像你这么听话！"

宝珠有耳无嘴，不管银俊如何胡说八道，反正听着就是，被逼急了顶多摇头、点头。一生花花草草不断，很少回头检讨自己混乱男女关系的银俊后来曾难得地回想过跟宝珠的这一段，不免怀疑跟女人上了床就口没遮拦，替自己找过不少麻烦的坏习惯，其实就在还是猎艳肉脚[1]时期跟宝珠一起养成的。

嘴上不把关的银俊不止一次好奇地问宝珠，擦擦湿头发，就莫名其妙擦上了床的那天，是不是她的第一次。他的问题碰到了寝不语的宝珠，当然从来没得到过答案。不过宝珠是或不是处女不太重要，不管银俊做了什么，心里可从没想过要跟安心之外的女人共组家庭。他跟宝珠不知确认过多少次，这事在他们之间是你情我愿，没有其他牵绊的。

"你不会想嫁给我吧？我这么坏！"银俊没等宝珠回答，又问下一题，"我这样对你，你会要我负责吗？"逼问到宝珠摇头后，说："放心好了，虽然你不想嫁给我，我对我做的事一定会负责任的。"

银俊对女人随便，不等同他视婚姻为儿戏，从十八岁牵起安心的小手，银俊就认定了她是要与之白首偕老的女人。在择偶这件事上，银俊用自己的方式从一而终。甚至日后和安心为了他的出轨行径起争执的时候，银俊都理直气壮，感觉安心不知足。可是银俊自以为对异性和婚姻的态度超越世俗，苦恼于所爱对他不

---

①意为菜鸟。

理解，却没想过自己的行为和思想都只是受到封建文化的影响，根本没有什么独到的人生哲理。

从清光绪二十一年的《马关条约》，到一九四五年日本投降，日本殖民台湾凡五十年。中华民国在一九二八年明文规定国民一夫一妻，不过当时这一条在大陆本土都是一纸具文，何况国民政府还管不到的台湾。台湾官方遵行日本定的殖民律法，民间就约定俗成，男人妻妾成群在汉人社会里一般被看成有办法，是养得起妻小、事业混得好的象征。台湾光复以后法定不能多妻，户口配偶栏只填得下一个名字，可是历史遗留下来的小老婆们怎么办？那就随办理户政事务的刀笔师爷各显神通了，如果住在一起，就以寄户人口处理，下面注记“二房”“三房”，或留着暧昧的空白；金屋藏之的，算自立门户，让同一个男人在好几个家庭当“户长”“父亲”，不追究重婚罪。银俊在一九四五年的秋冬之际出生，算民国人，可是追溯回去一两代，他的乡前辈不但在嘉义卖米的三妻四妾，银俊的祖父到台北卖菜发家，一样也有两个妻子、一个外室。爸爸郭三福虽然没能赶上正式娶小老婆的年代，酒家和茶室里结识的相好却很公开，也从不避讳带着儿子到风月场所去“学做生意”，银俊从小耳濡目染，一个茶壶配多个茶杯的男女关系对他像呼吸一样自然。

然而银俊毕竟不像父辈那样去古未远，他身处的社会在进步，人的思想在改变。国民党政府小心检查书籍报纸，垄断传媒，严格替人民思想把关，对谈情说爱的文艺作品却网开一面，好莱坞的电影和电视片占领市场，西风压倒东风。“现代人”银俊和前辈只追求茶杯不同了，他还要追求爱情。

银俊专科三年级的时候和同年的女朋友安心一见钟情，谈起美好的初恋。两人是俊男和美女，走在路上都引人侧目。这桩美事拖了十年，到安心成了没有行情的老小姐才开花结果的原因是，郭、安两家不是一个池子里的鱼。

郭三福出生于昭和元年，读过私塾，识汉文，小学校读了三年，也会讲日语。当时台湾人除了连姓名都改的皇民化家庭，一般汉人并不自认是日本人。不过认不认由不得自己，如果不是日本投降，郭三福也已经得到召集令，准备去菲律宾为天皇而战了。所以一开始三福很高兴日本战败，起码不用去南洋当炮灰。可惜台湾人很快发现从唐山过来接管的公家没比日本人更好；税更繁重，军队纪律差，警察欺善怕恶，对良民都索贿，心里就凉了。过了年把，发生“二二八”事件，国民党派军队清乡抓共党同谋，遭到逮捕枪毙的多半是台湾地方士绅。幸好郭家亲友只听说有人不巧上街遇乱挨过打，倒没有伤亡。家族中没死人，郭氏和外省人没有大仇，讨厌免不了，没到痛恨的地步。

日本人走后就失序的台湾社会痛苦地走上了新的轨道。城里有积蓄的富人在旧台币换新台币的金融政策上吃了大亏，乡下有田产的地主在土改政策下失去了世代累积的田地，在城市边缘，份属中产的郭家反而在风暴中安然度过。到了一九四九年，国民党流浪到台北，受惠于市区发展，在地人财富增加。日子过得越来越好的三福夫妇和中国其他省份的本地人一样，对语言不通、风俗有别的外来难民有着几分因为缺乏接触和了解而产生的忌惮。

反感不大，就没禁止儿子银俊和外省女人来往或通婚。阿卿说的话足以代表郭家大人态度："是要娶回来的就没差！"

安家爸爸却是随国民党政府迁台的高级公务员，以当时的观念那就叫官。安家妈妈是上海中西女中的毕业生，从祖父往上算三代都有顶戴，无论嫡庶都算前朝官宦人家，随夫逃难到台湾，也还是个官太。安心英专毕业，在洋机关工作，她向往浪漫的西洋爱情，也遵守严格的传统家教。安太太从小就教导女儿女怕嫁错郎，一定要睁大眼睛，找个门当户对的夫婿。安心美艳高挑，气质出众，银俊被她深深吸引，誓言非卿不娶。可是当完兵回来，心性已经转大人的银俊却有了花花肠子，和官小姐之间光谈不练的爱情长跑虽然甜蜜，却也加深他的男性烦恼。听话的小蝴蝶碰巧在这个节骨眼上飞到跟前，银俊得到机会实践光练不谈的男女关系，就放手让下半身去当领导。他越来越沉溺于宝珠的好，却从来没有想过，宝珠虽是台中来的亲戚家养女，却和台北官小姐安心一样未婚，是他郭银俊合格的妻子候选人。银俊理直气壮地实践着灵肉分离的三角关系：宝珠近在咫尺，随时见得到，常常摸得着；银俊的周末却都用来配合安心的作息，洋机关双休，银俊也就从星期六中午下班后放下一切，专心和佳人约会。

安心虽然和银俊很相爱，却因为明知父母有门户之见，一直把个交往了多年的非名门男友藏藏掖掖不往家里带，这样难免让自负的银俊心中有疙瘩。熬到周末，好难得情人相聚，安心还不想着怎么弥补男友一周的相思之苦，来点实在的。反而伤春悲秋，耍小性子，谈来谈去，就是要人家感恩她为了他做的种种牺牲。

“你为我牺牲什么呀？”两人谈恋爱谈得吵起架来，银俊提高声音道，“你自己说你姐姐太早嫁去美国，你爸舍不得你，才不要你去，现在你说是为我牺牲？你有男朋友的人不跟别的男人去舞会是应该的耶！噢，这也要我谢谢你？欸！我差点忘了，是你自己没请我去的哦。会讲英文就比较厉害啊？你们美新处一个晚会有什么了不起？谁稀罕！”

约会不欢而散，安心哭哭啼啼地回了家，天天等银俊打电话来道歉。银俊感觉灰心，明明知道怎么样可以哄得回来都不想做了。虽然存心冷落，可是自己情绪也受到影响，感觉无精打采。看到来北部后更见圆润的宝珠，穿着胸前扣子都快绷开了的旧上衣，在身边转来转去才提起一点劲。下午找借口带宝珠去银行，用摩托车把人载到专供情侣亲热的咖啡座上去狠狠轻薄了一番，以解心头对爱人的思念之苦。意犹未尽之余，心想安心这样刁难人，就该给点颜色，谁规定周末都要向她报到？就跟宝珠说：“礼拜天不上班我来找你。”

“礼拜天要去补习。”宝珠小声得像蚊子叫。

“补习？”银俊还以为自己听错了，“你一个礼拜才休一天，不在家里补觉，补什么习？”他的语气不屑，心中其实暗暗吃惊，想这丫头才来台北半年，平时一声不响，让人以为她还摸不清东西南北，居然已经找到地方开始补习？“那你补完早点回来，你不会补到晚上吧？”

宝珠想告诉银俊，补习时间确实是一整天，自己到台北来上班的主要目的就是为了升学。下个月高职就要招生考试了，不能不用功。可是她只羞红了脸点点头，不敢答腔。

宝珠不太敢跟银俊说话，连不要也不敢说。第一次见面，老老板阿叔说她该叫银俊阿兄。阿兄在宝珠心里权威无限，她自己三个养兄都从小欺负她：“你要敢说不要，我就打给你死！”

打还罢了，长大些后，他们分别都找她研究过学校只教一半的生理卫生。放诸今天，三个无良少年猥亵女童要以《性骚扰防治法》抓起来，可是半世纪前的台湾中部小镇，居室狭小，养兄妹之间做不到男女之防，罪恶就在大人眼皮子底下进行。完全被蒙在鼓里的养母还把宝珠九岁时听到阿兄回家，就吓得躲到神龛下去的糗事当笑话讲给人家听。

台湾跟闽南风俗相同，重男轻女，古早民间买卖女童或弃养女婴都是寻常事，很多人家都有养女。要跟当时其他人家的歹命养女相较，除了养兄少年时候因为不懂事欺负过她，宝珠来到郭家还真算是碰到了好人家，不但没有转卖或者逼她当童养媳，还让她上学。不过宝珠不是郭家买来的，她自己也是好人家女儿。宝珠的亲生父母姓杨，母亲一连生的都是女儿，第四的宝珠让家中老人失望无比，小名就叫“罔饲”，意思是“白养”。小罔饲出生不久碰巧雷劈猪舍，击毙了刚出崽的母猪和小猪。算命的说是凶兆，新生儿要送给姓郭的养大，杨家才能家宅平安，未来还能一举得男。祖母就在罔饲断奶后，无偿送给了郭姓村人。郭家之前自己已经有三个儿子，喜得一女，改名宝珠。宝珠八岁的时候，郭家举家搬到镇上做小生意，渐渐和杨家失联了。宝珠乖巧，养父母也对她很好，到了镇上家里事情少，国民学校的老师到家里一说，就同意让她去接受义务教育，后来甚至还让她继续上了要缴学费的初等职业学校。

初职毕业以后，宝珠表示自己想升学，可也明知养家不可能在养女身上继续浪费宝贵资源。初职老师建议她到台北去念夜校，半工半读。刚好银俊家里找出纳，善良的养父母并没有打算把她留在家里嫁给养兄省聘金，或者当成摇钱树嫁出去赚彩礼，看到她自己有意愿出去闯，两边接上头，一拍即合。视她如己出的养母临行流着眼泪交代：到台北一定要听阿叔家里人的话，人家要你做什么就做什么；人家问你那都只是客气，你能担就担，不要多话。如果讲错话惹人讨厌，人家会把你赶出去睡马路！

银俊看宝珠总是不声不响，也好奇过宝珠怎么看待他们这个关系？可是问过几次也没问出要领，只好算了。反正从第一次起，宝珠就没有拒绝过银俊的任何无礼行为，她顶多是在极不舒服的时候，用暗劲抗衡一下，可是通常不管银俊试什么鬼把戏，她都配合。就像那天根本还是两个陌生人的时候，她也从头到尾没喊叫抵抗，或者推开显然已经意乱情迷理智不清的少东家，以致过程中她那突如其来、充满了痛苦的一声闷哼，竟然成功地唤醒了本质并不属强奸犯的银俊。

“对不起！”银俊马上停了下来，有些惭愧地赔起不是。看见怀中女人紧闭双眼，不理睬他的样子不免心中着急。他不知道自己怎么竟会失心疯至此，在家里就侵犯了第一天来公司上班的女亲戚。他不晓得这下自己该惹了多大的麻烦！这女的会不会报警？或者向他父母告状？他想先问问她的意思，却慌得一时想不起早先在办公室里听说她叫什么来着。

“欸！”他轻轻推挤了一下让他枕在双峰上的陌生女郎。人家没反应。

他抬起眼睛，看见旁边从她身上胡乱扯下来的花布裙子，上面印着蝴蝶穿花丛的图案，鼻尖前面又流动着像蜜一样芬芳的少女乳香，他和安心之间互相喊的蜜糖顿时浮现心头，却不好此刻应用，他来了灵感。

“小蝴蝶，”银俊喊着临时诌出来的昵称，用温柔的声音说，“你是我的小蝴蝶！”他的温柔把自己也感动了，心想这手真是高，避免了这种时候来个请问芳名的尴尬。

他看见女人的睫毛扇了一下，就撑起上半身说：“睁开眼睛看看我，好不好？小蝴蝶！”宝珠听话地睁开双眼，看见那个有张英俊面孔的男人，正用像总是带着笑的双眼凝视她，轻轻喊她：“小蝴蝶。”

她想问为什么要叫她小蝴蝶，可是她不敢出声，两个人没穿衣服这样抱在一起让她非常害羞。就赶快把眼睛闭紧了，不敢再看。

银俊完全清醒了，呼出一口大气，虽然他直觉对方没有生他的气，可是还是心中忐忑地坐起身来，毫无把握地说：“我没把你怎样吧？”

宝珠摇摇头。

“我弄痛了你吗？”银俊问，“你生我的气吗？”宝珠还是摇摇头。

“你会要我娶你吗？”银俊问了一个忽然就飘进他脑子里的问

题。他严肃地盯着双眼紧闭的少女，直到确定她还是摇了摇头。

银俊几乎完全放心了。他的耳朵忽然竖了起来，确定听见外面有点响动，迅速地跳下通铺，一面穿上衣服，一面说："赶快起来！好像我妈他们回来了。"他没等宝珠收拾停当，就自行先出房门，大声地打着招呼迎向来人，替宝珠争取更多的时间："啊恁是都跑去叨位？刚才一直唤无人！买菜买那久？噢，台中那个女孩子到了，爸叫我领她过来……"

宝珠就此展开她人生中在台北的一页，偏间的客房也充当了几年她的香闺，不过经常要和其他女性临时工，或者来访的亲戚、客人当室友。

"睡宝珠那间！"女主人告诉留宿的女客。宝珠倒没有感觉太不方便，她从小到大没有过自己的房间。反而是银俊觉得麻烦，他要等待净空才能溜进去找她，他讨厌家里那些来来去去的欧巴桑，嫌她们碍事。

"真难得今天没人住你房间！"放假难得在家的银俊发现新大陆，"今天连我妈都不在。礼拜天我家都这样安静吗？还好你那个习补完了，考得怎么样？"银俊并不需要回答。他心里比较着空间狭小、手脚施展不开的咖啡座和像间房一样大的炕床，快乐地叹息道："唉，家里真好！"

宝珠想说：家里这么好，周末就留在家里别出去嘛。可是在他们的关系里，她只依例含羞垂头，一言不发。银俊忙过一阵以后终于注意到自己的女伴，开始对着宝珠嘀嘀咕咕。

"欸！你变白了，皮肤也变细了，是因为来了台北吗？"他坏笑着欺身过去，吃着豆腐。“还是因为我的缘故？”银俊摸了一手的珠圆玉润，脑子却忽然想到安心穿着旗袍的纤细腰身，心头顿起涟漪。他揽过宝珠，调笑道：“真的白了，像台北人了。不过也胖了。都怪我买冰淇淋给你，害你吃上瘾，小蝴蝶成了胖蝴蝶。欸！胖蝴蝶！少吃点，我喜欢女人瘦瘦的。”可是丰润的她在他怀里，乖乖地随他摆布。

“你真的胖很多耶！屁股、肚子都大了。以后不买冰淇淋给你了。记住我喜欢瘦瘦的女人。”他警告她。可是他正享受地枕在她的丰臀上，话锋随心念一转，又说：“不过胖有胖的好处，反正我就是喜欢女人！”这才是真心话，不过要让安心听见，那就请他吃不完兜着走了。他感觉不回嘴的宝珠是个好听众，在这一刻令他爱到心痛：“小蝴蝶你真可爱！最可爱、最听话的就是我们小蝴蝶！”

可是银俊却坚决不同意女儿取名小蝶。那不就是小蝴蝶的意思吗？不行！

那叫什么名字呢？台湾小学课本上的名字不是小明就是小美，银俊用了第一个闪进脑海里的女孩名，说：“叫小美吧！”开玩笑！小蝴蝶是房间里叫着玩的。他对着她身上哪里喊的，那个傻女人难道不知道吗？

从命名的小事就显示，即使完全没准备就做了父亲，银俊对后代的事情是相当严肃的。事实上，闹出了“人命”以后，银俊一夜从男孩变成了男人，他很有担当地明告父母：绝对会对孩子负责，可是死都不娶宝珠！

郭家父母拿有主意的儿子也没什么办法，只能看见就骂：“夭寿啊你！”一面找和两边都有交情、够分量的家族亲戚出面斡旋，就儿子撂下的原则和女方家庭进行协商。

那个时候宝珠没有单独和银俊相处的机会，有话也是人家带来带去，彼此不直接交谈，连替女儿取名都传话。银俊妈妈阿卿说：“我觉得小美比啥咪小蝶好。”她接过带来给月子中宝珠喂母奶的婴儿，抱在怀中，慈爱地逗弄起大孙女：“阮阿美尚乖，阿美！”她很高兴自己做了年轻的祖母，一面心想，幸好没叫小蝶，不然小名阿蝶，那可够难听的。

依照习俗，宝珠在密闭的房间中坐或躺，不能看书，说是伤眼，不能吃生冷，说是会落下妇科病。她很想吃个冰淇淋，上台北以前没吃过，一吃就爱上了。银俊带她去咖啡馆的情人座亲热，咖啡太苦，她喝了一口吐出来，银俊就替她点了冰淇淋。看她喜欢，之后出去跑业务，就会带回来两个小美冰淇淋放她桌上。

“所以他替女儿取名小美。”宝珠甜滋滋地想。感觉确实比她想的小蝶好，她偷偷地乐着，她懂银俊的意思：只能是她，连女儿都不是他的小蝴蝶。她本来有点担心生的是女儿，银俊和他们家会不喜欢，可是看起来全家都没有不高兴的样子。她才放下心来。而且银俊父母对自己儿子没有好声气，却没当她是罪人，反而台中养父母生了她的气，一直没有北上看外孙女。可是这些都不是宝珠目前的烦恼，她最放不下的是好不容易考上的夜校，有了孩子，开学以后她还能不能去上？

“开学以后你做你去学校，”新任阿嬷阿卿挂保证，“阿美很乖很好带，我帮你！反正家里事情越来越多，本来就要再多请一个欧巴桑来到相帮。”阿卿小心地问：“阿珠，我有唾讲到无唾，你烦恼的就这样吗？”想想，觉得需要重申：“没人怪你，这种事再想也知是女的吃亏。都怪那个夭寿的阿俊！可是你了解，你们身份证上是叔伯兄妹，他不能娶你。你了解噢？”

宝珠点点头。阿卿松了一口大气。其实宝珠的养父母可以先办弃养，可是因为银俊一早表了态，溺爱儿子的父母亲就没有往能办成的方向努力过，反而为了替闯祸的儿子摆平，许了宝珠养家一笔遮羞费，应承了宝珠出嫁会为她添妆，甚至表示如果小美姓郭，那养育费用和将来的嫁妆也归银俊负责。

这件事就像一桩童叟无欺的生意一样地得到了双方家长的同意。宝珠如愿地留在台北工作和升学，孩子也有人帮忙照顾，银俊多了个女儿，除了阿卿想起来骂他一句夭寿，生活没有太大的改变，只是经此一役，他心里更加坚定以后要和安心结婚。不过宝珠还是那个在他身边的人。而且事情闹穿了，家里替他赔也赔了，大人对小两口的关系采取睁只眼闭只眼，随他们去。可是得了教训的银俊和宝珠，在一起时双双考虑到避孕的必要和方法。顾忌一增多，时间一拉长，银俊早在和安心结婚之前，就已经失去了对宝珠初见时的热情。

银俊的婚礼和宝珠高职毕业考试碰巧在同一天，她顺理成章没能去观礼。满三岁的小美倒跟保姆一起去吃了她叫咕[①]的父亲

①闽南语，意为舅。

的喜酒。宝珠早早考完交卷，离开教室后一个人在黑漆漆的校园里痛哭到校工关大门才回去。

三福模具公司渐渐摆脱了昔日家庭企业的面貌：扩建了厂房，沿马路盖了四层楼高的写字楼，打掉了郭家大院的围墙，厂、办、住分了家。写字楼的顶楼加盖了没有申请执照的公寓单位当作员工宿舍。宝珠和其他三个中南部来的女孩子做了室友，四人一房，有公用的厨浴。小美住在郭家大宅，和保姆一起睡在宝珠原来的房间。

有了高职文凭的宝珠一直还是会计小姐。她在拿到三福模具公司十年服务奖章以后，和台中的蔡有呷经过相亲结为夫妇。有呷装潢学徒出身，在建材行做伙计，家境清寒，拿不出聘金就耽误了婚姻大事，三十多岁才为了替重病的父亲完成心愿，由媒人中介和比自己小五岁、带了个九岁女儿嫁人的宝珠结为夫妇。

宝珠的公公在两人婚后含笑而逝。宝珠把郭家给她添妆的现金拿出来买了个小店面，让有呷自己做老板，然后在三年之内生了两个儿子，儿子请算命先生依据命中五行所需，分别取名正土和正火。有呷觉得自己娶到宝珠是上辈子修来的福分，对小美也爱屋及乌，视同己出。只有宝珠的婆婆看不开，不但对宝珠为家庭所做的一切贡献视而不见，有时还对媳妇和拖油瓶孙女恶言相向。有呷深爱宝珠，自己母亲对宝珠母女的态度看在眼里，很不舍得，却也无计可施。庆幸的是两个亲孙子来得快，转移了老人的注意力，一家人的日子就也过下去了。

台湾发展十大建设，岛内就业人口增加带动产业内需，幸运地替人口稠密的小岛在上世纪七十年代的全球石油危机时期构筑了避风港。本来银俊的生意也算好做，可是急于扩张，调动了不少头寸。不料接替宝珠的会计小姐和会计经理发生私情，两人卷款私奔，害得公司周转不灵，险些倒闭。郭三福抵押了一块地给地下钱庄，银俊的岳家也动用了关系向银行高层关说，才帮被各方打落水狗抽银根的银俊渡过危机。事后家族检讨商量，觉得非要安插个自己人管财务，否则银俊忙于拓展业务，难免有照看不到的地方，这时想起了宝珠。“台北阿嬷”阿卿奉命说项，就以要小美回来就读台北明星初中来说服宝珠凤还巢。

有呷当时只知道台北的阿叔是妻子的老东家，小美喊得亲，直接叫二老阿公、阿嬷，却不知道她叫咕的银俊就是生父。有呷是个感恩的人，一直记得当年郭家给宝珠添妆的特大红包。而且宝珠带着小美到台北去上班，可以避开婆媳冲突，少受多少闲气，就鼓励老婆受聘。

“我妈妈身体好，她喜欢带孙，”有呷说到了重点，“你也知道，她只喜欢阿土和阿火。”

宝珠想到女儿受的委屈，考完高职毕业考后就没有哭过的她，掉下了眼泪。

“小美这会读册，她台北阿嬷不是说他们那里是最好的学区？”有呷也哽咽了，“她小小年纪就这么懂事情，这么乖。我妈人真好，嘴真坏。我不甘小美被糟蹋！”

宝珠哭出了声。有呷妈妈脾气不好，说话尖刻。宝珠遇过几次婆婆抱着孙子在外面和邻居聊天，小美放学回来打招呼：“阿嬷！”当众立遭詈骂：“别黑白叫，谁是恁阿嬷？”

等下回小美记取教训，不敢喊人，老太太骂得更狠：“没规矩！不知谁人生就不知谁人教了吗？”如果不巧站得近，就顺手一巴掌挥过去。

宝珠想到自己是养女，养父母都没那样待她，心里就松动了，问：“恁妈会让我去台北吃头路吗？”

有呷撇着嘴道：“只要跟她说，你去有钱赚，屋内减两个人吃饭，你觉得呢？”两夫妻相视抿嘴偷笑，宝珠娇嗔地在丈夫臂膀上轻推一记，有呷懂那是说“你坏”，心里痒痒的，已经舍不得老婆去台北了。

郭家这样礼聘，宝珠回到三福公司，头衔却还是会计小姐，不过到底当她母女是亲人，薪水虽然是行情价，却多了一条供吃住的福利，把银俊结婚以后搬出去，家里空下来的房间给两母女住，天天一家人一样同桌吃饭。公司里连经理都知道宝珠的身份不同，对她客气三分。宝珠也尽心尽力，公私不分，同事们出去凑份子吃饭私人掏钱，她都要商店开公家发票充当公司买的单，用以核销银俊一些乱七八糟上不了台面、无法正常报销的开支。

有了宝珠当账房，银俊不再担心后院起火，他对她固然早就没有男女之情，可是毕竟有过肌肤之亲，还有个共同的孩子，哪怕宝珠已经被“放出去”嫁人，有了那点过去，银俊就像手中握了人家的卖身契，感觉这才是自己人，能委以信任。银俊想：难怪有几位世伯把公司里的秘书、会计或出纳小姐什么的都收了，原来这样才能放心！生意人不容易呀。

只有那个让他又爱又恨的傻老婆安心不懂事，完全不体谅丈夫在婚姻之外发展男女关系的必要性，常常为了陪她的时间太少这种小事找他吵架。银俊看起来大剌剌的好像永远是一家之主，其实心里暗暗怕着得理就不饶的老婆。有时候和酒友开玩笑，也会自嘲“家里那个外省婆就是不够温柔”。他觉得心里从来没有少爱过安心，跟别的女人在一起，哪怕生了孩子，他还是让安心稳坐大位就是明证。可惜安心就是不领情，夫妻关系逐渐疏离，有时闹得他都不想回家了。

宝珠母女搬到台北才几个月，郭家就有人说漏嘴，泄露了隐瞒十几年的秘密。安心发现银俊在结婚前就不忠，怀疑小美是和会计小姐的私生女，打电话到公司去质问宝珠，再向银俊证实后，在家又哭又闹了几个礼拜，竟然气到流产。

宝珠听说了过意不去，就去找银俊辞职。银俊两眼一瞪。“我还不够烦吗？你不要给我在这里来乱！”他没好气地说，“别理我老婆，我跟你那是多久以前的事？还找我吵！别理她！再打来你就转给我。”

“是我对不起她，”宝珠难得地坚持，低下头小小声地说，“当初我不该介入你们之间。”

“什么介入？你根本什么都……”银俊不屑地笑起来，可是站在他桌前怯生生的徐娘会计，却让他忽然记起和自己偷尝禁果的十八岁害羞少女，心里动了一下。脸上的笑意渐浓，他从座位上站起，走过去伸手轻抬人妻下巴，说：“你那个害羞的样子……”

没有闪避的宝珠双眼一闭，两颗泪珠流下了她的脸庞。银俊薄弱的色心立刻被浇熄，哪怕他不在乎人家有没有老公，可是宝珠现在替他管着钱包，比任何女人都不能得罪，连忙撒手，诚恳地说："对不起，对不起！宝珠，以后一定不会不礼貌。我真的需要你，公司需要你。小美刚进金华读得这么好，你为了我，为了公司，为了女儿，都不能辞职。"

宝珠轻易地被说服了，她听到银俊说需要她，她只不太确定银俊有没有喊小蝴蝶。她没有想到银俊因为商场应酬频繁，十几年经历了许多花花草草，喊过多少女人各种花名，已经完全忘记了自己曾经在情浓时频频呼唤过一个少女小蝴蝶。

"为什么嘛？妈，你少装没听见。"小美遗传了父系的坚持，"我问你为什么没有替我取名郭小蝶？我觉得比小美好多了。"

"你不是说不喜欢小这字？"宝珠反击。她已不是当年那个三棒子打不出一句话的乡下少女。她帮郭家管了一辈子的钱，虽然没有头衔，银俊生意规模扩大以后，内账都要她过目盖章才算数，别说公司里的财务长，连外面交关的银行都知道三福公司里有这么一位神秘无声的大账房。

小美为了避开单行道，弯进巷弄里穿梭，宝珠正感觉周遭看来眼生，小美却绕到了松江路上，宝珠脱口而出道："怎么出来就到你咕公司？"

小美抽空瞥了妈妈一眼，说："他公司搬到内湖好几年了。怎么你又忘了？"

宝珠有点不好意思地解释道："在这里上班几十年，新的地方我又没去过。你上次不是说他要去大陆设厂？"

小美说："去了都多久了？报上都登了。自从他要我去他公司帮他做我说不要，他就懒得理我了。"她没讲的是，父女大吵一架，已经很久不讲话了。

"吧咕。"小美喊银俊两个弟弟大舅、小舅，却一直以和闽南话舅谐音的昵称喊生父，那是她牙牙学语时阿卿教的，短促的童音有点介于"爸爸"和"舅舅"之间，这也就糊里糊涂地叫了四十年了。"我妈帮你做了一辈子，你什么位子都没有给她。她的退休金是她应该得的，亏她还谢你！是，我的公司小，不到十个人，没赚多少钱，我也是老板。你不要以为我会像我妈那么傻！你让我进董事会你老婆、儿子会同意吗？"

银俊和安心生了两个儿子，外面庶出的可能还有。可是银俊觉得众多子女中，小美的脾气最像自己，书也读得最好。小美大学毕业以后，银俊已经是大老板了，主动提出要资助女儿出国深造，小美跟妈妈说："我不要他的钱，也不要他帮忙。"她嫁了一个银俊没有哪只眼睛看得上的小公务员，可是小美很满意："他只爱我一个。而且他的收入稳定，我可以放手去闯！"

小美在外商公司里做了几年，丰富了人脉，稳定了客户和货源，就自行创业。丈夫尽心照顾家庭，她生完孩子就撒手，完全没有后顾之忧。小小贸易公司做得一帆风顺，从第一年就赚钱。银俊看女儿做生意这样出色，觉得是有乃父之风，除了择偶的眼光太差劲，他对小美的工作能力很激赏，从嫡出儿子还小的时候就几番延揽小美进公司，没想到女儿却不买账，还连连抢白，越说越难听，算是银俊难得在女性前面吃瘪的时候。他又好气又好笑，说：

"你这算是替你妈妈出气吗？我哪天要问问她，她是觉得我对她哪里不好，在你面前骂我还是怎样，让你这么不想帮我？"

宝珠埋怨小美道："你阿嬷生前跟我说过多少次咕要你去公司帮他，我说我哪里管得了你？"她的声音里带起一点笑意，"你阿嬷一直说孙子辈里你最像你咕。"

"谁像他？实在应该听老爸的改姓蔡！"小美没好气地说。人和人真的有缘分一说，小美从小和继父感情特别好。没有血缘的有呷以无私的父爱站稳了小美心里那个至亲的位子，是银俊用名利买不走的。

实际上小美和继父并没有住在一起多久，宝珠和丈夫结婚五年不到就长期分居，只有年节"做伙"。不天天住在一起，说话尖酸刻薄的有呷妈妈对厌恶的两母女鞭长莫及，完全发挥不出应有的破坏力，宝珠和丈夫这段远距离婚姻维系得很好。宝珠一直在银俊的公司做到五十五岁退休。

"退休以后就罕得来台北了。四处走，都在国外参加旅行团，"宝珠有些遗憾，"连你台北阿嬷出山[①]我都在国外没赶回来。"

"没去也好。"小美说。她觉得妈妈对郭家实在太一厢情愿。她自己倒是悲悲戚戚地去参加了亲祖母的葬礼，可是葬礼是安心操办的，她郭小美完全被排除在外当路人，连孝也没让戴。小美只不高兴了几分钟就释怀了。虽然姓着一样的姓，她连银俊自己的家在哪都不知道，她究竟算是郭家的什么人呢？登录在她身份

①闽南语，意为出殡。

证上台中的父母家，那才是她的娘家。

“不然你带我去祭拜一下也好——噢，你不知台北阿嬷在哪哦……”宝珠念起旧情，“不然你打电话问你咕？那你现在就打！我昨暝睡你家睡不好，不知是想到还是梦到你台北阿嬷和你咕一起，我觉得怪怪……”

“妈——”小美生气了，“我会问好地方，下次带你去拜，可是不要逼我找借口打电话给他好不好？他真的没有你想的那么看重我！我自己做得很好，我跟他讲，我是宁为鸡首，反正不会去他公司。他没有很客气耶，他说他公司以后变成鸿海那么大，就看我怎么后悔！你帮了他一辈子，他还要我去帮他的儿子？休想啦！”

“那也是你弟弟……”宝珠小声抗议。

“只有正土和正火是我弟弟！”小美有点不耐烦地说，“是不是女人到六十岁都不会忘记初恋呢？还好我只有过一个男人，我老公也只有我，如果他有别的女人，不用多说，马上掰掰！妈你怎么到现在还这样？我怀疑你到现在都还爱我咕，不对，是迷恋，像粉丝那种。你怎么那么傻？他自以为是大众情人，外面多少女人？粉丝一大堆，早把你忘记了！还好你没嫁他，嫁老爸你现在退休才有老伴陪你到处去玩！阿公、阿嬷过身了，郭家也没人要跟我们做一家伙了，拜托你别再想别人，专心对我老爸好吗？”

“听你讲成这样！我跟你老爸是夫妻，我哪有想什么别人！”宝珠恼羞成怒。

小美的气也没发完，接着说：“你怎么不想咕是先跟你好的耶，可是他不管你们都有了我，还去娶别人，这种人——”

“一直乱乱讲！”宝珠打断女儿，憋了一肚子对女儿说不出口的话：你晓得什么大人的恩怨？你爸妈就是像电视剧演的那种相见恨晚，第三者是你母，你爸是情非得已呀！不管是年轻时不能抗拒你妈的魅力，让他背叛了多年女友，还是命运让情侣成为堂兄妹！她叹息道：“你咕不是不负责任，是有原因我们才来拆分开……”

“人家说被骗还帮人数钞票就是你这种！”小美口不择言起来还真像银俊，“我长大了还愿意跟郭家来往，只是因为阿嬷对我们很好。是我自己的生父我也不想他这么坏，可是，妈，你被他欺负、被他利用了一辈子怎么不醒醒呢？你帮他卖命一世人不够，现在还叫我去帮他儿子！随便你怎么说，反正我觉得他对不起你！”小美把收音机音量调高，表示不想讨论下去了。

刚去世的台语歌王几个同父异母的儿子都遗传了父亲的音乐细胞，在父亲身后联合举办追思音乐会，正在电台上密集宣传：“……下面就请各位听这首《蝶恋花》——”

红红花蕊当清香 春天百花丛
青翠花蕊定定红 不惊野蜂弄
心爱哥哥你一人 花美永远同
阮是忍耐风雨冻 欢迎你一人

音乐忽然停止，原来手机通了。小美新买的奔驰车有蓝牙装置，方向盘上按个键就接上电话："喂？"是银俊公司助理打来的：大老板昨日凌晨脑溢血，送医抢救不治，昨天下午去世。家属要他通知小美去开会。电话一断，音乐自动再度响起。

小美受惊于突如其来的死讯，一时不及为那个许久没在自己生活里出现，却刚才还在向母亲怨怼的生父伤心，慌乱诧异地道："怎么可能？干吗叫我去开什么会？怎么可能？前两年见到还好好的！妈！妈！你听见没？"

宝珠却像完全没旁听免提电话的内容，皱着眉头说："莫吵啦！刚才怎么停了？我尚欢喜这条歌——"她轻轻随着收音机里唱到的最后一句哼起来："……蝶恋花栽相等待，年久仍原在。"

图书在版编目（CIP）数据

百年好合 / 蒋晓云著 . -- 上海：文汇出版社，2020.8

（民国素人志）

ISBN 978-7-5496-3125-4

Ⅰ . ①百… Ⅱ . ①蒋… Ⅲ . ①短篇小说－小说集－中国－当代 Ⅳ . ① I247.7

中国版本图书馆 CIP 数据核字 (2020) 第 027911 号

百年好合

作　　者／ 蒋晓云
策划统筹／ 林妮娜
责任编辑／ 何　璟
特邀编辑／ 赵丽苗　周雨阳
装帧设计／ 朱　琳
内文制作／ 杨兴艳
责任印制／ 史广宜
出　　版／ 文匯出版社
上海市威海路 755 号
（邮政编码 200041）
发　　行／ 新经典发行有限公司
电　　话／ 010-68423599　邮　　箱／ editor@readinglife.com
印刷装订／ 北京盛通印刷股份有限公司
版　　次／ 2020 年 8 月第 1 版
印　　次／ 2020 年 8 月第 1 次印刷
开　　本／ 890×1270　1/32
字　　数／ 200 千
印　　张／ 10

ISBN 978-7-5496-3125-4
定　　价／ 59.00 元

敬启读者，如发现本书有印装质量问题，请与发行方联系。

图书在版编目(CIP)数据

百年好合 / 蒋晓云著. -- 上海 : 文汇出版社,
2020.8
(民国素人志)
ISBN 978-7-5496-3125-4

Ⅰ.①百… Ⅱ.①蒋… Ⅲ.①短篇小说-小说集-中国-当代 Ⅳ.①I247.7

中国版本图书馆 CIP 数据核字 (2020) 第 027911 号

百年好合

作　　者/ 蒋晓云
策划统筹/ 林妮娜
责任编辑/ 何　璟
特邀编辑/ 赵丽苗　周雨阳
装帧设计/ 朱　琳
内文制作/ 杨兴艳
责任印制/ 史广宜
出　　版/ 文匯出版社
上海市威海路 755 号
(邮政编码 200041)
发　　行/ 新经典发行有限公司
电　　话/ 010-68423599　邮　　箱/ editor@readinglife.com
印刷装订/ 北京盛通印刷股份有限公司
版　　次/ 2020 年 8 月第 1 版
印　　次/ 2020 年 8 月第 1 次印刷
开　　本/ 890×1270 1/32
字　　数/ 200 千
印　　张/ 10

ISBN 978-7-5496-3125-4
定　　价/ 59.00 元